本专著出版得到兰州大学中央高校基本科研业务费专项基金（项目编号15LZUJBWZY064）的资助，在此表示感谢！

新维多利亚小说
历史叙事研究

杜丽丽 ○ 著

中国社会科学出版社

图书在版编目（CIP）数据

新维多利亚小说历史叙事研究/杜丽丽著. —北京：中国社会科学出版社，2017.12
　ISBN 978-7-5203-1092-5

　Ⅰ.①新…　Ⅱ.①杜…　Ⅲ.①小说研究—英国—现代　Ⅳ.①I561.074

中国版本图书馆 CIP 数据核字(2017)第 238488 号

出 版 人	赵剑英
责任编辑	郭晓鸿
特约编辑	席建海
责任校对	王　龙
责任印制	戴　宽

出　　版	中国社会科学出版社
社　　址	北京鼓楼西大街甲 158 号
邮　　编	100720
网　　址	http://www.csspw.cn
发 行 部	010-84083685
门 市 部	010-84029450
经　　销	新华书店及其他书店
印　　刷	北京明恒达印务有限公司
装　　订	廊坊市广阳区广增装订厂
版　　次	2017 年 12 月第 1 版
印　　次	2017 年 12 月第 1 次印刷
开　　本	710×1000　1/16
印　　张	16.25
插　　页	2
字　　数	211 千字
定　　价	69.00 元

凡购买中国社会科学出版社图书，如有质量问题请与本社营销中心联系调换
电话：010-84083683
版权所有　侵权必究

前　言

一

谈及20世纪50年代之后的英美文学界，令人最为印象深刻的莫过于针对"小说之死"进行的一轮又一轮的论争。确切地说，"小说之死"的论调在现代主义小说诞生之时就已出现。托马斯·曼（Thomas Mann）曾说："我赶上了伟大的十九世纪的尾声，我是幸运的，而你们即将面临的时代将是一个浅薄的时代。"[①]然而，20世纪初普鲁斯特、乔伊斯、卡夫卡和伍尔夫等一大批现代主义文学大师的横空出世，打破了这一预言。现代主义文学式微之后，索尔·贝娄（Saul Bellow）在《未来小说漫话》中旧话重提，表达自己对"未来小说"发展的深切忧虑：

小说是否有无限前景，人们众说纷纭，莫衷一是。有人认为20世

[①] 转引自李凤亮《诗·思·史：冲突与融合——米兰·昆德拉小说诗学引论》，商务印书馆2006年版，第305页。

纪的小说名家——普鲁斯特、乔依斯、曼和卡夫卡——撰写了空前绝后的杰作。这些杰作宣告了小说的末日，进一步的发展是不可能的了。有时，叙事性艺术本身的确似乎已消亡了。我们在索福克勒斯或莎士比亚的剧本中，在塞万提斯、菲尔丁和巴尔扎克的作品中所熟悉的人物角色都已不翼而飞了。一个个个性完整，有雄心、有激情、有灵魂、有命运的和谐人物已不复存在。现代文学中取而代之的是一个松散的、残缺的、错综复杂而又支离破碎的，难以名状的古怪人物，我在心绪不佳时，几乎可以使自己相信，小说如同印第安人的编织术，是一门日趋没落的艺术。[1]

在贝娄看来，现代主义之后的"未来小说"无前途可言。不独贝娄，20世纪五六十年代，许多作家、批评家，都对小说创作的未来深表忧虑，整个文坛笼罩在一片"小说之死"的阴影之下。1954年，英国《观察家报》(Observer)连续刊登了一个专题讨论系列，题为："小说死了吗？"足见此论调之盛。1967年，约翰·巴思（John Bathe）发表《枯竭的文学》，公然声称"文学史……几乎穷尽了新颖的可能性""试图显著地扩大'有独创性的'文学的积累，不用说长篇小说，甚而至于一篇传统的短篇小说，也许显得太自以为是，太幼稚天真；文学早已日暮途穷了"[2]。约翰·福尔斯在（John Fowles）《有关一部未完成小说的笔记》中也提到，"自从开始写作《法国中尉的女人》(The French Lietenant's Woman)，我就一直读到有关小说的讣告"[3]。总之，这一时期的许多作家和批评家都认为小说徘

---

[1] [美]索尔·贝娄：《未来小说漫话》，王宁、顾明栋编《诺贝尔文学奖获奖作家谈创作》，北京大学出版社2002年版，第314页。

[2] John Barth, "The Literature of Exhaustion", *The Friday Book*: *Essays and Other Non-Fiction*, London: The John Hopkins University Press, 1984, p. 64.

[3] John Fowles, "Notes on an unfinished novel", *Wormholes*, London: Jonathan Cape, 1998, p. 25.

徊在一个"生死攸关"的十字路口。

从"小说之死"这一时代背景来理解《法国中尉的女人》开创的"新维多利亚小说"(Neo-Victorian Novel)创作潮流,对全面地认识这一文学现象具有重要意义。博卡尔迪(Mariadele Boccardi)指出,"自《法国中尉的女人》以来,当代英国小说经历了一个较为明显的'历史转向'(turn to history)——小说从对现实主义和历史语境的拒斥到重新回归历史和传统,历史小说的创作一时蔚然成风"[①]。在本书中,笔者将这次"历史转向"视为作家应对"小说之死"的危机,寻找小说从形式创新枯竭的困境中突围之路,使小说重新赢得读者而进行的一次重要尝试。在这个意义上,新维多利亚小说进一步丰富、发展了当代小说的艺术表现形式,具有重要的文学史意义。

众所周知,现代主义小说的发展与20世纪初的"语言论转向"(the linguistic turn)密切相关。受语言论转向的影响,以新批评和结构主义为代表的形式主义文论对文学的历史之维大都持排斥的态度。在文学创作上,现代主义者出于对语言和形式的迷恋,将历史和现实从作品中放逐,使小说成了一种高度"求新"和"炫技"的"自恋叙事"(nacissistic narrative)[②]。这导致的直接后果是小说越来越曲高和寡,丧失大量的读者。另一个更为严重的后果则是前面提到的小说形式创新的枯竭,以及由此引发的作家集体性的创作焦虑。可以说,"历史"重新激发了当代作家的"叙事欲望"(narrative desire),促使他们在创作中"努力寻找自身与大英帝国光荣过去的关联并将其推向未来"[③]。在这个意义上,新维多利亚小说引

[①] Mariadele Boccardi, *The Contemporary British Historical Novel*, Palgrave Macmillan, 2009, pp. 1 - 2.

[②] Linda Hutcheon, *Narcissistic Narrative: The Metafictional Paradox*, London: Routledge, 1980, p. 1.

[③] 具体论述参看 Tim S. Gauthier, *Narrative Desire and Historical Reparations: A. S. Byatt, Ian McEwan, Salmon Rushdie*, New York: Routledge, 2006, p. 1。

领并完成了英国当代小说的这次"历史大逃亡"。

《法国中尉的女人》转向了维多利亚时期的历史和传统。福尔斯创造性地糅合了现实主义手法、罗曼司叙事因素和现代主义元小说的自恋叙事，讲述了一个可以从多个层面"雅俗共赏"的故事，向读者和批评界展示了一个高度矛盾性、杂糅性的后现代主义小说文本。这充分体现了20世纪60年代之后英国后现代主义文学的新的特征，即小说逐步摆脱形式主义文本中心论的制约，重新向历史和语境回归。

然而，新维多利亚小说的这次"历史转向"并非单纯地要回到前现代主义时期，向维多利亚现实主义文学传统"致敬"（homage）。经历了现代主义艺术理念的洗礼，以福尔斯、拜厄特（A. S. Byatt）、斯威夫特（Graham Swift）等为代表的新维多利亚小说作家已经深谙语言在"指涉性"（referentiality）问题上的局限，无法真正建立起对语言指称外部现实的信念。换句话说，他们一方面反对现代主义将维多利亚的历史和传统"弃之如敝屣"的鲁莽行为，主张以反讽的姿态"重访"（revisit）历史和传统，另一方面他们并未抛弃作为现代主义伟大遗产的元小说叙事，对"语言指涉外部现实"的能力深表质疑。这种形式上的杂糅性和不确定性是新维多利亚小说的矛盾和张力所在。

二

自1967年《法国中尉的女人》问世以来，新维多利亚小说已历经四十余年，然而它作为一个重要的文学、文化现象被讨论主要始自20世纪末。严格地说，新维多利亚小说并非一个文学团体或流派，它只是当前评论界对一个松散的、尚未完全终结的、具有某种共同特征的文学作品群体的命名。因为新维多利亚小说是英国当代"新维多利亚主义"（Neo-Victorianism）思潮的重要组成部分，本书首先将对新维多利亚小说的研究置于这一大的历史文化语境之下。

"新维多利亚主义"始于20世纪六七十年代，一直在通俗文化界和文学理论界并行，是一个很难界定的概念。截至目前，这一术语几乎成为一个可以容纳一切的文化符码。在谷歌中搜索"Neo – Victorian"（新维多利亚），出现最多的并非小说或电影，而是服饰、装潢，以及各种"向维多利亚传统致敬"的审美和生活方式。Oxford Bibliographies（牛津大学文献）网站2012年收录"Neo – Victorian"词条时，撰文者杰西卡·考克斯（Jessica Cox）甚至将"新维多利亚"理解为一个新的学科（new discipline）[①]。"新维多利亚"的流行及其概念的悬而未决，致使"新维多利亚小说"同样难以界定。譬如，Listopia 网站列举了78部"最佳新维多利亚小说"（best Neo – Victorian novels），而其选取标准仅仅是"以维多利亚时期为背景的现代小说"[②]，学界公认的这一文类的源头《法国中尉的女人》和《藻海无边》（Wide Sargasso Sea）赫然不在其列。许多被冠以"新维多利亚小说"名头的只是一些以维多利亚时期为背景的通俗历史小说，并非严格意义上的"新维多利亚小说"。

2008年之前，"新维多利亚小说""后维多利亚小说"（post – Victorian novel）和"怀旧的维多利亚小说"（retro – Victorian Novel）这三种不同的命名方式一直在批评界并用。随着2008年《新维多利亚研究》（Neo – Victorian Studies）的创刊，尤其是一些专著和论文集的陆续出版，"新维多利亚小说"（neo – Victorian Novel）的名称被最终确立。大致来说，早期的研究（从1995年"新维多利亚小说"概念的提出[③]至2008年）主要围绕着

[①] http：//www.oxfordbibliographies.com/view/document/obo – 9780199799558/obo – 9780199799 558 – 0083.xml#firstMatch，2011年9月30日。

[②] http：//www.goodreads.com/list/show/5436.Best_ neo_ victorian_ novels，2014年5月18日。

[③] Dana Shiller, "The Redemptive Past in the Neo – Victorian Novel". *Studies in the Novel*, Vol. 29, No. 4, 1997, pp. 538 – 560.

新维多利亚小说的命名及其概念的内涵和外延展开。2008年至今的研究概括起来主要包含以下四个理论视角：性别政治研究、怀旧研究、创伤研究和幽灵叙事研究。

首先，在新维多利亚小说的历史重写中，女性问题是一个重要的关注点，后现代作家注重在经典重写中对传统维多利亚女性形象进行"修正主义"（revisionist）重构，"性别政治"（gender politics）由此成为新维多利亚小说研究的一个重要视角。其次，受后现代消费文化观念的影响，新维多利亚小说的历史叙事呈现出明显的"怀旧"（nostalgia）倾向。有学者在美学风格上将其归为"怀旧的后现代主义"（nostalgic postmodernism），分析新维多利亚小说中的"怀旧"，并对其进行意识形态批判。此外，由于新维多利亚小说致力于对"另一类维多利亚人"（another Victorians）的重构，创伤研究（trauma studies）也是新维多利亚小说研究的一个关注点。最后，新维多利亚小说中的哥特因素一开始就引起了研究者的兴趣，目前对新维多利亚小说"幽灵叙事"（spectral narrative）的研究正在展开。基于上述理论成果，本书对新维多利亚小说的研究主要集中在"历史叙事"（historical narrative）的层面，从"元历史罗曼司"（meta-historical romance）叙事模式、空间化叙事文本（spatial narrative）以及复调性叙述声音（polyphonic narrative voice）三个方面展开。

三

本书除去绪论和余论，共由四个章节构成：维多利亚时代与后现代叙事重构、"元历史罗曼司"叙事模式、叙事时间和空间，以及叙事声音。

绪论部分引入德里达幽灵学（hauntology）的方法，将新维多利亚小说理解为后现代作家以"幽灵书写"（spectral writing）的形式在维多利亚历史与当代社会现实之间展开的一场对话。逝者已逝，以在场的方式遗留下来的只有相关的"踪迹"（traces）。新维多利亚作家采用"历史编纂"（historiography）的形式将这些历史踪迹融入后现代意识形态对维多利亚历史重构的过程之中，使新维多利亚小说文本成了当代作家与维多利亚前辈"幽灵"之间话语交锋的重要"场所"（topos）。

第一章主要分析新维多利亚小说中作为权利话语建构的重要策略的历史叙事，探讨维多利亚时期以什么样的形象被再现的问题。福尔斯《法国中尉的女人》描述了一个保守、虚伪的维多利亚"理性王国"（realm of rationality）。拜厄特的《占有》（Possession）和《天使与昆虫》（Angels and Insects）深入刻画了19世纪唯灵论（spiritualism）与达尔文主义（Darwinism）的冲突以及由此引发的宗教信仰危机，堪为一幅维多利亚时代人的精神肖像图。斯威夫特《水之乡》（Waterland）和《从此以后》（Everafter）以家族叙事的形式将维多利亚世界呈现为一个进步的"理性王国"与怀旧的"异国他乡"（foreign country）的合奏曲。在新维多利亚小说中，维多利亚和后现代两个时期通常被共时性地糅合在一起，在当代意识形态"后视镜"（rearview mirror）的折射下，历史呈现出一副陌生而怪异的"他者"（the other）面孔。

第二章转向对新维多利亚小说"元历史罗曼司"叙事模式的研究。首先以《法国中尉的女人》《占有》和《从此以后》为例，分析新维多利亚小说中的罗曼司叙事和元小说"自我意识"（self-consciousness）。然后探讨现实主义的"历史编纂"（historiography）、通俗小说中的罗曼司叙事因素，以及元小说的"自我指涉"（self-referentiality）三者之间如何构成对话与消解的关系。"元历史罗曼司"的叙事模式使新维多利亚小说呈现出复杂的叙事、美学特征。小说对传统历史叙事真实性的质疑不仅在理论的层面展开，而且通过罗曼司和现实主义两大文体的并置得以深化。

第三章主要论证新维多利亚小说中的叙事时间和空间。新维多利亚小说打破了传统历史叙事中的线性时间结构，建构了"空间化的历史"（spatial history）。在《法国中尉的女人》中，福尔斯在叙事形式和存在主义的时间体验两个方面破除了"线性时间"（temporal linearity）的虚妄，以"时间是一个房间"（"time is a room"）的空间化隐喻，对存在和自由等问题进行了积极反思。《占有》和《天使与昆虫》中，主要表现为相对于"进步"（progress）、"理性"（rationality）等男性话语支撑的线性时间而存在的"女性时间"（women's time）。拜厄特在作品中结合了性别意识和历史意识，既在空间上反映了女性生存的边缘性，也在时间上表达了女性历史的循环往复，并在此基础上重构了女性历史的血脉。在斯威夫特《水之乡》和《从此以后》中，历史多以"记忆"（recollection）的形式展开，时间随记忆的发散在过去、现在、未来之间随意穿梭，呈现为"网状时间"结构。斯威夫特强调历史中的一个个"此时此在"（now and here），在小说中绘制了一幅幅由"此时此在"的时空坐标构成的"自然历史"（natural history）地图。

第四章是对新维多利亚小说叙事声音的分析。在新维多利亚小说中，开放性的文本结构使各种不同的声音均参与对历史的言说，历史叙事呈现为众声喧哗的对话性特征。新维多利亚小说叙述声音的复调具体表现为三个方面：作者与人物之间的对话（《法国中尉的女人》），作者与亡者之间的对话（《占有》《婚姻天使》），边缘与中心的对话（《水之乡》）。这些对话打破了传统历史叙事中的话语独白和权威叙事声音，使历史成为福柯意义上的"共时性权利之争"。

余论部分是批判性反思。新维多利亚小说的幽灵书写使历史陷入丧失了客体的无休止的意义追寻，维多利亚时代不可避免地沦为了怀旧中"遥远的异国他乡"。然而，新维多利亚小说并非"怀旧的后现代主义"（nostalgic postmodernism），元小说的"自我意识"使作家始终保持了对历史罗曼司行为背后的权力话语进行反思和批判的人文立场。面对历史和传统，新维多利亚作家怀旧与反讽并存，历史的救赎意识与批判精神同在。新维多利亚小说中的"元历史罗曼司"叙事开创了后现代语境下一种新的历史书写范式，使小说摆脱了形式试验的困境，重新赢得了众多读者。而且这一叙事模式充分彰显了小说这一文体的整合性、包容性、吸纳性和无限拓展性的本质特征，表述了后现代主义矛盾性、不确定性的时代精神。

本书是在我的博士论文《新维多利亚小说历史叙事研究》（山东大学，2012年）的基础上修改而成的。从论文成稿到毕业答辩，再到筹备出版，五年的时间已经匆匆逝去。这五年间，国外几乎每年都有新维多利亚小说研究方面的专著或论文集问世。新维多利亚小说越来越引起文学理论界的关注。然而国内学者中对这一领域涉足者寥寥。本书乃抛砖引玉之作，论述错误或理论偏颇之处，欢迎读者批评指正。

杜丽丽

2017年2月18日

于美国圣母大学 Decio Building 206

目　录

绪论　维多利亚的幽灵在我们上空游荡 …………………………… 1
 第一节　新维多利亚主义：对"维多利亚"的幽灵书写 ………… 6
 第二节　新维多利亚小说：概念界定和特征描述 ……………… 13
 第三节　研究综述及本书之目标 ………………………………… 20

第一章　维多利亚时代与后现代叙事重构 ……………………………… 32
 第一节　后视镜中的他者 ………………………………………… 34
 第二节　福尔斯：现实烛照下"虚伪的理性王国" ……………… 42
 第三节　拜厄特："乌托邦"里的怀疑与冲突 …………………… 49
 第四节　斯威夫特：进步的"理性王国"和
    怀旧的"异国他乡" ……………………………………… 62

第二章　元历史罗曼司叙事模式 ………………………………………… 71
 第一节　罗曼司叙事 ……………………………………………… 73

第二节　元小说叙事 …………………………………… 91
第三节　元历史罗曼司叙事模式 ………………………… 115

第三章　叙事时间和空间：空间化的历史 ……………… 125
第一节　空间化的时间 …………………………………… 127
第二节　福尔斯："时间是一个房间" …………………… 135
第三节　拜厄特：女性时间 ……………………………… 151
第四节　斯威夫特：自然历史与"网状时间" ………… 163

第四章　叙事声音：众声喧哗的对话性历史 …………… 176
第一节　众声喧哗的对话性历史 ………………………… 178
第二节　自由与权威：作者与人物的对话 ……………… 185
第三节　代言：生者与亡者的对话 ……………………… 190
第四节　另一类维多利亚时代的人：边缘和中心的对话 ……… 201

余论　过去是遥远的异国他乡？ ………………………… 211

参考文献 …………………………………………………… 226

后　记 ……………………………………………………… 243

绪论　维多利亚的幽灵在我们上空游荡

一个幽灵，共产主义的幽灵，在欧洲游荡。

——马克思 恩格斯①

既不是仅在生中，也不是仅在死中。那在两者之间发生的事，并且是在某人所乐意的所有"两者"之间，如生与死之间，发生的事，只有和某个鬼魂一起才能维护自身，只能和某个鬼魂交谈且只能谈论某个鬼魂。因此，必须对灵魂有所认识。尤其是如果这东西或者说幽灵并不存在，尤其是如果那既非实体、又非本质、亦非存在的东西本身永远也不会到场。

——德里达②

在《马克思的幽灵》(Specters of Marx)一书中，德里达（Jacques Derrida）借鉴马克思、恩格斯1848年《共产党宣言》的第一句话"一个幽

---

① 湖北省委党校编：《马克思主义经典著作选读》（上），武汉理工大学出版社2001年版，第23页。
② ［法］德里达：《马克思的幽灵》，何一译，中国人民大学出版社1999年版，第3页。

灵，共产主义的幽灵，在欧洲游荡"，并结合了"游荡"（haunting）和"本体论"（ontology）两个词的词根，创造了"幽灵学"（hauntology）这个新词。德里达利用"幽灵"（specter）超越二元逻辑的特点（幽灵处于"在场与不在场、实在性与非实在性、生命与非生命之间的对立之外"①），意在表明马克思虽然斯人已逝，但马克思主义作为一种文本性存在，将会是一个持久的过去的在场，它不会随着苏联的解体和冷战的结束而终结，因此需要运用解构主义的策略，通过追逐马克思的幽灵，在对话中解构马克思主义，进而将其"延异"（différance）在永远不能到达目的地的路上。在这个意义上，有论者将德里达的"幽灵学"理解为他"应用解构学的一种策略"——"幽灵即最高的解构性形象"。②

在后现代语境下，逻各斯中心主义、主体的确定性存在、一切在场的形而上学，甚至语言文字的指涉能力，均遭到质疑和颠覆，历史的深度感消失，过去成了以"踪迹"（traces）、"碎片"（fragments）的形式四处"撒播"（dissemination）、"延异"（différance）的文本性存在。正是在这个意义上，德里达把我们的时代称之为"幽灵的时代"——"过去通过记忆和文本的幽灵活在我们中间，对我们说话"③。在另外一处，他将幽灵定义为"确实已经死了的曾在"——虽然永远不会到场，却时刻"注视"着我们，"通过记忆和精神遗产纠缠活人"④。

在德里达的著作中，"幽灵"频繁出现。他交替使用"fantôme"和"spectre"两个含义相近的词来表述"幽灵"。据学者考证，德里达"幽

---

① [法]德里达：《马克思的幽灵》，何一译，中国人民大学出版社1999年版，第20页。
② [美]伊姆雷·塞曼：《关于幽灵问题：论德里达的幽灵观》，转引自张一兵《文本的深度犁耕：后马克思思潮哲学文本解读》，中国人民大学出版社2008年版，第290页。
③ [法]德里达：《多义的记忆——为保罗·德曼而作》，蒋梓骅译，中央编译出版社1999年版，第166页。
④ 张一兵：《文本的深度犁耕：后马克思思潮哲学文本解读》，中国人民大学出版社2008年版，第289页。

灵"概念的形成经历了如下过程：

在1982年出版的《他者的耳朵》中，德里达把幽灵的形象赋予了"第三只耳朵"；1987年的《论精神：海德格尔与问题》把打了引号的"精神"等同于幽灵；在1990年的罗亚曼（Royaumont）讨论会上（后结集为《给出死亡》），德里达提出了语言的幽灵性特征；1993年的《马克思的幽灵》直接把"共产主义"幽灵化为"弥赛亚主义"；1994年的《友谊的政治学》视真正的"朋友"为幽灵，而在1997年的《告别勒维纳斯》中，"他者的面容"又取代"朋友"成为幽灵。①

在德里达看来，我们探讨的对象无论是"朋友"还是"他者"，是"精神"还是"上帝"，是哈姆雷特还是马克思，是共产主义还是弥赛亚主义，是政治学还是伦理学，只要我们的目的是为了寻求真理性，那么就不能忽视它们的"非真理性"，即那些被遮蔽的、一直徘徊着的"幽灵"。当然，这里的"幽灵"并不仅仅指鬼魂，而是指过世的人（或过去已经发生的事件），因种种原因被有意无意地遮盖或遗忘，但仍迟迟不肯离去，不断对现在造成"萦绕"（haunting）。或如学者所言，德里达的"幽灵"除了指称灵魂、鬼魂之外，还指称那些"非死非生、非真非假、把鬼魂的维度重新引入政治的东西"②。具体来说，可以从时间和空间两个层面阐释"幽灵"。

从空间上来说，幽灵并不存在，既非实体，又非本质，既无当下的生命，又永远不会到场。"这个存在于彼处的缺席者或亡灵不再属于知识的

---

① 方向红：《Unheimlichkeit：幽灵与真理的契合点——德里达"幽灵"概念的谱系学研究》，《现代哲学》2006年第4期。
② [日]高桥哲哉：《德里达：解构》，王欣译，河北教育出版社2001年版，第22页。

范围,我们不知道它是否真的是某个东西,是不是存在,是不是有一个相应的名字或对应的本质,它是否活着或已经死去,但是人们能感到这个看不见的东西的存在,感到自己被一个不可见的目光注视,对它或恐惧或期待。"[1] 从时间上来说,幽灵的显现没有给出时间,它既不属于机械化、匀质化的时间,也不属于本雅明(Walter Benjamin)说的"弥塞亚式的时间(Messianic time)"。"幽灵的时间坐标既不是现在,也不是将来,它是将来的现在,现在的将来,它提示了某个将来,它会再次回来。"[2]

换言之,幽灵的本质特征是一种介于在场与不在场,有形与无形,可见与不可见之间的存在。这首先暗示了时间链条的断裂,使现在(present)永远存在于过去(past)投掷的阴影中。过去如幽灵一样,久久徘徊在现在的上空。其次,幽灵还使人们意识到在过去与现在、生与死、真实与虚构、自我与他者等两极概念之间没有不可逾越的鸿沟,从而使那些曾经被遮盖的意义重新显现、重放光芒。

德里达的幽灵学说虽内容庞杂,但与他的解构思想联系起来亦不难理解。首先,各种中心和确定的意义丧失之后,一切均处于在场与不在场之间、生与死之间,且被无限迭延、悬而未决;其次,历史是一种"幽灵性"存在——"它既缺席,不能被我们看见,却又总是在那里,盘桓在我们上方,是不可见之可见"[3]。

"夜幕已经降临,幽灵四处游荡。"[4]似乎为了印证德里达的幽灵学说,20世纪八九十年代的英国,在社会、文化各个领域掀起了一场"维多利亚热"(Victorianism),至今仍未衰竭。德里达认为"幽灵"出没的主要原因

---

[1] 王音力:《德里达的"幽灵"——从〈马克思的幽灵〉看解构主义的政治》,《复旦学报》(社会科学版)2005年第5期。
[2] 同上。
[3] [美]伊姆雷·塞曼:《关于幽灵问题:论德里达的幽灵观》,转引自张一兵《文本的深度犁耕:后马克思思潮哲学文本解读》,中国人民大学出版社2008年版,第290页。
[4] 岳梁:《幽灵学方法批判》,人民出版社2008年版,第81页。

是我们处在一个"脱了节的时代"——"一个脱节的、错位的、断裂的时代，一个出了毛病、走投无路、神经错乱、疯狂和没有秩序的时代。这个时代彻底乱套了，完全偏离了方向，脱离了自身，紊乱不堪"。①在德里达看来，由于我们的时代是一个诸神隐退、混乱错位的时代，任何社会的和政治的观念只能以幽灵的形式悄悄登场，到处游荡，暗暗地施展它的魔力。②德里达说："所有的一切都是从一个幽灵显形开始的，更确切地说，是从等待这一显形开始的。那期待既急切、焦虑而又极度迷人；而这或者说那件事将在那个东西到来的时候即告结束。那亡魂即将出现。"③

这里姑且不对德里达对我们时代的断语妄加评判，不可否认的一个事实是，20世纪八九十年代的英国随着大英帝国经济的一再衰落和在全球地位的下降，人们总体上陷入规避现实的后现代怀旧情绪之中，专注于"挖掘过去已经完成的、无与伦比的成就以填补破碎的、不尽人意的、缺乏英雄壮举的当下"④，而这曾被一些学者视为这一"维多利亚热"现象背后最重要的文化心理因素；也正是在这个意义上，撒切尔夫人在执政期间大力倡导维多利亚价值观念，试图通过对"维多利亚"的"借尸还魂"（reincarnation），重铸大英帝国的"光荣与梦想"。有论者将这股"维多利亚热"描述为"后现代文化重写十九世纪"（Postmodern Culture Rewrites the 19th Century），有的将其称为"新维多利亚"（Neo–Victorian）、"新维多利亚主义"（Neo–Victorianism）、"维多利亚遗风"（Victorian Survival）、"回归维多利亚"（Retro–Victorian）、"后维多利亚"（Post–Victorian）等，不

---

① ［法］德里达：《马克思的幽灵》，何一译，中国人民大学出版社1999年版，第27—28页。
② 在这个意义上讲，德里达"幽灵"概念隐含着两层意思：一是驱魔，用魔法使鬼魂显形然后驱除，二是用富于魔力的咒语召唤、呼吁某种东西的到来，这可以说是同一个过程的两个方面。
③ ［法］德里达：《马克思的幽灵》，何一译，中国人民大学出版社1999年版，第8页。
④ Mariadele Boccardi, *The Contemporary British Historical Novel*, Hampshire: Palgrave Macmillan, 2009, p. 11.

一而足。①

"维多利亚"逝者已逝,永远不会到场,它既是缺席的,却又无时无刻不通过文本、建筑、绘画、影视等多种艺术形式"游荡"在我们上方,因而属于德里达意义上的幽灵性存在。正是在这个意义上,黛安娜·萨多夫(Diame F. Sadoff)和约翰·库瑟奇(John Kucich)将一文化思潮命名为"维多利亚的来生"(Victorian Afterlife)。这一"来生说"与前面提到的德里达的幽灵学说联系起来,我们仍然套用马克思的那句经典话语:"一个幽灵,维多利亚的幽灵,在我们上空游荡。"德里达认为这"正是对过去的挑衅:过去,一直保持了幽灵特有的妙趣,一面将重获光明和重新开始生命的运动,并将变成现在"②。

第一节 新维多利亚主义:对"维多利亚"的幽灵书写

笔者将"新维多利亚主义"(Neo-Victorianism)理解为对维多利亚的幽灵书写,不仅是受德里达幽灵学说的启发,同时亦与目前学界"幽灵批评"(spectral criticism)的提法相关。戴维·庞特(David Punter)指出,

---

① 在论文集《维多利亚的复归:后现代文化重写19世纪》(*Victorian Afterlife*: *Postmodern Culture Rewrites the Nineteenth Century*, University of Minnesota Press, 2000)一书中,黛安娜·萨多夫(Dianne F. Sadoff)和约翰·库瑟奇(John Kucich)同时使用了"维多利亚的来生"和"维多利亚遗风"来指代这股热潮;网络百科全书"维基百科"(Wikipedia)已将"新维多利亚"收录其中,并定义为"一场美学运动,在文学艺术、服饰、家庭生活、室内装潢,以及伦理道德等各个层面展开,具体表现为用现代的原则、技巧,融合维多利亚和爱德华时期的审美情感"(http://en.wikipedia.org/wiki/Neo-Victorian, 2011年4月1日)。此外,学术期刊《新维多利亚研究》(*Neo-Victorian Studies*)的主编马克·卢埃林(Mark Llewellyn)在2010年的著作《新维多利亚主义:21世纪的维多利亚人1999—2009》(Ann Heilmann and Mark Llewellyn, *Neo-Victorianism*: *The Victorians in the Twenty-First Century*, *1999-2009*, Palgrave MacMillan, 2010)中则直取"新维多利亚主义"作为书名。在本书的以后论述中,取"新维多利亚主义"的命名方式。

② [法]德里达:《多义的记忆——为保罗·德曼而作》,蒋梓骅译,中央编译出版社1999年版,第74页。

"尽管很难说存在一种'幽灵批评'的'流派'",但过去二十多年里,"幽灵"这一术语频频出现在各种文学理论话语之中,"似乎将继续对今后几十年的批评产生一种具有幽灵性质的影响"。[①]庞特将幽灵批评的起点追溯至布朗肖(Maurice Blanchot)在《文学的空间》(*The Space of Literature*)一书中"关于死亡和文学声音的不确定性回返的关注",及其"对模糊的、释放性的同时又具有威胁性的文学空间的关注"。[②]之后随着空间批评理论的兴起,幽灵批评越来越受到学界关注。

班内特(Andrew Bennet)和洛伊尔(Nicholas Royle)在《文学、批评和理论引论》(*An Introduction to Literature, Criticism and Theory*, 1999)一书中将"幽灵"视为批评的本质主题:"关于幽灵的反感和悖论深藏在我们称之为文学的特定事物中,以多种的、挥之不去的方式被不停地铭刻在小说、诗歌和戏剧中。"[③]就阅读行为本身而言,读者"不可避免地要遭遇已死亡或尚未死亡的事物,遭遇难以言喻、无法表明自己在与死亡、复活、幻影的关系中的位置的情况"[④]。在这个意义上,庞特指出:"历史是一系列对死亡的叙述,历史本身也是由死亡来完成的一系列叙述;我们在面对历史时所听到的声音,无一例外的都是幽灵发出的,历史的叙述必须必然地包括幽灵。"[⑤]由于文本常常会展现人们和死亡、生存、幻象等的错综关系,阅读行为本身亦是作者、读者和谢世之人的对话和交流,庞特认为幽灵批评的主要作用是将阅读文本视为"对和死者进行一种令人恐怖又渴望的交流的再次召唤"[⑥]。

---

① [英]戴维·庞特:《幽灵批评》,朱利安·沃尔夫雷斯编《21世纪批评述介》,张琼、张冲译,南京大学出版社2009年版,第351页。
② 同上书,第351页。
③ 同上书,第352页。
④ 同上书,第351页。
⑤ 同上书,第355页。
⑥ 同上书,第353页。

此外，笔者认为幽灵批评的另一重要意义在于对传统线性历史发展观念的质疑，因为"幽灵（鬼魂）随时会无意往返、有意来访或专注地重复侵扰某人或某处，并将往昔带入现在和将来"①。这样就对历史做出了全然"不同"的诠释——"历史并非线性发展，而是各种侵扰徘徊不去的场所"②。对此，庞特进一步解释道：

  过去拒绝被彻底禁锢，而是依然要对进步的新开始的显在区域进行侵扰：显然，它最初就是一种幻影。因此，没有幽灵就无法书写历史，但问题还不止于此：历史的叙述必须必然地包括幽灵；事实上，这些叙述还可以稍稍包括一些其他的东西，但是这也是一系列通过幽灵写成的东西。历史是一系列对死亡的叙述，但是历史自身也是由死亡来完成的一系列叙述；我们在面对历史时所听到的声音，无一例外都是幽灵发出的。历史把认识的可能性幽灵化了。③

在这段话中，庞特强调了幽灵在历史叙事中的重要意义和作用：一方面历史叙事不可避免地要召唤幽灵，倾听幽灵的声音，没有幽灵就无法书写历史；另一方面，幽灵的声音会对"进步"的历史叙述造成侵扰，揭示其虚幻性（"幻影"），并使历史叙事呈现为与其相反的"循环往复"的空间性特征。

德里达在《马克思的幽灵》中还以哈姆莱特父亲的幽灵为例探讨了历史的循环往复，并用它来解释欧洲近代史以及共产主义的命运。庞特认为，因为一切开始于（并也继续存在于）一种幽灵的不在场状态，历史像哥特文学一样变得永无起源，在这种状态中，过去拒绝被彻底禁锢，不断

---

① 张琼：《幽灵批评之洞察：重读爱伦·坡》，《四川外语学院学报》2006年第6期。
② [英]戴维·庞特：《幽灵批评》，朱利安·沃尔夫雷斯编《21世纪批评述介》，张琼、张冲译，南京大学出版社2009年版，第355页。
③ 同上。

对现在造成侵扰。换句话说，《共产党宣言》以"一个幽灵，共产主义的幽灵，在欧洲游荡"开始，其叙事形式与哈姆莱特热切等待父亲幽灵出现的哥特文学并无二致。以幽灵和幻象开始的理论与历史注定只会是幽灵出没、侵扰而又徘徊不去的"场所"，不可能发展成为由进化论所支撑的线性历史，即马克思主义如它所宣告的那样取得胜利，成为一个在场的现实性。

德里达用幽灵学的方法阅读马克思的文本，"希望在马克思的《德意志意识形态》《共产党宣言》《资本论》等著作中阅读出'看不见的现象'，因而如'增补''延异''他者''不可能的经验''空间化了的时间'等文字就成为德里达独特的语言现象"①。德里达的幽灵学大大深化了文学领域的幽灵批评理论，标志着文学批评方法上一次深刻的革命："幽灵叙事的形式把人们的注意力从在场与现在转移出来，打破了现在与过去、在场与缺场之间的二元对立，使人们看到了在场与缺场之间、生者与死者之间、现在与过去之间的缝隙，看到了扇子褶皱处被掩藏的意义。"②而这些意义也是用我们已知的知识框架和语言无法理解和表述的。与在场和已知相比，幽灵促使我们对缺场和未知给予更多地关注，"它让确定的意义像钟摆一样摇动起来，在不确定、不稳定中不断追求事物的本质"③。

"维多利亚"永远不会在场，我们又没有了解历史真相的时空隧道，因此当代语境下对"维多利亚"任何形式的历史书写都只能是在旧有历史资料基础之上的想象性"增补"和"替换"。依照德里达的观点，"历史资料（无论文献或遗物）作为时间化的文本，不过是过去的史实若隐若现、无由确定的'踪迹'"④。这些踪迹往往以"模态"（simulacrum）的形

---

① 岳梁：《出场学视域：德里达的"幽灵学"解构》，《江海学刊》2008年第6期。
② 陆薇：《华裔美国文学的幽灵叙事》，《当代外国文论》2009年第2期。
③ 同上。
④ 黄进兴：《"文本"与"真实"的概念——试论德希达对传统史学的冲击》，《开放时代》2003年第2期。

式出现，取代了真正的事实。在他看来，文本显示的史实（在场），对今人而言，其意义远不如抹灭（缺席）的那部分，故而我们对历史的阅读和书写应遵循"增补逻辑"，在文本字里行间的留白、矛盾与压抑的层面上，趋向历史的"真实"。

新维多利亚主义的历史书写大致不落德里达"增补"和"延异"的窠臼：以"维多利亚"为目标的各类文化研究以及后现代作家的历史叙事均不重在"如实再现"维多利亚的历史，他们更热衷于在官方和主流历史叙事之外，发掘边缘性的历史资料，并利用后现代想象的"增补"作用，重构自己版本的维多利亚历史。在这个意义上，新维多利亚主义本身即属于幽灵叙事的范畴——当代作家、评论家通过召唤"维多利亚"的幽灵，在现实与历史的对话中重新认识自我和维多利亚他者。这一点在新维多利亚后殖民小说（Neo-Victorian postcolonial novel）中表现得尤为突出，因为后殖民主义让人们关注维多利亚经典文本中殖民幽灵的存在，主张在文化间的碰撞中重新书写历史。庞特指出：

> 后殖民批评反复地让人们关注后殖民主义文本中的幽灵存在，而后殖民主义是关注暴力、帝国主义和剥削的历史，它们是构成后殖民主义写作的前提；根据这些观点，历史被再次理解为是关于幽灵、幻象、鬼魂出没之地之类的事物。[1]

后殖民主义的历史重构关注被帝国话语所遮蔽的被压迫民族和种族的历史真实。后现代作家通过发掘存储在种族记忆"洞穴"（cave）中的幽灵，将历史还原为幽灵游荡的场所，这就使得有关暴力、帝国主义和剥削的种族历史创伤浮出水面，或如庞特所言，后殖民主义"幽灵般的再现将

---

[1] [英]戴维·庞特：《幽灵批评》，朱利安·沃尔夫雷斯编《21世纪批评述介》，张琼、张冲译，南京大学出版社2009年版，第363页。

绪论　维多利亚的幽灵在我们上空游荡

侵略的愿望以其真实的颜色展现出来，而同时它本质上的软弱，以及伴随着暴力而产生的恐惧会从镜子里瞪着我们，并蒙着死亡的衣衫"①。

综上所述，幽灵是新维多利亚小说历史叙事的起点，因为在当代语境下重构维多利亚时期的历史，不可避免地会与维多利亚的幽灵"遭遇"，新维多利亚小说文本由此成了"鬼怪、幽灵、闹鬼的场所"。在新维多利亚小说中，历史中的维多利亚先祖与现实中迷茫、困惑的当代人相互"凝视"，努力跨越生死时空进行对话。然而庞特指出，维多利亚幽灵作为对话的"另一边"，是我们当代人永远无法到达的，却"必然在我们以为自己听到的声音谐波中重建自我"②。

由以上分析可知，当代的新维多利亚主义将维多利亚历史时期幽灵化了。与其相关的那段历史，甚至连同"维多利亚"这一单词自身，均失去了确定的所指，宛如断了线的风筝，游荡在后现代各种理论话语、意识形态建构的文本天空之中。对于"维多利亚"究竟指涉什么，学者们可谓众说纷纭。在《重读维多利亚小说》的序言部分，编者爱丽丝·詹金斯（Alice Jenkins）和朱丽叶·约翰（Juliet John）将"维多利亚"视为一个很难的词，既可以理解为时间上的，也可以理解为非时间上的，他们欢迎不同方式的解读，并将其作为意义建构的手段，以避免将这一时期模式化、神话化的诸种阐释。③ 在时间的意义上，"维多利亚"的意义不言而喻，即维多利亚女王这一历史人物的在位年限（1837—1901），但这么一种历史分期的方法未免过于简单、机械。在后现代语境下，"维多利亚"的意义已经远远超出了其时间上的所指，具有美学的、政治的和意识形态

---

① [英]戴维·庞特：《幽灵批评》，朱利安·沃尔夫雷斯编《21世纪批评述介》，张琼、张冲译，南京大学出版社2009年版，第363页。
② 同上书，第358页。
③ Alice Jenkins and Juliet John, eds., *Rereading Victorian Fiction*, Hampshire: Palgrave Macmillan, 2000, p. 2.

的内涵。① 据此我们可以理解为何新维多利亚小说中对维多利亚时期的重构往往涵盖了从简·奥斯丁到托马斯·哈代再到弗吉尼亚·伍尔夫的众多作家，也是在这个意义上，詹尼弗·格林·列维斯（Jennifer Green - Lewis）指出，后现代视域下的维多利亚小说"包含了浪漫主义小说和战前小说，其具体的历史日期则被忽视，比如维多利亚女王的出生和死亡的年限"②。

新维多利亚主义的含义与我们对"维多利亚"的解读密切相关。路易莎·哈德利（Louisa Hadley）指出，"现代主义者对维多利亚的重写反映了一种俄狄浦斯式的冲动，强调自身与维多利亚人的不同"③。哈德利还援引布伦（J. B. Bullen）对《显赫的维多利亚人》（Eminent Victorians）一书的评论："现代主义者为维多利亚时期添加了'压迫、现实主义、物质主义和自由资本主义'的标签，并极力与其拉开距离"④；但他们的态度"如此强势、咄咄逼人，无异于托儿所里发脾气的孩子反叛他们专断的父

---

① 在《重写十九世纪小说》一文中，安德烈娅·克希荷甫（Andrea Kirchknoff）详细梳理了"维多利亚"一词在不同历史文化语境中的具体内涵：在维多利亚女王死后不久，"维多利亚"一词的内涵和外延意义几乎同时出现，刚开始用来区分爱德华时期与维多利亚时期的态度，认为"维多利亚的价值观念呈现出恋母情结的特征"。到了 20 世纪 60 年代，对"维多利亚"有两种相反的阐释方式：将"维多利亚"视为阻碍性自由的任何东西，或者出于时间上的距离感，对公认的维多利亚性压抑说提出颠覆和重估。同样，在 80 年代的语境中，撒切尔夫人与尼尔·金诺克（Neil Kinnock）对"维多利亚价值观念"的阐释和误读并存：为了推销各自的政治观念，保守党使用繁荣与进步之类的醒目标语，而劳动党则使用苦工和污秽之类的话语与之相抗。当前对"维多利亚"一词的解读也具有类似的意识形态性，主要表现在一种揭示 19 世纪官方历史编纂的冲动，并利用这些对维多利亚进行新的阐释。参看 Andrea Kirchknoff, "Reworking of 19th - Century Fiction", in Neo - Victorian Studies, Vol. 1, No. 1, autumn 2008, pp. 53 - 80.

② Jennifer Green - Lewis, "At Home in the Nineteenth Century: Photography, Nostalgia, and the Will to Authenticity", eds. by John Kucich and Dianne F. Sadoff, Victorian Afterlife: Postmodern Culture Rewrites the Nineteenth Century, Minneapolis: University of Minnesota press, 2000, p. 30.

③ Louisa Hadley, Neo - Victorian Fiction and Historical Narrative, Hampshire: Palgrave Macmillan, 2010, p. 1.

④ Ibid. .

母"①。哈德利认为在当代语境下,维多利亚人与我们的关系已经"从压迫的父辈转变为慈爱的祖父母辈"②,在这个意义上,当代作家对维多利亚时期的重写(或改写)类似于一种认祖归宗式的历史寻根。

总之,新维多利亚主义可以宽泛地界定为在当代语境下从美学的、政治的和意识形态的层面,对"维多利亚"进行的重新思考、阐释和意义建构的行为。我们的解读"一方面取决于接下来的历史年代或者运动如何看待这一时期,另一方面还取决于对这一术语的不同侧面各有强调的诸种思想流派(如女性主义、后殖民主义和文化批评)所做出的不同阐释"③。然而,尽管理论视角不同,学术思想亦迥然相异,各流派对维多利亚的历史书写均是立足于后现代历史文化语境对"维多利亚"的重新想象和建构。说到底,这一行为本身即是一场生者与死者的对话,是通过书写行为对死者的"召唤"。有学者曾将德里达重构马克思主义的努力评价为"当代诸多思想谱系中对马克思文本'幽灵'的新'召唤'(重新解读)、'还魂'(救赎行动)的一种方式"④。我们亦可在这个意义上将新维多利亚主义理解为对"维多利亚"的幽灵书写,通过新的"召唤"实现对"维多利亚"的历史救赎。

第二节 新维多利亚小说:概念界定和特征描述

文化界的新维多利亚主义助长了新维多利亚小说在读者和评论界的流行,激发了作家对这一时期的普遍兴趣,但作为一个独立的文学现象,后

---

① Louisa Hadley, *Neo-Victorian Fiction and Historical Narrative*, Hampshire: Palgrave Macmillan, 2010, p. 1.

② Ibid..

③ Andrea Kirchknoff, "Reworking of 19th-Century Fiction", *Neo-Victorian Studies*, Vol. 1, No. 1, autumn 2008, pp. 53-80.

④ 任平:《当代视野中的马克思》,江苏人民出版社2003年版,第13页。

者并非前者所催生。目前学界一般认为新维多利亚小说肇始于20世纪60年代简·里斯（Jean Rhys）的《藻海无边》（*Wide Sargasso Sea*, 1966）和约翰·福尔斯的《法国中尉的女人》（*The French Lieutenant's Woman*, 1969）。[①] 它的兴起与战后英国历史小说的复兴，或者说英国小说的"历史转向"这个大的背景密切相关。

我们知道，20世纪上半期，现代主义文化居于主导地位，受"语言论转向"的影响，现代主义作家对语言和形式表现出高度迷恋，历史和现实在他们的作品中遭到放逐。最典型的莫过于詹姆斯·乔伊斯（James Joyce）的《芬尼根的觉醒》（*Finnegans Wake*, 1939），在这部600多页的小说中，充满了语言自我指涉、自我增殖的游戏，读者几乎从中找不到任何现实生活的影子，小说成了一个无穷尽的语言迷宫。

现代主义文学对形式的过分关注和沉迷，使小说变成高度自闭的文本。"语言之外不存在作为真实客体的事物，文学文本之外也不存在自然或真实的生活……一切都被吞没在无限后撤的文本性之中。"[②] 20世纪六七十年代，后现代主义作家和评论家无奈地发现，持续的形式试验和语言游戏几乎耗尽了小说一切可能的形式。1967年，约翰·福尔斯《法国中尉的女人》的发表标志着英国文学开始从对形式的关注转向对历史和语境的强调，这就是通常所说的英国文学的"历史转向"。

[①] 萨莉·沙特尔沃思、塔加纳·朱克恩（Tatjana Jukis）和科拉·卡普兰（Cora Kaplan）均持此种观点，参看 Sally Shuttleworth, "Natural History: The Retro‐Victorian Novel", ed. Elinor S. Shaffer, *The Third Culture: Literature and Science*, Berlin and New York: Walter de Gruyter, 1998, pp. 253–268; Tatjana Jukis, "From Worlds to Words and the Other Way Around: The Victorian Inheritance in the Postmodern British Novel", eds. Richard Todd and Luisa Flora, *Theme Parks, Rainforests and Sprouting Wastelands: European Essays on Theory and Performance in Contemporary British Fiction*, Amsterdam and Atlanta: Rodopi, 2000, pp. 77–87; Cora Kaplan, *Victoriana: Histories, Fictions, Criticism*, Edinburgh: Edinburgh University Press, 2007, p. 154。

[②] Gerald Graff, *Literature against Itself: Literary Ideas in Modern Society*, Chicago: The University of Chicago Press, 1979, p. 61.

绪论　维多利亚的幽灵在我们上空游荡

"历史转向"是与"语言论转向"相对应的一个概念，指文学创作和文学研究摆脱形式主义的"文本中心论"，向历史和语境的回归。就英国文学和文化而言，新维多利亚主义和新维多利亚小说是这一历史转向的重要产物。笔者认为历史转向就其自身而言，是后现代主义文化发展的必然。现代主义质疑语言与现实之间的指涉关系，反对现实主义的客观再现论。然而当现代主义者把目光转向语言，将语言与历史及语境之间的关联完全割裂时，其作品不可避免地变成了"语言的迷宫"。后现代主义对现代主义的超越首先体现在它对待历史的态度上。不满现代主义层出不穷的形式实验，后现代主义作家转向了历史和语境，然而经历了现代主义艺术理念的洗礼，他们已经深谙语言在"指涉"问题上的局限性，无法单纯地回归到前现代主义时期而真正建立起对语言指称外部现实的信念。或如学者指出的，"历史转向是在'语言论转向''之后'和'之上'的（再）历史转向，它与'语言论转向'中形成的各种理论，尤其是结构主义和后结构主义的洞见密切相关。正是这些理论，为历史转向提供了一个理论基点：这既是一个作为背离对象的'遗嘱'，又是一个作为向前推进的出发点"[①]。因此，后现代主义在转向历史时具有不可避免的矛盾性和"亦此亦彼"的不确定性。

在当代英国小说的"历史转向"中，维多利亚时期似乎有股独特的魔力，吸引了很多的小说家，[②]尽管目前学界对"新维多利亚小说"（Neo-

---

[①]　张进：《新历史主义与语言论转向和历史转向》，《甘肃社会科学》2002 年第 2 期。
[②]　在《今天的小说》（*Novel Now*）一书中，理查德·布拉德福德（Richard Bradford）指出英国当代历史小说最感兴趣的三个历史时期分别是，大英帝国的形成时期、维多利亚时期和第二次世界大战之后，并具体论述了原因，详见 Richard Bradford, *Novel Now*, Blackwell: Blackwell Publishing, 2007, pp. 91 – 99。

Victorian Novel）的命名和界定尚有争议，① 然而，无论从作品数目还是作家队伍来讲，它作为当代英国文坛的重要现象已是不争的事实。作为一个纷繁芜杂的文学现象，新维多利亚小说已历经40余年，一直延续至今，② 因此要对其进行准确地界定绝非易事。一方面在英国学界，维多利亚主义（Neo-Victorian）本身就是一个备受争议的概念，怀旧维多利亚（Retro-Victorian）、后维多利亚（Post-Victorian）、伪维多利亚（Pseudo-Victorian）等提法又不一而足，这都增加了概念界定的难度；另一方面新维多利亚小说作为晚近的一个文学潮流，它尚在进行，仍未终结，我们缺乏足够的时间对其进行总结和反思，在评论中难免有失偏颇。鉴于以上两点，本书所举例证多是2000年之前的作品，且这些作品多为学界所公认的极具代表性的著作，如《法国中尉的女人》、《水之乡》（*Waterland*, 1983）、《占有》（*Possession*, 1990）、《从此之后》（*Ever After*, 1992）、《天使与昆虫》（*Angels and Insects*, 1995）③ 等。

达纳·席拉（Dana Shiller）在提出"Neo-Victorian Novel"（新维多利

---

① "Neo-Victorian Novel"这一概念由达纳·席拉（Dana Shiller）最先提出（"The Redemptive Past in the Neo-Victorian Novel", 1997），目前已为大多数学者接受，我们据此将其译为"新维多利亚小说"。然而学界亦有不同的命名方式：如萨莉·沙特尔沃思（Sally Shuttleworth）将其称为"怀旧的维多利亚小说"（Retro-Victorian Novel），（"Natural History: The Retro-Victorian Novel", 1998）；黛安娜·萨多夫（Dianne F. Sadoff）和约翰·库瑟奇（John Kucich）则同时使用了"后维多利亚小说"（Post-Victorian）和"后现代维多利亚小说"（Postmodern Victorian）两种命名方式（*Victorian Afterlife: Postmodern Culture Rewrites the Nineteenth Century*, 2000）；克里斯琴·古特宾（Christian Gutleben）则将其称为"伪维多利亚小说"（Pseudo-Victorian, *Nostalgic Postmodernism: The Victorian Tradition and the Contemporary British Novel*, 2001）。然而，虽名称不同，所指却大同小异，故而在本文中我们整合各家观点，统称为"新维多利亚小说"。

② 参见马克·卢埃林的文章《什么是新维多利亚研究？》（"What Is Neo-Victorian Studies?"）in *Neo-Victorian Studies* Vol. 1, No. 1, Autumn 2008, pp. 164-185。在该文中，卢埃林列举的最近的新维多利亚小说包括 D. J. 泰勒（D. J. Taylor）的《默：一个维多利亚谜团》（*Kept: A Victorian Mystery*, 2006）、迈克尔·克克斯（Michael Cox）的《黑夜的意义》（*The Meaning of Night: A Confession*, 2006）、以及迈克尔·费伯（Michel Faber）的《红白花瓣》（*The Crimson Petal and the White*, 2002）和《苹果》（*The Apple: New Crimson Petal Stories*, 2006）。

③ 《天使与昆虫》是由《尤金尼亚蝴蝶》（"Morpho Eugenia"）和《婚姻天使》（"The Conjugial Angel"）两个中篇小说组成的。

亚小说)这一概念时将其宽泛地界定为"历史小说的一个亚类",它们"具有后现代主义的特征,同时充满史实性和对19世纪小说的怀旧"[1]。她将新维多利亚小说划分为三个小的类别:重写某个维多利亚时期的前文本,如瓦莱丽·马丁(Valerie Martin)的《玛丽·赖利》(Mary Reilly);为熟悉的维多利亚主人公重构新的冒险故事,如彼得·艾克罗伊德(Peter Ackroyd)的《查特顿》(Chatterton)和拜厄特的《婚姻天使》(The Conjugal Angel);模仿19世纪文学传统的"新"维多利亚小说,如拜厄特的《占有》,查尔斯·帕利泽(Charles Palliser)的《梅花五点》(The Quincunx)。[2] 尽管对前缀"Neo–"的理解或有不同,学界目前大致认可了这一命名方式,因此在本文中统称为"新维多利亚小说"[3]。

然而萨莉·沙特尔沃思(Sally Shuttleworth)主张将此类型的小说称为"怀旧的维多利亚小说"(Retro–Victorian Novel)。她认为小说家在对待维多利亚时期的具体问题以及我们与这一时期的关联方面,大都表现出一种"绝对的、不含讽刺(non–ironic)的迷恋态度",因此与后现代消费文化以及詹姆逊(Fredric Jameson)的"怀旧"(nostalgia)理论联系起来,这类小说表征的是对维多利亚价值观念的"回归"(retrieval)[4]。但同时颇为悖论的是,沙特尔沃思并不否认"怀旧的维多利亚小说"具有琳达·哈琴(Linda Hutcheon)意义上的"历史编纂元小说"(historiographic metafic-

---

[1] Dana Shiller, "The Redemptive Past in the Neo–Victorian Novel", *Studies in the Novel*, Vol. 29, No. 4, 1997, pp. 538–560.

[2] Ibid..

[3] Neo–Victorian 不论是用来描述新维多利亚小说这一文学现象,还是用来指代目前文化界的"维多利亚热",都已经越来越为学界接受,这可以反映在两件事情上:由斯旺西大学(Swansea University)主办的对新维多利亚小说和相关文化现象研究的期刊命名为《新维多利亚研究》(*Neo–Victorian studies*);2007年9月埃克塞特大学召开的相关研讨会也以《新维多利亚主义:有关"盗用"的政治和美学》(*Neo–Victorianism: The Politics and Aesthetics of Appropriation*)命名。

[4] Sally Shuttleworth, "Writing Natural History: 'Morpho Eugenia'", in Alexa Alfer and Michael J. Noble, eds. *Essays on the Fiction of A. S. Byatt: Imagining the Real*, Westport, Connecticut and London: Greenwood Press, 2001, pp. 147–160.

tion）的特征，因为它"在质疑小说和历史的关系方面往往表现出明显的后现代自我指涉意识（postmodern self – consciousness）"①，并对"后现代时代我们如何书写历史这一问题保持高度的自觉意识"（self – reflexive consciousness）②。

  这场"新""旧"维多利亚小说之争吸引了许多论者的视线。安德烈娅（Andrea Kirchknoff）认为，无论是"新"（Neo –）还是"旧"（Retro –）表达的都只是时间上的概念，在维多利亚和后现代之间各有侧重，因此均不足以涵盖这一小说类的复杂内涵。她主张使用"后维多利亚小说"（Post – Victorian）：这样既能在时间上有效地将"后现代"（Postmodern）与"维多利亚"（Victorian）联结起来；同时在美学上，因（post –）与"后现代主义"（Postmodernism）前缀相同，故而也能更好地表征这类小说后现代主义的美学特征。③

  笔者认为"新维多利亚小说""怀旧的维多利亚小说"和"后维多利亚小说"只是对这一文学现象从不同角度进行的命名，各有侧重，但所指类同。"新维多利亚小说"强调后现代作家基于当下历史想象对维多利亚时期历史"重构"（reinvention）的方面④；"怀旧的维多利亚小说"则在肯定其后现代叙事策略或者说"历史编纂元小说性"的同时，强调小说丧失"历史深度感"（historical depthless）以及情感上怀旧的方面；"后维多利亚小说"则更注重这一类型的小说在美学和意识形态的层面与"后现代

---

① Sally Shuttleworth, "Writing Natural History: 'Morpho Eugenia'", in Alexa Alfer and Michael J. Noble, eds. *Essays on the Fiction of A. S. Byatt: Imagining the Real*, Westport, Connecticut and London: Greenwood Press, 2001, pp. 147 – 160.
② Ibid..
③ Andrea Kirchknoff, "Reworking of 19th – Century Fiction". *Neo – Victorian Studies*, Vol. 1, No. 1, Autumn 2008, pp. 53 – 80.
④ 有一点可为佐证：达纳·席拉在其博士毕业论文《新维多利亚小说》（Neo – Victorian Fiction）的正标题之下，又加了个"重构维多利亚人"（Reinventing the Victorians）的副标题。

主义"相关联的另一面。

综合以上观点，笔者认为新维多利亚小说在时间的意义上指称的是20世纪六七十年代之后，在英国历史小说复兴这个大的背景下，涌现的"当代历史小说"（contemporary historical fiction）[①] 的一个分支，然而，"并非所有出版于1837年和1901年之间的作品都是维多利亚的，也并非所有1901年之后的作品，只要拥有一个维多利亚的背景，或者重写了某个维多利亚文本或人物，就一定是新维多利亚的"[②]。新维多利亚小说同时具有超越时间性的意义，内容上的"重构"、情感上的"怀旧"，美学和意识形态层面的"后现代性"，构成了新维多利亚小说的主要特征。换句话说，新维多利亚之"新"（或者说新维多利亚小说区别于传统维多利亚小说的特征）至少可以从以下三个方面来理解：（一）后现代作家基于当下历史境遇对维多利亚历史（包括反映该时期历史的文学文本和人物）的重新想象和建构；（二）表述一种新的历史理念：历史不过是文本和话语的产物，而历史文本化过程中又难免受到意识形态、修辞策略等因素的影响，因此所谓"真实"的历史了无可寻，我们只能经由"踪迹"和"碎片"重构"已逝的过去"；（三）新的叙事手法：不同于传统维多利亚小说以现实主义为主要叙事手法，新维多利亚小说糅合了现实主义、元小说的"自我指涉"和罗曼司的想象与虚构，建构了一种"元历史罗曼司"叙事模式。

[①] 有时也被称作"伪历史小说"（pseudo-historical fiction），琳达·哈琴则将其命名为"历史编纂元小说"。不同于传统的历史小说，受后现代主义史学观念的影响，这类小说对历史的书写不重在指涉"客观"的历史世界，而是认为终极意义上的历史"真相"无处可觅，因此着重在历史叙事的过程中反思历史的文本性、虚构性和意识形态性本质。

[②] Alice Jenkins and Juliet John, eds. *Rereading Victorian Fiction*, Basingstoke: Macmillan, 2000, pp. 164-185.

第三节　研究综述及本书之目标

在对研究现状进行文献综述之前，首先需要对新维多利亚小说的整体创作状况略作描述。随着战后"历史小说的复兴"与文化界的"维多利亚热"，新维多利亚小说已成为当代英国文坛最重要的文学现象之一。约翰·福尔斯、戴维·洛奇（David Lodge）、朱利安·巴恩斯（Julian Barnes）、A. S. 拜厄特、格雷厄姆·斯威夫特等一大批重要作家都曾尝试以当下的政治文化观念和意识形态为指导，借助后现代的叙事手法，对维多利亚时期的历史、文化价值观念进行重新想象和建构。在界定"新维多利亚小说"时，笔者综合各家观点，认为新维多利亚小说是"后现代主义历史小说"（或琳达·哈琴意义上的"历史编纂元小说"）的一个次文类，"具有历史性又具有强烈的自我指涉性"[1]，并以"维多利亚时代作为描述对象或时代背景"[2]。以此为标准，英国当代的新维多利亚小说会是长长的一张书单，包括几十甚至上百部小说。一些代表性的作品如下所附：

简·里斯（Jean Rhys）的《藻海无边》（*Wide Sargasso Sea*，1966），约翰·福尔斯（John Fowles）的《法国中尉的女人》（*The French Lieutenant's Woman*，1969），J. G. 法雷尔（J. G. Farrell）的《克里希普纳围城》（*The Siege of Krishnapur*，1973），格雷厄姆·斯威夫特（Graham Swift）的《水之乡》（*Waterland*，1983）和《从此以

---

[1] Rasario Arias and Patricia Pulham, eds. *Haunting and Spectrality in Neo-Victorian Fiction*, Palgrave Macmillan, 2010, pp. xi-xii.
[2] Dana Shiller, "The Redemptive Past in the Neo-Victorian Novel", *Studies in the Novel*, Vol. 29, No. 4, 1997, pp. 538-560.

后》（*Ever After*，1992），安杰拉·卡特（Angela Carter）的《马戏团之夜》（*Nights at the Circus*，1984），彼得·阿克罗伊德（Peter Ackroyd）的《王尔德的最后遗嘱》（*The Last Testament of Oscar Wilde*，1983）和《查特顿》（*Chatterton*，1987），戴维·洛奇（David Lodge）的《好工作》（*Nice Work*，1988）和《作者，作者》（*Author, Author*，2004），查尔斯·帕利泽（Charles Palliser）的《梅花五点》（*The Quincunx*，1989），A. S. 拜厄特（A. S. Byatt）的《占有》（*Possession*，1990）、《天使与昆虫》（*Angels and Insects*，1992）和《传记家的故事》（*A Biographer's Tale*，2000），米歇尔·罗伯茨（Michèle Roberts）的《血淋淋的厨房》（*In the Red Kitchen*，1990），玛格丽特·福斯特（Margret Forster）的《侍女》（*Lady's Maid*，1990），阿拉斯代尔·格雷（Alasdair Gray）的《倒霉事》（*Poor Things*，1992），爱玛·坦南特（Emma Tennant）的《苔丝》（*Tess*，1993），林恩·特拉斯（Lynne Truss）的《丁尼生的礼物》（*Tennyson's Gift*，1996），贝丽尔·班布里奇（Beryl Banbridge）的《主人乔治》（*Master George*，1998），萨拉·沃特斯（Sarah Waters）的《轻舔丝绒》（*Tipping the Velvet*，1998）、《半身》（*Affinity*，1999）和《指匠情挑》（*Fingersmith*，2002），马修·尼尔（Matthew Kneale）的《英国乘客》（*English Passengers*，2000），D. M. 托马斯（D. M. Thomas）的《夏洛蒂》（*Charlotte: The Final Journey of Jane Eyre*，2000），科尔姆·托宾（Colm Tóibín）的《大师》（*The Master*，2004），朱利恩·巴恩斯（Julian Barne）的《亚瑟与乔治》（*Arthur & George*，2004）。

自 1995 年达纳·席拉"新维多利亚小说"的概念提出以来，英国学界对这一文学现象的探讨表现出浓厚的兴趣。迄今为止已有不少研究成果，包括 8 部著作、一些学位论文和期刊文章。研究呈现出以下几个特点：

第一，前期的研究主要围绕对"新维多利亚小说"的命名展开。"Neo-Victorian Novel"这一概念由学者达纳·席拉最先提出（Dana Shiller, 1997），但质疑之声从未停息，学者先后提出了"怀旧的维多利亚小说"（Retro-Victorian Novel）（Sally Shuttleworth, 1998），"后现代维多利亚小说"（Postmodern Victorian Novel）（Dianne F. Sadoff & John Kucich, 2000）和"伪维多利亚小说"（Pseudo-Victorian Novel）（Christian Gutleben, 2001）等不同的命名方式。2008 年之后随着电子杂志《新维多利亚研究》（*Neo-Victorian Studies*）的创刊，以及一些专著和论文集的陆续出版，"Neo-Victorian Novel"的命名最终被确立。

第二，性别政治研究。在新维多利亚小说的历史重写中，女性问题是一个重要的关注点，现阶段的研究主要集中在三个方面：经典改写中对传统维多利亚女性形象的"修正主义"（revisionist）叙事重构（Jeannette King, 2005）[1]；维多利亚和新维多利亚女性哥特小说（female Gothic novel）的对比研究（Marie-Luise Kohlke & Christian Gutleben, 2012）[2]；新维多利亚小说中的代言艺术（ventriloquism）和性别政治研究（Helen Davis, 2013）[3]。

第三，怀旧说。"怀旧的维多利亚小说"（Retro-Victorian Novel）由萨莉·沙特尔沃思最先提出（Shuttleworth, 1998），受詹姆逊后现代消费文化观念的影响，怀旧说一度成为新维多利亚小说研究的主要理论视角。克里斯琴·古特宾在分析新维多利亚小说中的"戏仿"与"拼凑"的基础上，在美学风格上将其归为"怀旧的后现代主义"（nostalgic postmodern-

---

[1] Jeannette King, *The Victorian Women Question in Contemporary Feminist Fiction*, New York: Palgrave Macmillan, 2005.

[2] Marie-Luise Kohlke and Christian Gutleben, eds. *Neo-Victorian Gothic: Horror, Violence and Degeneration in the Re-Imagined Nineteenth Century*, Amsterdam and New York: Rodopi, 2012.

[3] Helen Davies, *Gender and Ventriloquism in Victorian and Neo-Victorian Fiction: Passionate Puppets*, Basingstoke: Palgrave Macmillan, 2013.

ism）（*Christian Gutleben*，2001）①；但也有学者赋予"怀旧"一词以颠覆性和批判性的内涵（Kate Mitchell，2010）②。

第四，创伤研究。由于新维多利亚小说致力于对"另一类维多利亚人"的历史重构，创伤研究（trauma studies）也是新维多利亚小说研究的一个重要理论视角。有些学者侧重于探讨小说中记忆、见证和创伤叙事之间的关系（Kohlke and Gutleben，2010）③。有些学者则将创伤理论与新维多利亚传记小说（biofiction）联系起来，分析当代传记小说对传主身份构建过程中"精神创伤"所起到的重要作用（Jose M. Yebra，2013）④。还有学者提议将创伤研究与19世纪的工业化进程及其所带来的生态灾难联系起来，在更广泛的意义上界定创伤叙事（Marie – Luise Kohlke，2012）⑤。

第五，幽灵叙事。新维多利亚小说中的哥特因素一开始就引起了研究者的兴趣，但总体来说，对新维多利亚小说的幽灵叙事研究尚处于起步阶段，共有两部论文集出版，尚无专著问世。有些学者在广义上将维多利亚时代对当代文化的影响理解为游荡的幽灵（hauntology），将幽灵叙事视为当代人与维多利亚亡魂动态交流关系的隐喻（Rosario Arias & Patricia Pulman，2010）⑥。有些学者认为新维多利亚小说借助幽灵创造了恐怖的景观主义（spectacularisation），挑战了当时的性别符码和

---

① Christian Gutleben, *Nostalgic Postmodernism: The Victorian Tradition and the Contemporary British Novel*, Amsterdam – New York: Rodopi, 2001.

② Kate Mitchell, *History and Cultural Memory in Neo – Victorian Fiction: Victorian Afterimages*, Palgrave Macmillan, 2010.

③ Marie – Luise Kohlke and Christian Gutleben, eds. *Neo – Victorian Tropes of Trauma: The Politics of Bearing After – Witness to Nineteenth – Century Suffering*, Amsterdam – New York: Rodopi, 2010.

④ José M. Yebra, "Neo – Victorian Biofiction and Trauma Poetics in Colm Tóibín's The Master", *Neo – Victorian Studies*, vol. 6, No. 1, 2013, pp. 41 – 74.

⑤ Marie – Luise Kohlke and Christian Gutleben, eds. *Neo – Victorian Gothic: Horror, Violence and Degeneration in the Re – Imagined Nineteenth Century*, Amsterdam – New York: Rodopi, 2012.

⑥ Rosario Arias and Patricia Pulham, eds. *Haunting and Spectrality in Neo – Victorian Fiction: Possessing the Past*, New York: Palgrave Macmillan, 2010.

文化身份（Marie – Luise Kohlke & Christian Gutleben，2012）①。

在国内对新维多利亚小说进行研究的主要是金冰教授。她的专著《维多利亚时代与后现代历史想象》以拜厄特《天使与昆虫》为中心，着重分析拜厄特如何以小说的形式与当代维多利亚文化批评家展开对话。而且，从 2007 年至今，她还发表了 10 余篇有关拜厄特新维多利亚小说的研究论文，其中 8 篇都是以《天使与昆虫》为研究对象，从"达尔文主义""女性灵媒""唯灵论"等多方面揭示拜厄特对维多利亚时期的历史想象和重构。此外，汤黎和梁晓辉各发表了 1 篇有关新维多利亚小说的研究论文，分别从女作家对维多利亚时期的后现代历史重构②和英国历史编纂元小说中的意义，进行了整合与建构方式③两方面的分析和解读。

综上所述，国外新维多利亚研究已取得了一定的成果，初步形成了其理论话语体系，但仍存在一些不足。第一，由于新维多利亚小说是一个仍在进行、尚未终结的文学现象，学界大致主张对其采取较为宽松和开放的研究态度，致使这一文类边界的模糊和概念的混乱。第二，学者忙于为新维多利亚小说添加各类标签，"后现代主义的""怀旧的""创伤的"等，缺乏深入系统的理论论证。第三，尽管在新维多利亚小说的研究上不乏有洞见的论文，如达纳·席拉的"新维多利亚小说中的补偿性过去"（"The Redemptive Past in the Neo – Victorian Novel"）④、萨莉·沙特尔沃思的"书写自然历史：大闪蝶尤金尼亚"（"Writing Natural History：'Morpho Euge-

---

① Marie – Luise Kohlke and Christian Gutleben, eds. *Neo – Victorian Gothic*：*Horror, Violence and Degeneration in the Re – Imagined Nineteenth Century*, Amsterdam – New York：Rodopi, 2012.

② 汤黎：《后现代女性书写下的历史重构：当代女作家新维多利亚小说探析》，《当代文坛》2014 年第 6 期。

③ 梁晓辉：《英国元小说中的概念空间冲突：以两部新维多利亚小说为例》，《外国语文》2015 年第 4 期。

④ Dana Shiller, "The Redemptive Past in the Neo – Victorian Novel," *Studies in the Novel*, Vol. 29, No. 4, 1997, pp. 538 – 560.

nia'")①、安妮·汉弗莱斯（Anne Humpherys）的"维多利亚小说的来生：有关小说的小说"（"The Afterlife of The Victorian Novel：Novels about Novels"）②、罗萨里奥·阿里亚斯（Rosario Arias）的"幽灵出没的地点与空间：新维多利亚小说中维多利亚伦敦的幽灵复现"（"Haunted Places, Haunted Spaces：The Spectral Return of Victorian London in Neo‐Victorian Fiction"）③、罗宾·吉尔摩（Robin Gilmour）的"使用'维多利亚'：当代小说中的维多利亚历史时期"（"Using the Victorians：the Victorian Age in Contemporary Fiction"）④等，但总体来讲，无论在理论的深度上还是在视域的广度上，对新维多利亚小说的研究，都有待进一步拓展。

在国内，新维多利亚小说已引起学者的关注，但研究不够系统全面。学者或针对具体作家作品，或关注女作家创作群体，或以某两部小说为例探讨其叙事方式。总体来说，既与国外的研究（如"怀旧说""创伤说""幽灵批评"）缺乏理论对接，又没有形成综合性的研究成果。因此，新维多利亚小说在国内具有较大的理论研究和阐释空间。

基于上述国内外的研究状况，本书对新维多利小说的研究既无意于面面俱到的整体把握，也不欲将研究局限于某一特定作家、作品，而是以约翰·福尔斯、安·苏·拜厄特和格雷厄姆·斯威夫特的创作为中心（同时亦兼及其他作品），聚焦于新维多利亚小说中的历史叙事策略，一方面力求在对新维多利亚小说的解读中把握当代英国小说"历史转向"这一大的

---

① Alexa Alfer and Michael J. Noble, eds. *Essays on the Fiction of A. S. Byatt：Imagining the Real*, Westport, Connecticut and London：Greenwood Press, pp. 147–160.

② Patrick Brantilinger and William B. Thesing, eds. *A Companion to the Victorian Novel*, Blackwell Publishing, 2002, pp. 442–457.

③ Rosario Arias and Patricia Pulham, eds. *Haunting and Spectrality in Neo‐Victorian Fiction：Possessing the Past*, New York：Palgrave Macmillan, pp. 133–156.

④ Alice Jenkins and Juliet John, eds. *Rereading Victorian Fiction*, Basingstoke：Macmillan, 2000, pp. 189–200.

文学趋势，以及"历史转向"中的"维多利亚热"背后蕴含的复杂的政治、文化和审美、意识形态因素；另一方面通过深入剖析当代英国小说"既强调文本的自我指涉功能，又悖论地指向历史人物、事件"①，又不忘向通俗化、大众化靠拢的复杂艺术美学特征，探讨这一杂糅性文体特征背后折射的当代作家集体性的"叙事焦虑"（narrative anxiety）和对小说形式问题的自觉理论反思。

之所以选择福尔斯、拜厄特和斯威夫特，是出于以下两个方面的考虑。其一，福尔斯的作品《法国中尉的女人》（1969）代表了新维多利亚小说早期的最高成就，拜厄特的《占有》（1990）、《天使与昆虫》（1995）和斯威夫特的《水之乡》（1983）、《从此以后》（1992）则是新维多利亚小说中期和后期最具代表性的作品，在创作理念和艺术风格上也呈现出不同于前者的特征。因此，通过对这三个作家上述作品的研究，有助于从整体上更好地把握新维多利亚小说这一文学现象的整体风貌，及其在不同语境下的发展演变的轨迹。

其二，福尔斯、拜厄特和斯威夫特在当代英国文坛的重要地位，及其创作中所取得的重大成就，也是促成本书选题的一大动因。福尔斯曾被誉为"战后英国最具才华、最严肃的小说家"②，是"唯一具有托尔斯泰或詹姆斯式的力量、视野、知识与智慧的英语作家"③。其代表作《法国中尉的女人》更是以别具一格的叙事实验在第二次世界大战后的文坛独领风骚，

---

① ［加拿大］琳达·哈琴：《后现代主义诗学：历史·理论·小说》，李杨、李锋译，南京大学出版社2009年版，第6页。
② Malcolm Bradbury, "The Novelist as Impresario: The Fiction of John Fowles", in *No, Not Bloomsbury*, New York: Columbia University Press, 1988, p. 293.
③ James R. Aubrey, *John Fowles: A Reference Companion*, New York: Greenwood Press, 1991, p. 92.

影响了一大批年轻作家,并促成了"各种后现代叙事实验"①。拜厄特自1964年发表《太阳的影子》(*The Shadow of the Sun*)以来,历经几十年的创作,已是英国文坛的一员宿将,《占有》的出版更使她声名大噪,甚至被誉为"继乔治·艾略特之后最具才智的女作家"②。斯威夫特也是20世纪80年代之后活跃在当代英国文坛上的最重要作家之一,《水之乡》的发表使他一举成名,《最后的遗嘱》(*Last Orders*)则使他荣获1996年英国小说最高奖——"布克奖"。因此,将这三位作家从众多新维多利亚小说家中列出,以他们的创作为中心,同时辐射其他作家的作品,既能代表新维多利亚小说创作的最高艺术成就,又分具早期、中期和后期不同的艺术特征。

值得注意的是,从这三位作家的创作情况来看,我们不能一概地将他们称为新维多利亚小说作家,因为他们同时也创作了多部新维多利亚小说范畴之外的作品。然而,不容忽视的一个事实是,《法国中尉的女人》《占有》和《水之乡》分别被公认为代表了福尔斯、拜厄特和斯威夫特的最高文学成就。而且,三位作家在不同场合都表述过对维多利亚时期的兴趣,再加上他们的小说都以历史题材为主。基于以上原因,笔者认为以这些作品为例,归纳出新维多利亚小说的叙事美学特征和历史叙事观念,当不是以偏概全之举。

新维多利亚小说数量众多,风格多样。路易莎·哈德利曾归纳出新维多利亚后殖民小说(Neo-Victorian Postcolonial Novel)、新达尔文小说(Neo-Darwin Novel)、新维多利亚档案小说(Neo-Victorian Archive Novel)、新维多利亚传记小说(Neo-Victorian Biographical Novel)、新维多利亚女性哥

---

① Katherine Tarbox, "The French Lieutenant's Woman and the Evolution of Narrative", *Twentieth Century Literature*, Vol. 38, Spring 1996, pp. 101 – 102. 受福尔斯影响的英国小说家有 Peter Ackroyd, Martin Emis, Julian barnes, Graham Swift, A. S. Byatt 等。

② A. S. Byatt, *Possession*: *A Romance*, Vitage, 1990, front.

特小说（Neo-Victorian Female Gothic Novel）等不同的类型。① 为了勾勒新维多利亚小说的整体风貌，以下对这些不同类型的新维多利亚小说略做说明。

首先，新维多利亚后殖民小说。由于19世纪的英国在诸如人类学、考古学、生物学、哲学和语文学等学科进行了开拓性研究，并取得了突破性成就，理性的力量赋予了英国人更深刻、更科学地认识世界的能力和把握文明进程的自信，使欧洲和伦敦成了世界的中心，而地球上剩余的地区被视为边缘地带。维多利亚经典小说（如狄更斯、勃朗特、萨克雷等人的作品）中大都包含着或隐或现的殖民意识。在这些小说家的写作中，英国的海外殖民扩张扮演着重要的角色，在小说中形成了一种关于殖民意识的集体无意识。新维多利亚后殖民小说以"逆写帝国"为叙事宗旨，在新维多利亚小说中占据了很大的比重，但作家多为来自前殖民地的非英国本土作家。代表性的作家作品有简·里斯的《藻海无边》，J.G. 法雷尔（J. G. Farrell）的《克里希纳普围城》（*The Siege of Krishnapur*），加拿大女作家玛格丽特·阿特伍德（Margret Atwood）的《别名格雷斯》（*Alias Grace*），澳大利亚作家彼得·凯里（Peter carey）的《奥斯卡和露辛达》和《杰克·麦格思》（*Jack Maggs*）的等。

新维多利亚小说的另一个分支是"新达尔文小说"。拜厄特在1995年发表的学术评论《一个新的写作群体》中探讨了达尔文主义与当代文化的相关性，分析了达尔文主义作为论题在20世纪后期英国小说创作中占的比重。拜厄特认为在当代新维多利亚小说中，对达尔文思想和生平故事的重构是一个常见的主题："达尔文或者是其中的一个人物，或者以一种声音在场。"②

---

① Louisa Hadley, *Neo-Victorian Fiction and Historical Narrative*, Hamp Shire: Palgrave Macmillan, 2010, p. 3.
② A. S. Byatt, *On Histories and Stories: Selected Essays*, London: Chatto and Windus, 2000, p. 72.

绪论　维多利亚的幽灵在我们上空游荡

新达尔文小说中比较著名的包括拜厄特本人的《大闪蝶尤金尼亚》、詹尼·迪斯柯（Jenny Diski）的《猴子的叔叔》（*The Monkey's Uncle*）、罗杰·麦克唐纳（Roger McDonald）的《达尔文的射手》（*Mr. Darwin's Shooter*，1998）以及丽兹·詹森（Liz Jensen）的《方舟婴儿》（*Ark Baby*）等。

"新维多利亚档案小说"一般采用双重时空的情节结构模式，在当代时空中，主人公大多从事与文学研究、历史撰述和历史档案相关的工作，他们偶然邂逅维多利亚时期的一些"文本遗迹"（textual remains），并对其进行了一系列的学术考古；由他们的学术探险（academic adventure）揭示出的（有关维多利亚时期某个历史人物）一段学术秘闻，构成了小说的第二层历史时空。一些现代学者通过对这些历史"文本遗迹"的强行占有，妄图"占有"（possess）过去；同时"维多利亚文本的'幽灵'通过阅读行为被唤醒，侵扰现代时空的线性叙事"[①]。"新维多利亚档案小说"代表性的作品有拜厄特的《占有》《传记作家的故事》，格雷厄姆·斯威夫特的《水之乡》《从此以后》等。

"新维多利亚传记小说"是对维多利亚时期盛行的以现实主义为特征的传记文学作品的颠覆式重写。首先，这类小说在内容上努力还原被维多利亚主流价值观念和道德观念所压抑、为了所谓的"体面"（decency）在维多利亚传记中严重缺失的"历史真实"。我们知道，在传记的"体面"和"真实"问题上，维多利亚时代的批评家曾展开过激烈地讨论，为了"体面"，对传主生平材料的随意篡改，在维多利亚时代的传记写作中是一种司空见惯的行为。其次，在传记的伦理的维度上（ethical dimensions of biography），新维多利亚传记小说还深刻质疑"在叙事意义上再现另一个

[①] A. S. Byatt, *On Histories and Stories: Selected Essays*, London: Chatto and Windus, 2000, p. 72.

人真实生活的可能性"①，这涉及传者和传主的关系问题，以及传记这一文类再现"真实"的悖论性困境。传记写作并非完全的"无中生有"，它需要传者凭借一系列历史文献（如书信、日记、照片等）进行再创作，而这些二手资料的可信性如何证实？传者对这些历史材料的主观性选择、拼贴和串联，又能在多大程度上再现历史真实？这是一个颇受新维多利亚传记作家质疑的问题。新维多利亚传记小说数量众多，良莠不齐。代表性的作家和作品如下：彼得·阿克罗伊德的《王尔德的最后遗嘱》《查特顿》和《狄更斯》（Dickens），戴维·洛奇的《作者，作者》，A. S. 拜厄特的《传记家的故事》，玛格丽特·福斯特的《侍女》，爱玛·坦南特的《苔丝》，林恩·特拉斯的《丁尼生的礼物》，贝丽尔·班布里奇的《主人乔治》，D. M. 托马斯的《夏洛蒂》，詹姆斯·威尔森（James Wilson）的《模糊的线索》（The Dark Clue），詹妮丝·盖洛维（Janice Galloway）的《克拉若》（Clara），科尔姆·托宾的《大师》和朱利恩·巴恩斯的《亚瑟与乔治》。

"女性哥特小说"是新维多利亚小说的另一重要分支。"女性哥特"（female gothic）这个词语 1976 年首次出现在莫尔斯（Ellen Moers）的著作《文学女性：伟大的作家》一书中，莫尔斯认为"女性哥特"具有区别于男性哥特小说的显著特征，因为它强调的并不是非人的神秘力量，也不是家族的罪恶史，而是女性对自身性别身份的焦虑。②"女性哥特"弱化了传统哥特小说中的超自然因素，更加注重作品的现实主义特征，因为女性哥特小说中给女性个体带来焦虑和恐惧的"幽灵"不是超自然的鬼魂，而是现实生活中性别角色的禁锢性规定，以及父权社会的家庭关系和婚姻制度等对女性空间的束缚。由于维多利亚时代严苛的道德清规以及女性大都处

---

① Louisa Hadley, *Neo-Victorian Fiction and Historical Narrative*, Hampshire: Palgrave Macmillan, 2010, p. 41.
② Ellen Moers, *Literary Women*, New York: Oxford University Press, 1976, pp. 90 – 110.

绪论 维多利亚的幽灵在我们上空游荡

于被"禁闭"的社会边缘境地,女性哥特传统在《简·爱》等维多利亚经典作家的作品中一直存在,然而在新维多利亚小说中它开始占据越来越重要的地位,成为后现代作家重构维多利亚女性历史的重要文体形式。新维多利亚女性哥特小说最具代表性的作品是拜厄特的《婚姻天使》、萨拉·沃特斯的《半身》和《指匠情挑》。

面对林林总总的新维多利亚小说,本书的主要聚焦点是"历史叙事"。"历史叙事"既是文体意义上的,又是意识形态意义上的。笔者借鉴的是后现代主义叙事学的相关理论,马克·柯里指出,"从诗学到政治学的过渡是解构主义(叙事学)的一大遗产",因为从解构主义或者说文化诗学的角度看,叙事策略不仅属于小说的结构艺术范畴,而且属于社会学的范畴,折射出现实中的权力关系,是"意识形态的各种形式与价值观的不自觉的再创造"。[①] 通过对新维多利亚小说历史叙事的研究,本书旨在探讨英国后现代主义小说在叙事模式、叙事时间和空间,以及叙事声音等方面的特征,揭示其以幽灵叙事的形式再现历史的合理性及其背后折射的当代作家的人文关怀和后现代历史叙事理念。

[①] [英]马克·柯里:《后现代叙事理论》,宁一中译,北京大学出版社2002年版,第6—7页。

第一章 维多利亚时代与后现代叙事重构

在19世纪，我们面临的是什么？19世纪是这样一个时代：那时候，妇女是神圣的，然而，你花几个英镑就能买到一个十三岁的女孩子——甚至只要几个先令，如果你只要她陪你玩一两个小时的话。那时候，兴建起来的教堂比在那之前历史上所造的总和还多，然而，伦敦每六十栋房屋就有一栋是妓院（现代的比例是接近六千比一）。那时候，每一个布道坛，每一篇报纸社论，每一次公开演讲，都赞颂婚姻的圣洁和婚前的贞操，然而，众多的公众大人物——地位最高者包括王储——他们的私生活是可耻的……那时候，女人的身体比以往任何时候都遮蔽得更严实，然而，评判每一个雕刻家的标准，却是看他雕刻裸体女人的能力。那时候，在杰出的文学作品中，没有一部小说、一出戏或一首诗的性描写超出接吻的范围……

——约翰·福尔斯[①]

[①] [英] 约翰·福尔斯：《法国中尉的女人》，陈安全译，云南教育出版社2007年版，第191页。

第一章 维多利亚时代与后现代叙事重构

我们并未真正遭遇维多利亚人自身,遇见的只是一个经由某种"介质"而折射出来的形象(mediated image),就如同驱车前行时偶然瞥见汽车的后视镜所看到的形象。

——西蒙·乔伊斯[①]

如果说新维多利亚小说是对"维多利亚"的幽灵书写,是后现代作家在原有历史"踪迹"(traces)之上进行的"增补"(supplement)与"延异"(différance)的游戏,那么接下来的问题是,在后现代的叙事重构中,不在场的维多利亚时期(幽灵)究竟以什么样的面貌和方式显现(出场)?而这又折射了(在场的)我们当下什么样的社会文化语境?本章节是对上述问题的回答。主要论述新维多利亚小说中作为权利话语建构的重要策略的历史叙事,以及维多利亚时期以什么样的形象被再现的问题。

维多利亚时期是英国历史上的一个"黄金时代"。"日不落帝国"的辉煌承载着英国人的光荣和梦想,这一时期作为整个民族集体无意识的一部分,已经根植于英国作家的记忆深处。尤其是随着第二次世界大战后大英帝国经济的一再衰落和全球地位的下降,对维多利亚时期的怀旧以及对(曾被现代主义弃之如敝屣的)维多利亚传统价值观念的重新审视,构成了当代英国思想文化界的一股重要思潮。然而科拉·卡普兰(Cora Kaplan)指出:"新维多利亚小说的盛行,不仅仅源于怀旧——对那个从不存在的美好时代的向往,也不完全是从现代主义到后现代主义过渡过程中深度历史感丧失的症候——这种论调当下虽然备受争议,却也司空见惯。"[②]新维多利亚小说对维多利亚时代历史再现的背后,蕴含着复杂的美学和意

[①] Simon Joyce, "The Victorians in the Rearview Mirror", in Christine L. Krueger, ed. *Functions of Victorian Culture at the Present Time*, Athens and Ohio: Ohio University Press, 2002, p. 3.

[②] Cora Kaplan, *Victoriana: Histories, Fictions, Criticism*, Edinburgh: Edinburgh University Press, 2007, p. 3.

识形态立场。

本章将对新维多利亚小说对维多利亚时期的历史再现进行综合性和整体性研究。新维多利亚小说中的"维多利亚人"较之维多利亚时期经典小说中的人物形象，具有明显的变形和陌生化的效果。在新维多利亚小说中，由于维多利亚和后现代两个时期通常被共时性地糅合在一起，在当代"后视镜"的折射下，维多利亚人呈现出一副陌生而怪异的"他者"（the other）面孔。在共性研究之外，本章还将以福尔斯、拜厄特和斯威夫特的创作为例，论述新维多利亚小说早、中、晚期作家对维多利亚时期的不同描述，以及由此折射出的从20世纪60年代到21世纪初，社会主流意识形态对维多利亚价值观念在认知态度方面的变化。福尔斯的《法国中尉的女人》描述了一个保守、虚伪的维多利亚"理性王国"（realm of rationality）；拜厄特的《占有》《天使与昆虫》深入刻画了19世纪唯灵论（Spiritualism）与达尔文主义（Darwinism）的冲突以及由此引发的宗教信仰的危机，堪为一幅维多利亚人的精神肖像图；而斯威夫特的《水之乡》《从此以后》以家族叙事的形式将维多利亚世界再现为一个进步的"理性王国"与怀旧的"异国他乡"（foreign country）的合奏曲。

第一节　后视镜中的他者

在《法国中尉的女人》中，约翰·福尔斯借元叙述者之口一再追问："在十九世纪，我们面临的是什么？"这个问题颇耐人寻味，它暗含两层意思。首先，当代作家对维多利亚时期的历史书写基于他们自身对维多利亚时期的历史想象，当代意识形态毋庸置疑参与了这一叙事重构，试图给读者展示："十九世纪，我们面临的是什么？"其次，新维多利亚小说包含

第一章　维多利亚时代与后现代叙事重构

"十九世纪"和当代("我们")两个时空维度，是在当代语境下对维多利亚时期进行的价值评判和审美反思。这一叙事立场决定了维多利亚人在小说中不可能被"客观"再现。恰恰相反，在当代意识形态"后视镜"的聚焦下，维多利亚人集体呈现为扭曲的"他者"形象。本节首先借鉴后经典叙事学理论，探讨新维多利亚小说作家对维多利亚时期的审美意识形态重构。

后经典叙事学通常将叙事视为特定意识形态的话语建构行为。由意识形态和主体性所构建的叙事，当被用来再现"真实"事件时（也即通常所说的"历史叙事"），必然会产生一种悖论。历史要求"客观真实"地再现"已逝的过去"（the past），然而，过去并非一个可触摸的经验实体——一种在场的、实体性的存在。一旦通过叙事被呈现（presentation）时，它不可避免地会受到与叙事性相关的权利、政治、意识形态等因素的影响，无法实现其"客观真实"的既定目标。换句话说，"历史叙事"本身是一种"历史"与"叙事"两种异质概念的悖论性组合。詹姆逊（Fredric Jameson）指出：

> 历史本身在任何意义上不是一个文本，也不是主导文本或主导叙事，但我们只能了解以文本形式或叙事模式体现出来的历史，换句话说，我们只能通过预先的文本或叙事建构才能接触历史，而我们对它的接近以及对真实本身的接近，都必须经过其在先的文本化，它的在政治无意识中的叙事化。[1]

在这个意义上，詹姆逊将历史叙事称为"政治无意识的文本化"。历史叙事不可避免地融合了当下的意识形态和来自不同历史文本中的多种叙

---

[1] ［美］詹明信：《晚期资本主义的文化逻辑：詹明信批评理论文选》，陈清侨译，生活·读书·新知三联书店1997年版，第148页。

述"声音",属于历史与当下的双重言说。

西蒙·乔伊斯(Simon Joyce)敏锐地捕捉了新维多利亚小说历史叙事的这种双重时空性,他使用"后视镜中的维多利亚人"(Victorians in the rearview mirror)来描述新维多利亚小说对维多利亚时期的历史再现。她认为我们在阅读新维多利亚小说以及各种新维多利亚主义文化文本中,并未真正"遭遇"维多利亚人自身,遇见的只是一个经由某种"介质"折射出来的形象,就如同驱车前行时偶然瞥见汽车的后视镜看到的形象。她还指出:

> ("后视镜中的维多利亚人")这一形象有效地概括了我们的悖论性感受——向前观看自己身后有什么;而这一点和阅读历史的感觉恰恰相反,后者探寻过去通常是为了预想将来。同时,这也暗示了另外一层含义:任何镜子中的形象均不可避免地会对原来的事物造成扭曲和变形。[①]

"后视镜"暗含着"时间、距离的拉近",把原本遥远的事物以近在咫尺的形式映现在我们面前;同时区别于逼真再现的平面镜,它亦有"变形"之意。在本部分,笔者借用乔伊斯"后视镜"(rearview)的比喻,用"后视镜中的他者"对新维多利亚小说中再现的维多利亚时代整体景观进行总体性描述。恰似透过后视镜回看维多利亚时期的历史,新维多利亚小说中映现的是一个时空压缩的、变形的维多利亚"他者"(the other)[②]。

[①] Simon Joyce, "The Victorians in the Rearview Mirror", in Christine L. Krueger, ed. *Functions of Victorian Culture at the Present Time*, Athens and Ohio: Ohio University Press, 2002, p. 3.

[②] 他者(the other)是西方后殖民理论中常见的一个术语,和"自我"(Self)是一对相对的概念。在后殖民的理论中,西方人往往被称为主体性的"自我",殖民地的人民则被称为"殖民地的他者",或直接称为"他者"。在本书中,我们将"他者"宽泛地理解为一个与主体既有区别又有联系的参照,如维多利亚时期之于后现代,或者后现代之于维多利亚时期,都是自我与他者的关系,换句话说,他们互为他者。

第一章 维多利亚时代与后现代叙事重构

在"后视镜中的他者"中,"他者"指与当下"自我"相区别的历史再现的对象,即维多利亚时期已逝的过去。这一隐喻暗含着前面提到的历史叙事中的悖论:虽然"过去"在时间上先于"当下"和"未来",也先于对它的再现,但它总是不在场的,无法挽回地消失了,我们拥有的永远不过是一种有关过去的文化建构亦即对它的再现或叙述。在这个意义上,"被再现者"(维多利亚历史时期)在(本体)逻辑上反而依赖于它的"再现"即"历史书写"。换句话说,新维多利亚小说的历史书写就成了对过去缺场的一种补偿,或者说过去的"在场"。"后视镜中的他者"这一隐喻很好地表述了新维多利亚小说中"在场的"自我与"缺场的"维多利亚他者之间的矛盾性和对话性关系。乔伊斯在阐释"后视镜中的他者"时侧重从"时空的并置"和"人物形象的扭曲"两个方面展开论述。

首先,时间距离的拉近。乔伊斯指出,"在整个20世纪我们都非常吃惊地意识到我们与发生在过去不同历史时期以及不同人群身上的历史事件之间存在惊人地接近"。我们在观看维多利亚的绘画与建筑时都会有类似的感受:维多利亚人似乎就在我们的对面,与我们相互凝视,构成互为他者的对话关系。这或可归功于视觉艺术和大众文化的影响,电影、绘画、建筑、戏剧等表现形式将过去以"现在在场"(the present presence)的形式直接呈现给观众,而这种共时性的平面化展出大大缩短了历时性的时间跨度,距今100多年的维多利亚时期的过去以"此时此在"(here and now)的方式冲击着我们的视觉,并与我们面对面"遭遇"(encounter)。就新维多利亚小说而言,虽不像视觉艺术那样能为读者提供直接面对维多利亚过去的表演性(performance)效果,然而较之传统的历史小说,我们仍然感觉在阅读的过程中自己与过去的历时性时间关联大为缩短,距离上也被无限拉近,这里或有三个原因:(一)这些小说大都挪用了一些现代视觉艺术的表现手法,如电影中的蒙太奇、绘画中的细节临摹、戏剧性的场景描述等。（二）在这类小说中，19世纪的历史故事通常都伴随着（或隐含着）一个当代的叙述视角，或直接表现为叙事上的双层时空并置（如《法国中尉的女人》《占有》《水之乡》《从此以后》等）；或依靠"隐含作者"的叙事话语得以间接呈现（如《天使与昆虫》）。这个现代叙述者（或隐含作者）一般具有鲜明的当代意识形态立场，深谙各种后现代理论话语，追随他们的叙述视点，读者与维多利亚时代在时间上、空间上和心理上的距离都被大大拉近。（三）这类小说采用了大量的后现代叙事技巧（如元小说的"自我指涉""短路"、各种形式的"互文"和文体杂糅等），使得传统的由过去至现在再到未来的线性历史叙事被打断，作品具有一种强烈的空间化的叙事效果。

随着时间、空间上距离的拉近，维多利亚历史时期也呈现出不同程度的扭曲、变形的艺术效果。我们通常会发现许多原本熟悉的维多利亚人物形象变得陌生而怪异。具体来说又可分为三种情况。首先，在一些新维多利亚传记小说中（Neo-Victorian Fictional Biography），维多利亚时期的历史人物[1]往往显示出另外一副陌生的面孔。忠诚的"桂冠诗人"丁尼生与"家中天使"艾米丽·赛尔伍德（Emily Sellwood）的美满婚姻被重新解读，诗人与亚瑟·哈勒姆（Arther Hallam）的同性恋关系浮出水面（《婚姻天使》《丁尼生的礼物》[2]）。布朗宁夫妇的传奇爱情以及她的诗歌中反映的悲悯穷人的救世情怀，通过她的侍女伊丽莎白·威尔逊（Elizabeth Wilson）

---

[1] 据莉娜·史蒂夫克（Lena Steveker）的统计，经常被重构的维多利亚名人包括夏洛蒂·勃朗特（如 D. H. 托马斯的《夏洛蒂》）、伊丽莎白·布朗宁的（如玛格丽特·福斯特的《侍女》）、丁尼生（如林恩·特拉斯的《丁尼生的礼物》和拜厄特的《家中天使》）、亨利·詹姆斯（如科尔姆·托宾的《大师》和戴维·洛奇的《作者，作者》）等。

[2] 在《一幅丁尼生误读的地图：后现代重构》一文中，萨弗里奥·托马洛（Saverio Tomaiuolo）对后现代语境下艺术家、画家、音乐家、小说家、电影导演对丁尼生本人及其作品的误读和重构进行了详尽的分析，他还分析了《丁尼生的礼物》和《天使与昆虫》这两部新维多利亚作品对丁尼生的重构，参看 Saverio Tomaiuolo, "A Map of Tennysonian Misreading: Postmodern (Re) visions", *Neo-Victorian Studies* Vol. 3, No. 2, 2010, pp. 1-31。

的目光透视，也表现为截然不同的历史真相（《侍女》）①。《穿蓝衣服的姑娘》中，狄更斯的疯妻子凯瑟琳（Catherine Dickens）的故事也被再次讲述，在各种光环笼罩下的伟大作家也显现出不为人知的男性沙文主义的另一面（Gaynor Arnold, *Girl in a Blue Dress*, 2008）②。尽管亨利·詹姆斯（Henry James）为了避免私人生活被过分关注，生前曾和人约定烧毁彼此的通信，但他仍未能逃脱被窥视和重写（改写）的命运——他的终身未婚以及和妹妹爱丽丝（Alice James）、女作家康斯坦斯（Constance Woolson）之间的情感纠葛成了后现代作家一再想象的焦点（《大师》《作者，作者》）。此外，奥斯卡·王尔德（Oscar Wilde）（《王尔德的最后审讯》）、托马斯·哈代（Thomas Hardy）（《偷窥者汤姆》《苔丝》）③、克里斯蒂娜·罗塞蒂（Christina Rossetti）（《占有》）④、查尔斯·达尔文（Charles Darwin）（《达

---

① 在福斯特的《侍女》中，作家假托布朗宁夫人的书信，以伊丽莎白·威尔逊为视角，暴露了出身富足的女诗人在与女仆的关系中完全忽略对方的情感和需要、极端自我中心的另一面；嘲讽了她从未接触底层人们的生活却创作了诸如"孩子们的哭声"（"Cry of the Children"）等政治抒情诗的虚伪造作行为。在小说中有一段描述，伊丽莎白·威尔逊对另一位女仆说："你读过伊丽莎白·布朗宁有关贫穷的孩子冻得瑟瑟发抖、忍饥挨饿的那首诗歌吗？"然后接着说，"很美的一首诗，但我读时总忍不住会想起这么一个场景：布朗宁夫人的那只名唤 Flush 的宠物狗在大口大口地吃着鸡脯肉"参看 Margaret Forster, *Lady's Maid*, Harmondsworth: Penguin, 1991, p. 71。

② 狄更斯一直是后现代重构的焦点，仅2007年就出版了四部以他为核心的新维多利亚小说，分别是丹·西蒙斯（Dan Simmons）的《德鲁德》（*Drood*），马修·珀尔（Matthew Pearl）的《最后的狄更斯》（*Last Dickens*），弗拉尼根（Richard Flanagan）的《渴望》（*Wanting*）和格纳·阿诺德（Gaynor Arnold）的《穿蓝衣服的姑娘》。

③ 《偷窥者汤姆》（Howard Jacobson, *Peeping Tom*, 1984）虽不是一部传记小说，托马斯·哈代也没有直接显形，但仍被许多学者（如 Christian Gutleben, *Nostalgic Postmodernism*, p. 90）评论为一部重构哈代生平故事的新维多利亚小说——因为小说的主人公 Fugleman（弗格曼，意为"领导者"）后来被证实是哈代的转世化身。《苔丝》一书中，爱玛以女性第一人称叙事的形式，通过女主角苔丝对哈代进行了重新叙述，形成了作家与他笔下的人物相互审视的对话关系。哈代这位维多利亚诗人兼小说家在作品中一再表达对受伤害女性的同情与支持，其实在苔丝看来，他不过是一个"英俊、冷心肠却自视甚高的"伪君子而已，"长着一副前拉斐尔天使般的面容"（Emma Tennant, *Tess*, London: Flamingo, 1994, p. 158）。

④ 《占有》叙述的是维多利亚诗人艾什与拉摩特的悲剧性爱情故事，但一些论者认为艾什的形象实为丁尼生与布朗宁的综合体，拉摩特的身上也投射着女诗人克里斯蒂娜的影子。参看程倩《历史的叙述与叙述的历史》，人民文学出版社2005年版，第6页。

尔文的猎枪》《达尔文的阴谋》）①、亚瑟·柯南道尔（Arthur Conan Doyle）（《亚瑟和乔治》）②，甚至维多利亚女王本人（《方舟婴儿》）③ 等诸多显赫一时的历史人物（Eminent Victorians）都被重新想象与建构，成为当代意识形态折射下扭曲、变形的"他者"。

除此之外，许多我们耳熟能详的维多利亚时期的虚构性人物也有了不同的故事版本。《藻海无边》以伯莎·梅森（Bertha Mason）为视角叙述了她何以变疯的故事，重新审视了勃朗特的《简·爱》中出身高贵的"黑马王子"、狂放不羁的拜伦式英雄罗契斯特（Edward Rochester）。他不仅以婚姻之名剥夺了伯莎的全部财产，还以殖民者的野蛮和残酷将出身于西印度群岛的妻子伯莎贬为趣味低下、心灵平庸的"荡妇""疯女人"，并把她囚禁于曼斯菲尔德庄园的阁楼。在这部小说中，作者通过赋予伯莎话语权，让压抑的"沉默的他者"以自己的声音来讲述自己的故事，实现了对殖民主义和父权统治的双重控诉，并极好地诠释了"疯癫"的真正本质——它不过是父权和殖民话语对异己的"他者"的规训与惩罚。

D. M. 托马斯（D. M. Thomas）的《夏洛蒂：简·爱的最后旅程》（*Charlotte：The Final Journey of Jane Eyre*）是一部续写《简·爱》的新维多利亚小说。《简·爱》以简和罗契斯特幸福的婚姻生活作为故事的结局。这是一种典型的维多利亚结尾形式：婚姻中罗曼司的一面被过分夸大，

---

① 《达尔文的猎枪》（Roger McDonald, *Mr. Darwin's Shooter*, 1998），《达尔文的阴谋》（John Darnton, *The Darwin Conspiracy*, 2005）。置身在后现代的历史文化语境下，人们愈发质疑由达尔文进化论构建的现代性宏大叙事，达尔文本人以及他的重要作品都成了改写（重写）的重要对象，以至当代英国文坛出现了一个小的次文类：新达尔文小说（Neo - Darwin novel）。

② 《亚瑟和乔治》（Julian Baunes, *Author and George*, 2005）。乔治是20世纪初轰动一时的大维雷神秘案件的当事人，巴恩斯将他的故事引入对柯南道尔的生平重构之中，虚构了发生在他们身边的一切，以及两人的"亲密接触"。人们惯性地总会将作者柯南道尔与他创作的大侦探福尔摩斯等同起来，巴恩斯颠覆了这一惯性思维，着力凸显亚瑟生活中凡俗、平庸的另一面。

③ 《方舟婴儿》（Liz Jensen, *Ark Baby*, 1998）。在这部小说中，维多利亚女王老祖母式的温和、高雅的仪态荡然无存，莉兹的小说充分暴露了她独裁而又冷酷无情的另一副面孔。

"从此以后，他们过着幸福的生活"诸如此类的"将来向度叙述"置换了现实婚姻中与性爱有关的内容。在托马斯续写的故事中，原本缺失的简和罗契斯特婚后的性生活被浓墨重彩地大加涂抹。简脱去了夏洛蒂强加于她的"纯洁"的外衣，由极端的性无知者变成了沉浸于（与罗契斯特的儿子）性爱之乐的成熟女性。罗契斯特成了（或者说被还原为）一个对简并无真爱、自私、冷漠的"性受虐狂"（伯莎·梅森狂热性爱的宣泄对象）。

类似的新维多利亚小说还有《苔丝》（Emma Tennant, *Tess*, 1993）、《玛丽·赖利》（Valerie Martin, *Mary Reilly*, 1996）、《杰克·麦格斯》（Peter Carey, *Jack Maggs*, 1997）、《指匠情挑》（Sarah Waters, *Fingersmith*, 2002）、《德鲁德》（Dan Simmon, *Drood*, 2007）、《皮普先生》（Lloyd Jones, *Mr. Pip*, 2007）等①。在这些重述经典的小说中，我们耳熟能详的虚构人物（如苔丝、化身博士、麦格威志、白衣女人劳拉、埃德温·德鲁德、皮普等）通过某个特定的叙事视角以"变形"的方式被呈现了出来。在当代意识形态"后视镜"的聚焦下，他们展现出了与维多利亚经典罗曼司迥然相异的另外一副面孔。

此外，新维多利亚小说中的"变形"还体现在一些（被赋予维多利亚时代背景的）纯然虚构的人物形象之上，如《法国中尉的女人》中的萨拉和查尔斯，《大闪蝶尤金尼亚》中的威廉、尤金尼亚和麦琪，《天使与昆虫》中的女性灵媒莉莉斯和索菲亚，《马戏团之夜》中以"变形"的方式被展示的女性群体（以长着翅膀的"鸟女人"菲芙斯为代表），《血淋淋的厨房》中的灵媒弗劳拉·米尔克和调查神降会并依靠权威话语将弗劳拉判为歇斯底里症病人的科学家威廉·普莱斯顿，《半身》中的玛格丽特和

---

① 《杰克·麦格斯》以狄更斯《远大前程》里的罪犯麦格威志为原型，《指匠情挑》指涉科林斯《白衣女人》，《德鲁德》的主人公出自狄更斯的小说《埃德温·德鲁德的秘密》，《玛丽·赖利》则以女佣玛丽为观点重写斯蒂文森的《化身博士》。

她的灵媒同性恋女友塞琳娜等。这些虚构的人物身上既带着明显的维多利亚印记，又传达着后现代的审美文化观念。性爱、同性恋、灵媒等维多利亚权威话语（主要体现为科学至上、进步理念和男性沙文主义）拼命压制、在经典中表现为严重缺失的这部分内容，经由后现代作家的想象和重构，被注入新的活力，获得了新生——但他们已经不是自身，而是"鬼魂附体"的后维多利亚人（Post‐Victorian），既属于维多利亚时期，又属于后现代，且在两个时代之间幽灵般地任意游走。

综上所述，新维多利亚小说中呈现的维多利亚时代具有明显的"变形"和"陌生化"艺术特征。新维多利亚小说再现的对象（维多利亚历史时期）既是维多利亚的，又是后现代的。这不同于我们平常的阅读期待视野——或者是维多利亚的，或者是后现代的。由于集中了维多利亚和后现代两种特征，同时映现了维多利亚人和后现代人两种形象，在新维多利亚小说中，我们能够同时看到自我与他者、现在与过去。两个世纪的面孔以共时性的方式同时展现，自我与他者进行着持续不断的交流与对话。

第二节　福尔斯：现实烛照下"虚伪的理性王国"

《法国中尉的女人》（1969）被公认为是一部开英国当代新维多利亚小说创作之滥觞的经典作品。作为肇始"新维多利亚小说"这一文学潮流的作品，《法国中尉的女人》既体现了这一文类早期的艺术特征，同时亦反映了20世纪六七十年代之交英国作家对维多利亚时期的集体性历史想象。作为"他者"的维多利亚历史时期，经由多元开放的后现代现实社会的烛照，不仅表现为道德"虚伪"的外在特征，还成了阻碍"自由""开放"

的各种保守、落后观念的代名词。故而"虚伪的理性王国"可以大致概括福尔斯在《法国中尉的女人》中对维多利亚时期的历史想象。这一形象建构与20世纪六七十年代的社会文化背景密切相关。

众所周知,第二次世界大战之后,英国社会经历了"福利国家"的政策改革,经济曾一度复苏,在20世纪50年代甚至出现了短暂的繁荣局面。然而繁荣稳定的表象之下酝酿着剧烈的矛盾冲突,并在60年代初集中爆发,文坛上"愤怒青年"(Angry Young Men)激愤而痛苦的呐喊拉开了英国"反叛的60年代"的历史帷幕。丹尼·贝尔(Daniel Bell)在《资本主义文化矛盾》一书中曾对50年代和60年代的文化情绪进行区分:

> 50年代文化情绪主要是一种文学情绪。在这一时期代表性的批评家如莱昂内尔·屈瑞林、伊沃尔·温特斯和约翰·克劳·兰塞姆等人的著作里,强调的是复杂、可笑、暧昧和悖论。这种态度从最坏处讲是一种清静无为的表现,从最好处讲是一种自我意识,而且它的调子基本上是温和的。60年代的情绪则以洪水猛兽般的,甚至愚笨莽撞的方式摒弃了那种情绪。这种新的情绪由于对这个时代怒不可遏,它因此表现出喧闹而又咒骂成性的特征,且流于淫秽。①

在贝尔看来,"愤怒"是60年代的主要文化情绪和声音表达。这一时期英国在思想、文化上空前地活跃,人们的价值观念也发生了深刻的变化。文学、音乐、绘画、建筑等艺术形式都表现出了鲜明的非主流特征。有学者指出,以摇滚乐为代表的、反叛的青年亚文化"将节拍和音乐厅的声响以及愤怒、侵略及黑色威胁的字眼和声音融合在一起,使'绅士'一词从英国文化中尽失,自维多利亚时代以来,所谓的传统第一次处于如此

---

① [美]丹尼·贝尔:《资本主义文化矛盾》,严蓓雯译,人民出版社2010年版,第169页。

尴尬的境地"①。

由于《法国中尉的女人》创作于求新求异、激进反叛的60年代，福尔斯一方面感受到了以维多利亚价值观念为支撑的传统在走向破败和坍塌，另一方面他也认识到社会的反叛和呐喊又流于一种绝望与愤怒的空洞表达，无助于建立一个新的秩序和传统。他一方面沉浸于道德松绑和性解放带来的新的自由氛围之中，不可避免地会反叛传统，将"维多利亚"视为阻碍性自由的最大障碍，并大大咧咧地贴上"道德虚伪"的标签；另一方面，因其固有的人文主义追求，他又无法兴高采烈地将传统和过去统统扔进历史的垃圾堆，在"自我指涉"的语言游戏中消解掉一切的意义和执着。这种面对传统和创新的复杂情结在《法国中尉的女人》中都有具体表现。现代叙述者以"戏仿"（parody）和"反讽"（irony）的口吻不停地嘲弄他笔下的维多利亚人物，并以"自揭虚构"的元小说手法大肆暴露现实主义的叙事成规，充分暴露了维多利亚时期道德的虚伪性。然而，福尔斯赋予了小说中的维多利亚人物萨拉以平等、自由的思想，并将元小说技巧与现实主义手法相糅合，表达了他在传统与现实的融合中重建新的理念和秩序的愿望。总体来说，在《法国中尉的女人》中，维多利亚时期被再现为"虚伪的理性王国"，这一评判是福尔斯站在道德反叛、性解放等"此在"历史语境下的必然结果——道德虚伪、冷漠无情，加之以科学、理性之名压制他者、扼杀人性，是20世纪60年代"时代精神"（zeitgeist）对维多利亚时期的整体判断。而这一切均是通过萨拉，一个神秘而孤独的维多利亚"他者"的形象折射出来的。

小说开篇，萨拉站在空荡荡的码头上，在莱姆镇各色目光的"注视"（gaze）下，谜一般地伫立——可怜的"悲剧""法国中尉的娼妓""抑郁

---

① 王维倩：《从"垮掉的一代"到嬉皮士的全球化》，四川大学出版社2010年版，第179页。

症患者""贞洁的处女",这种种形象背后折射了维多利亚不同阶层、不同意识形态立场的人们对她的不同判断。在小说中直接出场且与萨拉有密切关联的人物主要有以下几个:萨拉的父亲、查尔斯、欧内斯蒂娜、波尔坦尼太太、费尔利太太,以及德高望重的格罗根医生。这些人物,因为社会背景、人生经历、价值观念不同,对萨拉的看法迥然相异。

萨拉的父亲受维多利亚时期皮普式"远大前程"的鼓舞,把独生女萨拉送进寄宿学校,原本是幻想奇迹发生,依靠女儿成就他进入绅士阶层的梦想。然而皮普式的"远大前程"最终并没有降临到萨拉身上,这位父亲出于维多利亚实用主义的价值观念,感觉"花大价钱买来了一台毫无用处的机器"①。在萨拉的父亲身上体现了一种典型的维多利亚人生价值观:人生的目的在于不断地提高自己在社会中的地位。这种价值观念在当时被各个阶层普遍接受,可是不如皮普幸运,萨拉的父亲在"绅士梦"破灭后,发了疯,病死在疯人院里。

在欧内斯蒂娜看来,萨拉则是一个避之唯恐不及的"荡妇"。从小说开头查尔斯、欧内斯蒂娜在科布堤邂逅萨拉的那一幕,我们已经清楚地了解这位维多利亚淑女对待萨拉的态度。她告诉查尔斯,萨拉被莱姆镇的村民称为"可怜的悲剧""法国中尉的女人",她自己也认为"她有点疯"(第6页)。欧内斯蒂娜之所以如此看待萨拉,与当时维多利亚价值观念对女性"家中天使"的价值设定有关。所谓的"家中天使"概括起来主要包括两点要求:(一)绝对的"纯洁"(包括婚前的贞操和婚后的"庄重");(二)对丈夫的无条件服从。在传统的维多利亚家庭中,男人是绝对权威,法律赋予丈夫对妻子的绝对统治权;女人的唯一任务是取悦自己的丈夫。

欧内斯蒂娜认同并自觉追求这种角色定位。在性的问题上她努力使自

---

① [英]约翰·福尔斯:《法国中尉的女人》,陈安全译,云南教育出版社2007年版,第39页。以下引自该书内容均在引文处直接标明页码。

己"纯洁"。小说中有一段关于她性心理的精彩描写：

> 她在快速转身的时候，瞥见映在镜子里的床铺的一角，性的念头顿时在她脑中闪现，其实只是一种想象，仿佛看到赤裸的四肢互相交缠，犹如拉奥孔被蟒蛇缠住一样……她在私下里给自己定了一条戒律：每当涉及女人肉体方面的内容，诸如性、月经、分娩等方面的东西强行进入她的意识时，她都会用无声的语言告诫自己："我不可以那样做。"但是尽管你可以把狼群挡在门外，它们还是会在外面的黑暗中嚎叫。（第20—21页）

欧内斯蒂娜对性的排斥态度根源于维多利亚价值观念的强行灌输。据戴维·罗伯兹（David Roberts）的研究，维多利亚时代的人的性观念非常原始。"他们认为性生活的乐趣不是斯文的妇女所有的，正当的女人没有性的要求。他们告诉小男孩，遗精是一种病态，手淫会导致神经病，性交过度会导致性功能丧失。小女孩无法得知性生活，男孩则从仆人或学校宿舍里的男孩和妓女里学到性。"[①]长期受这些观念的影响，欧内斯蒂娜不仅丧失了女性自我的主体，而且倾向于成为父权制不自觉的以所谓的道德观念残酷迫害其他女性的帮凶。

欧内斯蒂娜的"道德隔离"到波尔坦尼太太和管家费尔利太太那里就成了严厉的道德谴责和虚伪的宗教"救赎"。费尔利太太充当了自觉的"密探"并组建了"庞大的关系网"，结果萨拉"在自由活动时间的一举一动、一颦一笑，经过神秘夸张和大大歪曲"（第44页），很快传到了波尔坦尼太太那里，然后再由后者对萨拉行使道德训诫和经济惩罚的权利。福尔斯对波尔坦尼太太的刻画惟妙惟肖，对她的戏谑和嘲讽也可谓辛辣刻

---

① ［英］戴维·罗伯兹：《英国史：1688年至今》，鲁光桓译，中山大学出版社1990年版，第279页。

薄、入木三分。这个人物身上凝聚了作者福尔斯对维多利亚"道德虚伪"的深刻批判。

在波尔坦尼太太看来,萨拉既是"荡妇",又是"悲剧"(罪人):前者基于她根深蒂固的性道德观念,后者则出于她天堂梦的驱动和宗教救赎的迫切心理需求。然而萨拉去韦尔康芒斯山上散步,这一严重越界的"疯狂"行为,终于超出了波尔坦尼太太的忍耐极限,粉碎了她依靠拯救萨拉"有罪的灵魂"来增加天堂账本上进项的救赎计划,于是她转而对萨拉实施自己权限范围内的规训和惩罚——将她扫地出门。① 叙述者不无嘲讽地指出,波尔坦尼太太称得上是上升时期大英帝国各种极为狂傲的特征的缩影,"她对正义的唯一理解是:她永远是对的。她对治理的唯一诠释是:对刁民进行狂暴镇压"(第14—15页)。

此外,莱姆镇上还活跃着另外一类人物——以科学、理性等标榜的格罗根医生。达尔文的进化论认为人类不过是进化过程中的偶然产物而已,是高级的猿,这打破了基督教的创世神话,引发了人们对传统宗教信仰的怀疑,并在许多情形下导致了无神论和不可知论。格罗根医生可谓维多利亚时期此类"理性"和"进步"话语的代表。这位"对医学的重要分支——病人的性格——有透彻了解"的莱姆镇医生,从未将他的视线从萨拉身上移开。在他的"注视"下,萨拉成了一个重要的精神分析的"样本",他以理性和科学的权利话语判了这位可怜的姑娘"精神分裂症"的"徒刑"——维多利亚时期另一种形式的紧闭。在他看来,萨拉由于对不幸的命运产生绝望而患了抑郁症,他一再强调,"那女人抑郁成瘾了,就

---

① 这是波尔坦尼太太对待不驯服仆人的惯常伎俩,对仆人的道德训诫也是维多利亚价值观念的重要方面。当时的一部畅销书——比顿夫人(Mrs. Beeton)的《治家必读》(*Book of Household Management*)——对此有详细的描述,该书最后的64页讲的全部是仆役的职责。对英国1851年之际的100万名家庭仆役(仅次于农业工人的第二职业)而言,严谨、勤奋、谦恭、依从和整洁,是最基本的道德要求,而对来自乡下的家庭侍女而言,道德训练始于家庭厨房里那苛严不下于任何学校的纪律。

像上了鸦片瘾一样"(第112页),建议查尔斯立刻摆脱萨拉的纠缠,把她送进爱克斯特的一家疯人院。女人因为追求爱情与自由变得歇斯底里,这已成为男权话语下的经典叙事,表现了维多利亚时代的价值观念以理性之名,对女性的残酷精神迫害。

这些维多利亚时期的人物在"注视"萨拉的同时,分别试图用教育提升、道德隔离、隐私窥探、宗教救赎、权力训诫等手段,试图将萨拉纳入或重新拉回维多利亚的价值体系之中。而所有这一切(除了萨拉父亲的情况)只是源于一个他们在想象中建构的"痴心女子负心汉"的俗套爱情故事。莱姆镇村民依照不同的价值观念、借助权利话语,建构了不同形象的萨拉。莱姆镇村民对萨拉的"凝视"和形象建构("法国中尉的女人""悲剧""抑郁症患者")是他们各自意识形态和权利意志的表达。但是换个角度来看,萨拉的形象亦"反射"了他们自身;在他们"凝视"萨拉的同时,福尔斯(以"现代叙述者"和"全知叙述者"的面目交替出现)也在"凝视"着他们。福尔斯对萨拉的形象塑造(一个被谴责者、被遗弃者),是要透过萨拉以及她身上反射而来的"目光",重构那个以"虚伪""理性"著称的时代。

福尔斯在《法国中尉的女人》中译本前言中指出:"十九世纪的英国是一个极富侵略性的国家,它不仅对外不讲自由,对内亦无自由可谈。实际上,我的小说的主题就是写在这样一个毫无自由的社会里,一个地位卑贱的女子是怎样获得自由的。"[①]"不自由"是福尔斯对维多利亚时代的基本界定,也是福尔斯"凝视"维多利亚时代的基点,而这一印象——或者说"偏见"——的获得无疑与他所处的20世纪60年代的主流思想观念和意识形态话语相关。

---

① [英]约翰·福尔斯:《法国中尉的女人》,刘宪之、蔺延梓译,百花文艺出版社1986年版,中译本前言。

"虚伪的道德"和"压抑的理性"是福尔斯对维多利亚社会"不自由"的具体认识。这种由先在价值观念（主要表现为"自由"的理念）和谴责语调①所主宰的叙事话语，其潜在的结构形式注定了维多利亚时代无法被丰富而多元地展示，因为叙述者不论在人物自由还是在叙事自由方面都在努力地克服这一维多利亚羁绊，朝着自己"自由"的理念王国迈进。在这种情况下，维多利亚时期不可避免地会被平面化，并作为与之相反的"虚伪的理性王国"被呈现。在这个意义上，拜厄特曾指出，福尔斯对维多利亚时代的理解十分片面粗略，主要来自布鲁斯伯里（Bloomsbury）文化圈对维多利亚时代的拒斥，事实上，"维多利亚时代的世界复杂而令人惊奇，它的能量时至今日仍然让人震惊"②。

第三节 拜厄特："乌托邦"里的怀疑与冲突

不满于以《法国中尉的女人》为代表的早期新维多利亚小说和文化研究对维多利亚人粗浅、片面的理解，拜厄特在《占有》中意在为维多利亚人"拨乱反正"，重塑他们在现代人心目中的形象。她笔下的维多利亚世界丰富而多元，既是现代人逃避残酷现实的理想"乌托邦"，同时在这个"乌托邦"内部又充满了信仰丧失之后的"危机感"和各种思想观念（尤其是达尔文主义与唯灵论）的冲突与交锋。或如学者所言，在拜厄特的小说中，"思想的复杂、情感的矛盾、信念的冲突、困惑与怀疑、追求与体

---

① 如西方学者所言，萨拉是"两种最为常见的维多利亚小说原型——堕落的女人和被社会遗弃的女人的混合体"，她代表着"福尔斯对维多利亚时代的谴责"。参看 Kerry McSweeney, *Four Contemporary Novelist*, London: Scholar Press, 1983, p. 137。

② A. S. Byatt, *Passions of the Mind*, London: Chatto and Windus, 1991, p. 174.

验等时代精神,在维多利亚人物身上均得以彰显"①。"这些人物在达尔文主义与宗教及各种唯灵论思潮的碰撞中思考人类的本质,人与动物,灵魂与肉体,男人与女人的关系。"②在本部分的论述中,笔者将拜厄特笔下的维多利亚世界描述为"'乌托邦'里的怀疑与冲突",集中探讨《占有》(1990)和《天使与昆虫》(1992)里复杂、多元的维多利亚思想、文化景观。在对这个问题进行具体论证之前,同样有必要回顾一下20世纪八九十年代的历史文化语境。

经历了20世纪六七十年代的"经济滞涨"和"文化动荡"之后,1979年撒切尔夫人上台,标志着英国进入了"保守的八九十年代"。撒切尔夫人执政期间,曾进行了大刀阔斧的改革,使英国的经济情况不断好转,英国公众因战后国势日衰,心情压抑已久,带着一种怀旧的感情冲动,大力支持撒切尔夫人,并使她获得连任的机会。思想文化上,六七十年代被抛弃的维多利亚传统价值观念受到重新肯定,撒切尔夫人公然指出她的任务就是用传统的维多利亚价值观来重振帝国雄风,再造英国。在1983年的竞选演讲中,撒切尔夫人将维多利亚价值观念界定为"诚实、节俭、可靠、努力工作和责任感"。在一次电话采访中她解释说:

> 维多利亚时代的祖母把我养大,从小她就教我努力、愉快地工作,教我提升自己、依靠自己、靠自己的收入生活,教我除了虔诚之外还要整洁,教我要尊重自己、帮助邻里,教我对国家要有一种无比的自豪感,成为群体里很好的一员。这些都是维多利亚价值观念。③

---

① 金冰:《维多利亚时代与后现代历史想象》,北京大学出版社2010年版,第25页。
② 同上。
③ Margaret Thatcher, "The Good Old Days", in T. C. Smout, ed. *Victorian Values: A Joint Symposium of Edinburgh and the British Academy*, Oxford: Oxford University Press and the British Academy, 1992, p. 14.

这种"祖父母"的定位以及对国家自豪感的鼓吹表明，在 20 世纪八九十年代的维多利亚价值观念中，"道德虚伪""性压抑""残酷剥削"等负面的因素已经完全剔除，只剩下了"善与美，纯洁与真理"。① 它"提供了一个对过去的有选择性地肯定，并明显地负载着怀旧情结"②。撒切尔夫人的大力倡导，在八九十年代的英国激发了一种集体性的怀旧情绪，一种重回"大英帝国黄金时代"的民族冲动。

这样，现代主义者为了追求自由和独创性所反叛的维多利亚传统，在 20 世纪 80 年代摇身一变，显现出截然不同的另一副面孔，并在意识形态和权力政治的作用下成了真和美的化身，拥有了一种"时间之外的永恒的"（timeless）品质。或如路易莎·哈德利（Louisa Hadley）所言："撒切尔夫人试图认同、激活英国历史上的一个特定阶段——维多利亚时期，但是她赋予维多利亚价值观念一种'永恒的'品质，实际上又抹去了这种历史性的区分。"③因此，将维多利亚人视为"祖父母"，这一定位本身就隐含着一种悖论性情感：既表现为对失去的黄金时代（在政治上或为大英帝国的鼎盛期，在一个人的成长过程中则为由祖父母陪伴的童年岁月）的怀旧性追思；同时又表达了一种祖孙之间历史血脉的延续性，而作为父辈的现代主义一代，连同他们痛苦的反抗和愤怒的呐喊，似乎在这种和谐和延续中被永远剔除了。

然而这毕竟只是一种浮现在大众文化表面的现象，受福柯、德里达等人的解构主义（以及后来的新历史主义和文化诗学等）思想的影响，文学理论界并未放弃对历史书写的意识形态性以及维多利亚价值观念中的殖民

---

① Louisa Hadley, *Neo-Victorian Fiction and Historical Narrative*, Palgrave Macmillan, 2010, p. 9.
② 同上。
③ Louisa Hadley, *Neo-Victorian Fiction and Historical Narrative*, Palgrave Macmillan, 2010, p. 10.

意识、父权意识、阶级观念等问题的批判性反思。斯威夫特 1983 年出版的小说《水之乡》堪为这方面的典范。在这部由历史教师汤姆追忆和重构的阿特金森家族几代人的发家史中，维多利亚时期并没有成为怀旧中的"失落的黄金时代"，恰恰相反，它被再现为由"进步"观念建构的庞大的"理性"王国，一部资产阶级对劳工、女性、疯癫者等边缘人群残酷扼杀和迫害的血腥史。然而，大众文化层面的怀旧还是不可避免地渗进作家的批判性反思之中，对现实的强烈不满，使 20 世纪八九十年代的作家集体性地逃进历史，在历史小说的创作中去反思过去与当下的关联。

新维多利亚小说在 1990 年《占有》出版之后出现了一次创作高峰，可是较之早期的作品，这些小说批判性的锋芒锐减，更多地表现为一种糅合怀旧与质疑双重情绪的传统价值观念的回归。作家们主张"更为理性"地描述维多利亚时期，或如马修·斯威特（Matthew Sweet）所言，人们开始认为"维多利亚文化像我们自己的文化一样丰富、困难、复杂和可爱"[1]。斯威特还指出，我们不仅比维多利亚人更维多利亚，而且我们自身就是维多利亚人。一方面我们越来越承认，"他们（维多利亚人）塑造了我们的文化，确立了我们的情感，构建了一个我们生活于其中的世界"[2]。另一方面，我们继续否认自己与他们的关联性，将自己界定为反维多利亚人，而这种做法本身恰恰显示了我们本就具有指责他们的那些方面——压抑、克制而又阴郁无味。斯威特的观点在当时颇具代表性，创作于这一时期的《占有》《天使与昆虫》《从此以后》均不同程度地试图"立体化地"展现维多利亚时代。在他们看来，维多利亚时期既是怀旧中的"英雄时代"，又与我们血脉相连，是充满矛盾与怀疑、痛苦与创伤的"我们自身"。以下以拜厄特《占有》《天使与昆虫》为例进行分析。

---

[1] Matthew Sweet, *Inventing the Victorians*, London: Faber and Faber, 2001, p. xiii.
[2] Ibid., p. 231.

第一章　维多利亚时代与后现代叙事重构

在《占有》中，拜厄特采用了维多利亚时代与当代双重时空交错的结构模式。在当代时空下主要描述的是一对年轻学者罗兰和莫德，他们由于一次意外的手稿发现，经历了一场学术考古，并由此引发了一段后现代式的爱情。罗兰和莫德发掘的维多利亚时代的大量诗歌、书信、日记等，构成了19世纪的叙事时空。维多利亚诗人艾什和拉摩特的秘密恋情构成了叙述的主线。拜厄特采取两大时空并置的叙事策略，使历史与当下构成相互"凝视"的镜像关系，透过当代人物罗兰、莫德以及学术界"众声喧哗"的理论话语去评价、重构维多利亚时期。此外，她还着重探讨了历史书写中过去与当下的关联，描写当代人被过去占有和追逐、被语言禁锢和肢解的戏剧性生存困境。

拜厄特以戏剧性讽刺和幽默性夸张的手法，描写了当代西方社会的千姿百态。布莱凯德整天埋头于故纸堆里对艾什的作品进行咬文嚼字的史料考据，由于无力从事真正有意义的解读，他只能进行评注式阐释，"几十年的全部研究成果只是比原文长得多的毫无意义的大堆注释"（第33页）。克罗伯心安理得地经营学术，他携带大本支票，收购艾什的史料和遗物，野心勃勃地要把诗人遗留的一切据为己有。或如学者所言，在拜厄特的笔下，"20世纪末的西方社会整体上成了一场令人啼笑皆非的无聊闹剧，体现出消解了崇高感的当代人对人生的轻松游戏和对世界的嬉笑理解"①。拜厄特本人亦坦言自己对当代学术界的失望：

> 《占有》包含了一定的讽刺意味：逝者实际上远比我们这些活着的人更有活力。可怜的现代人总是在问自己那么多问题，担心自己的行为是否真实，所说的话是否被看作真实，由于担心语言总是会撒谎，他们也变得犹如纸张一样脆弱，而可怜的他们恰恰意识到这一

---

① 程倩：《历史的叙述与叙述的历史》，人民文学出版社2005年版，第113页。

点，这是该小说中的喜剧部分。①

在这种失望情绪的笼罩下，维多利亚历史时期被涂抹上了一层炫目的金色。不同于思想平庸的当代人，《占有》中以艾什、拉摩特为代表的维多利亚时期的先祖们，肩负着思想上和精神上的沉重责任，思考着历史的起源和生命的演进，关注思想文化的动荡，在历史的湍流中艰难求索。

拉摩特在与艾什的通信中，多次探讨自然与上帝的关系，对自己信奉多年的基督教义提出质疑。他们一方面痛苦地经历着宗教信仰危机，心中充满忧患意识，另一方面仍然坚持寻求先进的思想和科学的观念，质疑父辈和祖先传下来的信念，在基督教义和达尔文主义之间进行着灵魂的斗争。在爱情上，他们也彰显了高扬的生命激情，表现了人性与命运抗争的崇高、悲壮之美。总之，经拜厄特的诗意描写，尤其是与当代叙事时空的对照阅读，艾什等维多利亚时代的人物被高度理想化了，"俨然追求真理的知识勇士，寻觅真爱的精神贵族"②。他们身上体现着人性中庄严、圣洁、美好的一面，维多利亚时代的道德也因此拥有了童话般的诗意。

拜厄特将一段维多利亚时期的短暂婚外情，渲染成了一曲颂扬真理和爱情的理想之歌，历史上备受攻击的维多利亚时代成了令当代人无限向往的精神"乌托邦"。拜厄特曾说，"格雷汉姆·格林认为亨利·詹姆士之死意味着英国小说宗教意识的丧失，随之而逝的还有对人物行动的重要性的感知。我深以为然，伍尔夫和福斯特的人物就像'在一个纸一样薄的世界里任意游荡的硬纸板上的符号'"③。她的创作一方面是要拯救被现代主义摒弃的现实主义的伟大传统，并通过注入新的元素使其重现活力（reinvigorated realism）。另一方面，她要重构那个她为之心醉神迷却被现代主义叙

---

① Eleanor Wachtel, *Writers and Company*, Knopf Canada, 1993, pp. 77 – 89.
② 程倩:《历史的叙述与叙述的历史》，人民文学出版社 2005 年版，第 112 页。
③ A. S. Byatt, *Passions of the Mind*, London: Chatto and Windus, 1991, p. 174.

事贬抑和异化的维多利亚时代。

在这个意义上来说，我们就不难理解拜厄特为这部小说安排一个喜剧性结尾的用心了。至叙事结束之时，莫德被证明是艾什与拉摩特的嫡系后人，获得了手稿以及相关遗物的合法继承权（一个典型的狄更斯式结局）。罗兰不仅取得了学术上的成功，而且他与莫德小心翼翼的爱情也有了突破，小说以对两人性爱场景的描写结束。得偿所愿的皆大欢喜，使一切从表面上看来都非常美好乐观，整个学术界（至少是故事中人物周围的学术界）如同洛奇（David Lodge）的《小世界》（Small World: An Academic Romance）的结尾，一片荒芜的大地恢复了丰饶。然而这种"有情人终成眷属"的俗套不过是作者略带反讽的戏谑和刻意为之而已，是对"纸一样脆弱的现代人"和他们平庸的生活、庸俗的心灵的善意抚慰，而故事的内里是一种深刻的悲凉和沉痛的哀叹，以及对逝去的往昔岁月的无限缅怀与向往。

拜厄特发表于1992年的《天使与昆虫》，其主题思想与《占有》一脉相承，但拜厄特更注重挖掘在维多利亚时期这一理想的"乌托邦"里，人们精神上经历的怀疑与冲突。这部作品由《大闪蝶尤金尼亚》和《婚姻天使》两个中篇合成，分别重写了维多利亚时期的两大文化"狂热"——达尔文主义与唯灵论思潮。《占有》中双重历史时空的构架被置换为维多利亚时代的单一时空结构，"使得读者无需经由20世纪的人物中介，可以直接面对维多利亚时代那些思考的灵魂，从而产生一种强烈的历史贴近感及真实感"[①]。换句话说，剔除了20世纪的意识形态与理论话语的介入，使这部小说更接近于维多利亚现实主义的叙事手法，这一转换本身也表达了拜厄特走出现代主义的"纸房子"，重新激活现实主义伟大传统的主观

---

① 金冰：《维多利亚时代与后现代历史想象》，北京大学出版社2010年版，第4页。

愿望。

达尔文主义与唯灵论思潮在《占有》中已有涉及。艾什对达尔文主义、地质学、考古、天文、生物学，均保持了相当的热情，他对生命与宇宙本源等问题的探索使他身上带有早期达尔文主义者的精神特征。拉摩特、布兰奇则对女性历史与神话、宗教信仰等问题保持热切关注，无疑代表着与男性科学话语相对的唯灵论的另一面。此外，唯灵论者的重要活动形式——"神降会"也作为单独的一个章节在《占有》中出现。但囿于叙事视角、主题等各种因素，达尔文主义与唯灵论的联系与冲突在《占有》中没有深入探讨。萨莉·沙特尔沃思（Sally Shuttleworth）认为，在这个意义上，《天使与昆虫》可以视为对上述问题的具体展开："艾什的诗'如是说来，爱恋岂止仅是/麻酥酥的电感/抑或灰芜火山/喷发自火山坑口/潜藏于内部地火/究竟我们是自动的器械/还是天使的同类？'堪为《天使与昆虫》的卷首题词。"①

《大闪蝶尤金尼亚》是一部"新达尔文小说"（Neo‑Darwin Novel），表达了作者在当代语境下对达尔文主义的反思。威廉·亚当森在亚马孙丛林生活了十年，采集动植物标本，但在返回英国的途中轮船失事，因此他不得不接受哈罗德爵士的邀请，暂住在布莱德利庄园。威廉迷恋上了哈罗德的大女儿尤金尼亚，尽管两人社会地位悬殊，最终还是顺利地结婚生子。小说的前半部分类似于男版的"灰姑娘"爱情罗曼司。然而，在小说的后半部分，一切均发生了变化，无异于一部人类社会朝向昆虫世界的"变形记"。

当威廉以科学家的目光审视布莱德利庄园的时候，他发现这个贵族的

---

① Sally Shuttleworth, "Writing Natural History: 'Morpho Eugenia'", in Alexa Alfer and Michael J. Noble, eds. *Essays on the Fiction of A. S. Byatt: Imagining the Real*, Westport, Connecticut and London: Greenwood Press, 2001, p.147.

第一章 维多利亚时代与后现代叙事重构

府邸像一个分工明确、具有复杂运行机制的"蚁巢"。哈罗德爵士终日把自己关在蜂巢一般的六边形书房里，忙于一部不可能完成的神学著作。阿拉巴斯特夫人则是这座城堡中无可置疑的"蚁后"，她慵懒肥胖，整日无所事事。庄园里辛苦忙碌的各类仆人——奶妈、家庭教师、女仆等无异于工蚁。当威廉带着这一新发现审视妻子尤金尼亚时，她如蝴蝶般的美丽轻盈亦不复存在。一次偶然的机会，他居然发现了尤金尼亚与哥哥埃德加之间的乱伦，同时也顿悟到自己境遇与雄蚁的类同之处——存在的唯一目的是使蚁后受精。在这一过程中，威廉结识了寄居在庄园中的家庭女教师麦蒂，两人志趣相投，后来一起离开了布莱德利庄园，并在阿图罗·帕佩格船长的帮助下，重返亚马孙丛林。

不同于《大闪蝶尤金尼亚》里的昆虫世界，《婚姻天使》是在通灵故事框架下对维多利亚著名诗人丁尼生和亚瑟·哈勒姆及其妹妹艾米丽·丁尼生之间复杂关系的叙事重构。小说围绕两次家庭神降会展开，以灵媒莉莉斯·帕佩格和索菲·希克为线索，展示了神降会的诸种场景以及参与者的内心意识。艾米丽与哈勒姆年轻时曾有婚约，丁尼生与哈勒姆亦关系密切，哈勒姆死后丁尼生陷入巨大悲痛之中，创作《悼念集》以示怀念。之后艾米丽住进哈勒姆家中并接受其家人资助，但九年后她违背誓约，与杰斯船长成婚，并因此招致同时代人的谴责。在神降会上她一直试图与哈勒姆的亡灵交流，求得他的谅解。最终在灵媒索菲的帮助下，哈勒姆的亡灵显现并通过自动书写的方式告诉艾米丽，来生他们将重新结合在一起。然而艾米丽在同亡灵交流的过程中逐渐意识到自己过于关注亡灵世界，忽视了自己与丈夫在尘世间的感情。她最后拒绝了亡灵的要求，宣称婚姻天使一直就在自己身边。

这两部中篇小说既各自独立（除次要人物阿图罗·帕佩格船长之外，故事情节没有任何的交叉），又在对"达尔文主义"与"唯灵论"两大思潮重构的意义上相互关联。如学者指出的："两部小说表达了一个共同的主题：我们究竟来自哪里？究竟是神的创造物还是灵长类动物进化的产物？如果确有灵魂，我们最终又将向何处去？又究竟该怎样看待传统与现实、精神与物质、灵魂与肉体的关系？"[①]达尔文《物种起源》发表以来，所引发的这种信仰危机和精神困扰，深刻地影响了维多利亚时代社会、文化的各个方面，同时也是百年之后我们当代人共同的文化困境。在这个意义上，迈克尔·莱文森（Michael Levenson）指出："拜厄特所创作的'新维多利亚小说'，其力量就在于它们有力地表明：尽管我们的时代不是他们的时代，但他们的问题依然是我们的问题。"[②]

达尔文主义和唯灵论，这两大思潮深深地影响了维多利亚人的精神生活。大多数知识分子深陷两者的冲突之中无法自拔。以《大闪蝶尤金尼亚》中的哈罗德为例，他在一定程度上接受了达尔文的科学发现及广义的进化思想，但他无法从根本上驱逐上帝，接受一个完全由偶然性的变异与进化统治的毫无秩序可言的达尔文主义的物质世界。有一次他对威廉说：

> 像我这么大年纪的人，从小就相信乐园里的亚当、夏娃与化成蛇的撒旦的故事……（无可置疑地）相信耶稣诞生在一个寒冷的夜晚，天空中全是歌唱的天使，牧羊人惊奇地仰望，陌生国度的国王骑着载满礼物的骆驼穿越沙漠前来拜见……然而现在一切神奇仿佛都已抹掉了，仅剩下一个空荡荡的舞台上悬挂着的一块黑色的背景幕；我看见一只黑猩猩，眼神迷茫，眉脊高耸，长着硕大丑陋的牙齿，把它毛茸

[①] 金冰：《维多利亚时期与后现代历史重构》，北京大学出版社2010年版，第81页。
[②] Michael Levenson, "Angels and Insects: Theory, Analogy, Metamorphosis", in Alexa Alfer and Michael J. Noble, eds. *Essays on the Fiction of A. S. Byatt: Imagining the Real*, Westport, Connecticut and London: Greenwood Press, 2001, p. 164.

茸的子女紧紧抱在自己皱巴巴的怀里——难道这就是爱化成的肉身吗？①

哈罗德一方面对博物学抱有浓厚的兴趣，从世界各地收集、购买了大量动植物标本；另一方面他又笃信上帝，认为自然界的所有事物都只是为了证明上帝卓越的创造技巧。他试图在杂乱无章的标本中发现上帝的设计和意愿，最后却不可避免地陷入了循环论证的泥沼之中。哈罗德在科学和上帝两端之间徘徊的矛盾心理，以及由此引发的"物质性焦虑"（anxieties about materiality）曾被论者称为"维多利亚时代最具代表性的时代症候之一"②。下面以"物质性焦虑"为中心，分析拜厄特在《天使与昆虫》中对维多利亚时代的立体化再现。

除虚构的哈罗德之外，历史人物丁尼生亦深受"物质性焦虑"的困扰。在某种程度上可以说，"物质性焦虑"是拜厄特重构丁尼生的一个重要视角。在《大闪蝶尤金尼亚》中，丁尼生一直没有出场，然而我们通过哈罗德一再引用他《悼念集》中的诗行，能够清晰地感到他幽灵般的存在。《婚姻天使》中，他虽然只是一个在索菲灵视能力作用下、在哈勒姆亡灵游荡的场所诡异地出现的老人（一个极为侧面的描写，然后是一段正面聚焦的内心独白），然而从艾米丽·杰斯出场的那一刻直到小说结束，他似乎一直在场，以一种"不在场的在场"形式贯穿小说始终，所以丁尼生是《天使与昆虫》中的真正的"幽灵"，他由于徘徊在达尔文主义和唯灵论之间所引发的"物质性焦虑"反映了维多利亚时代大多数的知识分子的共同的精神困境。比如，深受"物质性焦虑"困扰的哈罗德常常在丁尼

---

① A. S. Byatt, *Angels and Insects*, New York: Vintage Books, pp. 68–69.《天使与昆虫》中的部分译文参考了金冰的翻译。以下引自该书的内容只在引文部分标明出处。

② Hilary Schor, "Sorting, Morphing, and Mourning: A. S. Byatt Ghostwrites Victorian Fiction", in John Kucich and Dianne F. Sadoff, eds. *Victorian Afterlife: Postmodern Culture Rewrites the Nineteenth Century*, Minneapolis, 2000, p. 239.

生《悼念集》中找到同感：

> 看那，我们任什么都不懂；
> 我只能相信善总会降临，
> 在遥远的未来，降临众生，
> 而每个冬天都将化成春风。
> 我这样梦着，但我是何人？
> 一个孩子在黑夜里哭喊，
> 一个孩子在把光明呼唤，
> 没有语言，而唯有哭声。

（第 101—102 页）

《悼念集》中丁尼生将有关哈勒姆之死的个人创伤性体验置于整个社会信仰危机的大背景之下，表达了一种悲观与信念交织一体的复杂情绪。哈罗德对此评论道："桂冠诗人使我们瞥见一个由偶然性和盲目性的命运随意驱使世界的新面孔，他用悲伤的吟唱呈现给我们一种可能性，即上帝可能只不过是我们自己的发明，而天堂也不过是一个虔诚的虚构。他对魔鬼制造的怀疑情绪进行充分的展示，使他的读者因无能为力的焦灼而战栗，而这种焦灼是我们时代精神的一部分。"（第101页）

哈罗德将这种焦灼和困惑定义为"维多利亚的时代精神"，还是比较贴切的。《占有》中的艾什和拉摩特、《从此之后》中的马修·皮尔斯、《婚姻天使》中所有"神降会"的参与者，无不为信仰丧失之后的焦灼和绝望所困扰。达尔文主义带来的精神冲击，推翻了传统的有关人与自然、宗教与道德的种种观念，使科学与宗教的冲突达到了高潮。对宗教的质疑以及由信仰危机引发的悲观情绪，使人们转向了"唯灵论"。唯灵论试图以物质化的形式证明灵魂的存在，折射了维多利亚人在科学与宗教、精神与物质之间徘徊往返、无所皈依的精神困境，体现了维多利亚人对精神与物质关系的一种折中的诠释。拜厄特指出，19 世纪的唯灵论思潮与信仰危机之间有着深切而复杂的联系："信仰危机促使人们寻找灵魂永生的证明和支持，唯灵论恰恰提供了这种证明——通过灵媒（medium）他们（亡灵）的确可以被触摸并且为我们的感官所知觉。"①

丁尼生的"物质性焦虑"致使他对唯灵论及与之相关的催眠术、通灵术等很感兴趣，这在不同渠道的史料中均有记载。拜厄特选择在一个通灵的故事下重构丁尼生与艾米丽的故事，实则别有用心。首先，可以通过神降会上"集体故事讲述"的形式，对不同人物的意识世界进行灵活聚焦，对同一事件的不同讲述也有利于立体化呈现维多利亚人由信仰危机、丧亲之痛引发的精神焦虑。其次，《悼念集》中的诗歌作为内文本的形式（有几次直接出现在索菲的"自动书写"中）嵌入故事之中，有效地连接了文本内、外两个世界，表达了作者以艾米丽、丁尼生为代言，重构"唯灵论"、再现维多利亚时代精神的内在诉求。

对丁尼生而言，"哈勒姆之死"是他"物质性焦虑"的一个重要因素。哈勒姆的死亡（被肢解的肉身）使他意识到"物质世界"的残酷，引导他思索个体生命以及整个人类在自然界中的意义。他的《悼念集》升华了他被压抑的对哈勒姆活着时的肉体的渴望与死亡了的肉体的恐惧，然而他有时也会为这种悲悼方式深感不安。丁尼生这种物质与精神、肉体与智性的分裂状态与《大闪蝶尤金尼亚》中终日困在蜂巢似的六边形书房里，试图通过造物的神奇来论证造物主存在的哈罗德牧师并无二致。"诉诸上帝不能驱除科学冲击带来的疑虑，对精神世界的吁求又无法放逐沉重的肉身，

---

① A. S. Byatt, *On Histories and Stories: Selected Essays*, London: Chatto and Windus, 2000, p. 109.

这是一个贯穿《天使与昆虫》的主题。"①

综上所述，拜厄特在《天使与昆虫》中重构了维多利亚的两大文化狂热——达尔文主义和唯灵论，深刻反映了维多利亚时期以信仰危机和与精神焦灼为主要特征的时代精神，小说堪比一幅维多利亚人的"精神肖像图"。维多利亚人在一个被"偶然性"和"无目的性"主宰的物质世界里，不断追问个体生命的意义和价值何在、肉身何处安放、灵魂何以救赎等一系列问题，并试图对"人究竟与天使同在还是与猿猴同宗"这一有关人类存在的最根本问题进行探讨。悖论的是，他们的困惑迷茫以及对"存在的危机感"认识，在《占有》中却成了被消费文化和理论话语围困、思想庸俗、"自我分崩离析"的现代人回望历史、自我救赎时的怀旧对象。在罗兰、莫德等当代人看来，维多利亚人仍不失为真正意义上的悲剧英雄、在精神乌托邦里为信仰困扰的斗士。

第四节　斯威夫特：进步的"理性王国"和怀旧的"异国他乡"

拜厄特笔下充满矛盾与冲突的"精神乌托邦"到了格雷厄姆·斯威夫特那儿则变成了"进步的理性王国"（《水之乡》）与怀旧的"异国他乡"（《从此以后》）的合奏曲。格雷厄姆·斯威夫特是20世纪80年代之后活跃在当代英国文坛上的最重要作家之一。《水之乡》的发表使他一举成名，《最后的遗嘱》（*Last Orders*）使他荣获1996年英国小说最高奖——"布克奖"。

斯威夫特的小说大都采用回忆性叙事的结构模式，描写现实生活中的

---

① 金冰：《维多利亚时代与后现代历史想象》，北京大学出版社2010年版，第143页。

焦虑、过去对现在的影响，并表达了对传统历史观念及历史再现问题的理论反思。他曾指出，"关于过去对现在的影响，我写了很多，我把它作为一个主要的主题。我常描写几代人之间的关系……我对记忆是如何在每代人中间传承的非常感兴趣"[①]。在他的历史小说中，直接涉及维多利亚时期的有两部：《水之乡》和《从此以后》。《水之乡》创作于 1983 年，是一部质疑并重写维多利亚时期有关"进步的历史观念"的新维多利亚小说；《从此以后》创作于 1992 年，糅合了拜厄特《占有》和《天使与昆虫》的主题：小说既包含过去对现在的"占有"（haunting）、怀旧中的精神乌托邦等因素，同时也再现了以马修·皮尔斯为代表的维多利亚先祖经受的信仰危机和精神磨难。斯威夫特将两者巧妙地结合起来，贯穿其中的则是当代人比尔在一连串亲人死亡的打击下经历的深刻创伤体验，以及精神救赎的强烈渴望。

我们知道，物质的进步与达尔文的进化论结合起来，促成了 19 世纪后半期英国社会上普遍流行的有关"进步"的历史观念。麦考莱（Thormas Babington Macaulay）于 1849—1861 年发表的长达 5 卷的《詹姆斯二世即位以来的英国史》（*The History of England from the Accession of James II*）就是紧紧围绕着"英国历史是一部值得强调的进步史"的主题展开。麦考莱及其追随者描绘的"进步"神话代表了当时英国社会的主流话语。在《水之乡》中，阿特金森家族的发家史可以被视为整个英帝国进步史的缩影。阿特金森家族从圈地种植大麦开始，逐渐建立酿酒厂，同时依靠土地买卖、开凿水渠、创办运输公司等手段积累了大量的资本，把酿酒业推向了全国市场，继而又在海外市场不断获胜。不仅如此，《水之乡》中的阿特金森家族的成员是这一"进步"理念的践行者和鼓吹者，他们身上充分体现了

---

① Amanda Smith, "Graham Swift: The British Novelist Grapples with the Ambiguities of Knowledge and Secrets of the Past". Interview with Graham Swift. *Publishers Weekly*. February 17, 1992, pp. 43 – 44.

这一维多利亚时代的精神。在阿特金森家族最为鼎盛的19世纪70年代（大英帝国鼎盛期），亚瑟常以人类进步史的创造者自居，声称"鞭策他前进的不是其他，而是高贵而又客观的'进步'理念"①。他在当选议员的就职演说中也宣称，"我们不是现在的主人，而是未来的仆人"（第80页），他还积极构建家族"进步史"，并将之纳入有关"帝国进步"的宏大叙述之中。

当代叙述者汤姆在重构家族史时，查阅了大量维多利亚时期存留下来的政府文件、地方年鉴或编年史，以及祖辈留传下来的历史图片，他发现这些"历史的见证物"记录的都是阿特金森家族的辉煌业绩，最终使洼地的历史成了以阿特金森家族"进步"为主题的宏大叙事。汤姆对这一"进步"神话深表质疑。在他看来，"历史并非纪律严明、不屈不挠的方阵，会始终不渝地向未来迈进""它在前进的同时，也在后退，是个循环"（第117页）。他坚信在阿特金森家族的辉煌"进步史"背后必然存在着被"进步"光环遮掩的另一面。他注重挖掘同一故事不同的"民间版本"，最终颠覆了有关阿特金森家族的辉煌只是"高尚无私的进步理想的产物"这一自我标榜的神话。

汤姆认为在有关阿特金森家族发展进步的历史叙事中，忽略了洼地上的居民曾多次经历的洪水、死亡等灾难性事件。汤姆列举了很多，例如，1815年和1816年的冬季，连日的降雨使河水决堤，冲垮了艾普顿到霍克威尔的堤岸，淹没了6000多英亩新近开垦的耕地。洪水之后物价飞涨，人们忍饥挨饿，暴乱迭起，但吉尔德赛的正史中对此鲜有提及，只记载了"托马斯施舍食物和金钱给饥民""他亲爱的妻子在凯斯琳麦芽厂分发稀粥"等与"进步"相关的内容，以及这些慈善行为最终的结果——"吉尔德赛未出现大量失控的暴民"（第65页）。此外，进步的历史还压制了女

---

① ［英］格雷厄姆·斯威夫特：《水之乡》，郭国良译，译林出版社2009年版，第79页。以下引自该书内容均在引文后直接标明出处。

性、疯癫者和被剥削者的声音，萨拉是典型的例子。她不仅作为托马斯商业扩张的棋子被强行占有、剥夺掉所有财产，而且还因为自己的美貌被无端猜忌的丈夫痛打致残，成为关在阁楼里的"疯女人"（一个维多利亚时期的典型女性形象）。然而正史中没有任何一手资料记录此事件。在托马斯的碑文中，他的这一"过失"被理所当然地略去。后来，这个可怜的、一无所有的女人，连她的"痴傻"也被儿子们横加利用，纳入了有关家族进步的神话之中。她被赋予了"预见并构造未来的能力"（第73页），成了儿子无限爱戴的"先知、保护者"，她的肖像画也被挂在镇大厅，成为"朝圣的对象"。此外，据正史记载，1874年，萨拉92岁，两个儿子为表孝心，还建造了一座精神病院庆祝萨拉的生日：

> 这一举动进一步证明了阿特金森坚持发展进步；进一步证明了他们在发展商业的同时，也不忘穷苦忧愁的百姓；证明了他们的关切甚至广被芬斯区可怜的疯子和忧郁症患者，而这些人在启蒙时代前会被戴上枷锁示众、被烧死或惨遭鞭打。（第81页）

然而，据汤姆的考证，吉尔德赛民间有另一种广为流传的说法：阿特金森一家修造这所疯人院是为了把他们的母亲关进去，因为这个被挂在镇大厅的"圣母""守护者"已经疯了。据传"从新安好的双层玻璃内，都能听到无法安抚的，可怕的尖叫声"（第81页）。对于萨拉是否真疯并被囚禁在疯人院里，我们无从考证。但是，非常清楚的一个事实是：在一个以进步和理性为主导的男权社会里，作为妻子和母亲的萨拉，在精神和肉体上都承受了严重的伤害。如学者所言，"萨拉一生真实的苦难、孤苦的遭遇却在迎合进步的叙事中被淹没了"[1]。被丈夫痛打的肉体创伤（"痴

---

[1] 苏忱:《再现创伤的历史》，苏州大学出版社2009年版，第113页。

傻")使她成了家族进步的"预言者""守护者";她精神上的疯癫(以及为关押她而建的疯人院)则进一步成就了儿子们"坚持进步观念""忧苦百姓"的美名。

斯威夫特《水之乡》中对维多利亚时期"理性"和"进步"的批判声音在1992年的《从此以后》中大大减弱。这两部小说虽然采用了同样的双重叙事时空,同样的回忆性家族叙事的形式,但是当代主人公面对维多利亚时期的家族历史时发生了明显的情感上的变化。《水之乡》中的批判性精神减退,取而代之的是《从此以后》中规避现实创伤的怀旧情绪。约翰·布莱尼根(John Brannigan)指出,斯威夫特的小说具有"挽歌式叙事"(nostalgic narrative)的特征,可归为世纪末"离别的文学"(a literature of farewell)。这些作品体现了"挽歌体的散文、英国现状的小说、历史小说和告别叙事"[①]。在《从此以后》中,读者能明显感到这种"挽歌体的散文"带来的浓重的怀旧情绪。

小说在叙事结构上分为三个层次。在第一层叙事中,自杀未遂的比尔描述他当前的现实困境。不到18个月的时间,比尔的母亲、妻子和继父相继过世。他依靠继父的捐资,获得了大学研究员的职位,但与当前的学术环境格格不入,地位尴尬。第二层叙事是对过去生活的片段式回忆。比尔希望在自己的叙述中探究他失败人生的根源。他的追述涉及父亲的自杀、母亲的背叛、他的青年时代、他与继父的关系以及与妻子露丝的爱情婚姻生活。第三层叙事是他穿插进去的维多利亚时代的祖先马修·皮尔斯的日记。比尔在母亲死后得到这本日记,里面还附有马修自杀前写给前妻伊丽莎白的一封信。比尔决定在自己的叙事中再现马修的生活:"从一个人留

[①] John Brannigan, *Orwell to the Present: Literature in England 1945 - 2000*, London: Palgrave, 2003, p. 75.

下的简要碎片里试图找出他过去实实在在的生活。"① 但他强调不是作为学术研究，而是出于"个人原因"。论者对所谓的"个人原因"有不同的理解：克莱普斯（Step Craps）认为比尔对马修历史的重构是希望在传统的历史再现中寻求稳定的意义或以此建构自己的主体性②；还有学者认为比尔在马修的日记中看到与自己相似的经历，他的重构是规避现实创伤、实现自我救赎的重要途径。③

比尔一方面将马修描述为一个"精力充沛、面容冷静的年轻人"（第99页），将马修的妻子伊丽莎白塑造为"维多利亚小说中典型的具有良好教养的女主人公"④。另一方面，他又告诉读者，他"丝毫不清楚马修长得什么样子"，他不是在编纂历史，而是在"创造"（第99页）历史。他承认自己在没有任何史料根据的情况下，依据维多利亚小说的典型情节，"编造"了马修与伊丽莎白相识、相爱的过程，想象马修和伊丽莎白在双方家长的见证下走入婚姻殿堂，"从此以后幸福地生活在一起"（第119页）。他还通过摘选马修的日记，证明马修对幸福生活的依恋，对妻子的深爱。如论者指出的，比尔对马修浪漫爱情和幸福婚姻生活的重构是为了规避现实生活中的创伤，⑤ 这些创伤包括母亲与山姆的通奸导致的父亲自杀，妻子可能存在的"不忠"行为等。由于马修的一生也是悲剧的一生（他经历了爱子的夭折和信仰的崩溃，最后自杀），如果比尔在马修的历史叙事中可以规避创伤，那么他也可以在自己的历史叙事中逃避创伤的影响。

---

① Graham Swift, *Ever After*, London: Picador, 2010, p. 98. 以下引自该书内容均在引文后标明出处。
② Step Craps, *Trauma and Ethics in the Novels of Graham Swift*, Brighton: Sussex Academic Press, 2005, p. 136.
③ 苏忱：《再现创伤的历史》，苏州大学出版社2009年版，第75页。
④ Frederick Holmes, "The Representation of History as Plastic: The Search for the Real Thing in Graham Swift's Ever After", *ARIEL*, Vol. 27, No. 3, 1996, pp. 25–43.
⑤ 苏忱：《再现创伤的历史》，苏州大学出版社2009年版，第75页。

马修的日记中提到他有一次和朋友们到多塞特悬崖边郊游,大家听到少女的呼救声时,都赶到了事发现场,只有马修没有去,而此时他发现了鱼龙的化石,他的信仰从那时起开始动摇。在日记中,马修曾感叹道,"为什么我那时没有冲过去?去帮助受难的少女。只需要一点普通的殷勤,也许就拯救了我"(第109页)。他还说十年的时间,他一直在努力保持信仰,但是儿子的夭折使他的信仰彻底崩溃,他选择了六年伪信仰的生活,但最终还是决定向身为牧师的岳父坦白,并因此毁掉了自己的婚姻。比尔在对马修的历史建构中一直无法释怀或者说他努力逃避的只有一点:为什么在六年之后马修要坦白自己的宗教怀疑,并一手粉碎自己的幸福生活?他曾尝试用维多利亚罗曼司的叙事模式"粉饰"马修的创伤:在夭折的儿子菲利克斯之前,他们有约翰和克里斯托弗,在菲利克斯之后他们还有露丝,贞洁的妻子和可爱的孩子们会使马修忘却自己的信仰危机和丧子之痛,一切都会幸福美好,就像童话中那样。

马修的自杀打碎了比尔通过历史叙事重建主体性、规避创伤的现实目的。然而不可否认的是,斯威夫特经由比尔所重构的维多利亚人马修的故事呈现出强烈的怀旧和感伤的艺术效果。这很大程度上归功于直接叙述人比尔的当下历史境遇和他通过叙事实现自我救赎的强烈叙事动机。他采用维多利亚时期的罗曼司叙事形式重构先祖马修的历史,躲进那个由罗曼司编织的童话世界,这注定了他在叙述中重现的只是一种怀旧情感作用下的历史幻象。现实的创伤和苦难使人们忍不住回望"美好的过去",然而维多利亚的生活从来都不是简·奥斯丁笔下的轻喜剧。宗教信仰的危机以及现实生活的苦难(尤其是底层人民生活困苦、医疗落后,婴儿死亡事件等屡见不鲜),一直都是这个"伟大的黄金时代"活生生的另外一种现实。马修的信仰危机和爱子夭折,都影射了这么一种现实,而现实的苦难和创伤,是比尔的罗曼司叙事无法抚平的。

综上所述，福尔斯、拜厄特、斯威夫特的新维多利亚小说，均对维多利亚历史时期进行了叙事重构。他们的创作，反映了从20世纪60年代到90年代新维多利亚小说中"维多利亚人的形象"经历了一个逐步演变的过程。《法国中尉的女人》《水之乡》代表了早期和中期阶段，《占有》《天使与昆虫》《从此以后》则代表了后期。以《占有》的出版为标志，20世纪90年代的新维多利亚小说整体呈现出怀旧的情感基调：《法国中尉的女人》中宗教虚伪、道德苛刻的波尔坦尼太太被集体性忘却，《占有》中平凡而庸俗的当代社会成了凸显崇高而诗意的维多利亚时代的一个可怜的陪衬，《天使与昆虫》更是将那个时代的信仰危机、激烈的情感冲突演绎得淋漓尽致。斯威夫特在1983年的《水之乡》中还在致力于对维多利亚时代"进步的历史观念"以及由此衍生的帝国意识的批判和反思，《从此以后》中的维多利亚时期虽然信仰危机、苦难的现实依然存在，然而小说的主题情感基调是一种挥之不去的世纪末怀旧。斯威夫特的作品向我们生动地展示了短短十年间英国社会文化对维多利亚时期的不同认知和情感变化，也从另一方面证明了后现代作家对维多利亚时期进行的意识形态建构行为。

总之，新维多利亚小说并不意在"客观再现"维多利亚时代，作家通过历史叙事的形式对过去进行的回顾性重构，最重要的目的是反观自身——在再现历史"他者"的过程中，不断对"自我"的现实困境进行积极地探索和反思。在这个意义上，新维多利亚小说不啻为一个后视镜，作家通过这一媒介，向读者映现了他们透过后现代意识形态的层层迷雾窥见的丰富多彩的维多利亚世界，而读者在这面后视镜中既看到了陌生的、变形的维多利亚他者，又会在历史与现实的对话中去思考历史叙事的本质问题，以及我们自身与维多利亚文化的关联。

此外，笔者认为导致维多利亚时代被陌生化再现的另一重要原因，是叙事形式的变革。在新维多利亚小说中，后现代作家多采用双重时空并置的手法，摒弃了传统意义上现实主义叙事的平面镜式的客观再现（objective representation），在召唤维多利亚幽灵的同时，使其以不在场之在场（presence）的方式参与了对历史的言说。这种由平面镜到后视镜式的叙事媒介的变革，可以说是新维多利亚小说中维多利亚人被集体"变形"的重要原因之一。

现实主义提倡以逼真性为目的的客观再现，而后现代主义的再现，更强调"使不在场的东西在场（presence）"。但是，如学者指出的，"在场"这个词并非指（起码不主要指）与世界及其包含客体的时间关系，而是指空间关系。当说着某个事物"在场"时，他指的是这个事物可以被我们触摸到，也就是说，它对我们的身体产生了直接作用。①换句话说，"在场"是一种"过去呈现于现在的那种非再现的方式"（the unrepresented way the past is present in the present），指的是（字面意义上或者比喻意义上的）"伸手可及"，就是与人、物、事件和本真情感的零距离接触。②

新维多利亚小说对维多利亚时期的历史再现是以召唤维多利亚幽灵为特征的幽灵叙事，维多利亚人并没有被呈现为平面镜里的拟真幻影，恰恰相反，他们在小说中一直以"在场"的方式被立体化地呈现。后视镜的双重时空并置手法，使维多利亚时期以"伸手可及"的方式与当代读者相遇，然而这种"过去呈现于现在"并非单纯的时间意义上的并置，而在于新维多利亚小说文本提供了一个空间"场所"，透过后视镜，我们能感知到维多利亚时期鲜活的过去，这种鲜活的过去从未真正逝去，而是不断"萦绕"着当代人，以不在场之在场向现在和未来敞开。

---

① 董立河：《从"叙事"到"在场"》，载陈新、陈恒《二十一世纪的史学理论：十二年回顾》，生活·读书·新知三联书店2013年版，第136页。
② 同上。

第二章　元历史罗曼司叙事模式

在新维多利亚小说中，维多利亚历史时期经由当代作家的历史想象和叙事重构，被再现为后视镜中陌生的他者形象，一方面是因为后现代意识形态的批判性或怀旧性重构，另一方面，如上所述，它与从"平面镜"到"后视镜"的叙事形式的变革亦不无关联。我们知道，维多利亚时期的大部分作家服膺现实主义的创作手法，主张对客观世界进行仿真摹写，为读者提供一个有关外部现实的逼真"幻象"（illusion），是他们重要的叙事追求。有不少批评家采用"镜子"（mirror，更确切地说是平面镜）的隐喻描述现实主义客观再现式的创作手法。与此相应，新维多利亚小说对维多利亚时期的历史再现可认为是以"后视镜"为喻。因为后现代作家大都采用"元历史罗曼司"（metahistorical romance）叙事，打破了现实主义的线性叙事，导致时空的并置与错乱。元历史罗曼司叙事再现变形的"后维多利亚人"（post-Victorians）与汽车后视镜对外部现实的映现原理不无类同。本章集中探讨新维多利亚小说中的元历史罗曼司叙事。

"元历史罗曼司"或称"历史编纂元小说罗曼司"（historiographic metafictional romance），是一种糅合了历史编纂元小说（historiographic metafiction)的叙事技巧和罗曼司叙事因素的杂交性后现代主义历史小说（hybrid type of historical novel)①。它们"在历史事实之中穿插想象、时代错乱、元小说性以及其他虚构技巧"②，倾向于以一种"自我指涉"的方式对历史叙事中的真实和虚构问题进行自觉反思，并探究"在历史中哪些部分经常被罗曼司化及其背后蕴含的文化政治"③。换而言之，"元历史罗曼司"首先属于琳达·哈琴意义上的历史编纂元小说，"既具有强烈的自我指涉性，又悖论式地指向历史事件和真实的人物"④；同时出于对晚期现代主义"激进元小说"（radical metafiction)⑤过度形式化、精英化的反驳，这类小说更强调在历史编纂元小说中糅合罗曼司的想象与虚构因素，以使其大众化、通俗化，为普通读者接受。

尽管在帕特里夏·巴克（Patricia A. Barker）和艾米·伊莱亚斯（Amy J. Elias）的论述中，"元历史罗曼司"是作为后现代主义小说的一个次文类（subgenre）被讨论的，然而笔者认为它同时也是后现代语境下一种重要的叙事模式（narrative mode）。本章节对"元历史罗曼司"的探讨主要集中在这一层面，主要关注新维多利亚小说在再现维多利亚历史的过程中，如何糅合了罗曼司与现实主义两大文体的特征，并将元小说技巧创造

---

① 参看帕特里夏·巴克（Patricia A. Barker）的博士学位论文《当代历史小说艺术》（The Art of the Contemporary Historical Novel, Ph. D. dissertation, University of Texas at Dallas, 2005）和艾米·伊莱亚斯（Amy J. Elias）的专著《崇高的愿望：历史和1960年之后的小说》（*Sublime Desire: History and Post-1960s Fiction*, Baltimore and London: The Johns Hopkins University Press, 2001, p. xi）中的定义。

② Amy J. Elias, *Sublime Desire: History and Post-1960s Fiction*, London: The Johns Hopkins University press, 2001, p. xv.

③ Ibid., p. xiv.

④ [加拿大]琳达·哈琴：《后现代主义诗学：历史·理论·小说》，李扬、李锋译，南京大学出版社2009年版，第6页。

⑤ 琳达·哈琴认为，一些元小说文本（如巴塞尔姆《印第安反叛》、库弗《保姆》等）由于太过新奇、太过激进、太过散乱而几乎抗拒阅读，它们似乎只是一堆语言碎片的狂欢，其唯一的意义就是自揭虚构以凸显小说作为人工制品的自我意识。哈琴将这类小说排除于后现代主义小说的范畴之外，认为它们是"晚期现代主义激进元小说"。参看[加拿大]琳达·哈琴《后现代主义诗学：历史·理论·小说》，李扬、李锋译，南京大学出版社2009年版，第72—73页。

性地编织进叙事的进程之中,及其形成的对传统历史叙事"真实性"的双重质疑和颠覆。囿于篇幅限制,本部分的讨论主要围绕《法国中尉的女人》、《占有》和《从此以后》展开,并分为罗曼司叙事、元小说的"自我指涉"与元历史罗曼司叙事三个层次具体论述。

第一节 罗曼司叙事

《现代西方文学批评术语词典》(*A Dictionary of Modern Critical Terms*)对罗曼司的定义如下:"罗曼司可以用来指中世纪叙事诗,也可用来指斯宾塞《仙后》、哥特式恐怖小说或供大众消遣的感伤作品。由于它包括的范围如此之广,所以很难对它下一个确切的定义。"[1]但总体来说,这些作品一般不带说教意味,它们叙述的是"理想的爱情和骑士的冒险"[2]。罗吉·福勒(Roger Fowler)认为,罗曼司还可以理解为"与显然具有记录事实倾向的小说相抗衡的文体形式",可被视为"通过心理作用和想象作用对'真实'世界的描述"[3],如霍桑的罗曼司。霍桑(Nathaniel Hawthorne)认为罗曼司与小说的本质区别在于"传奇作家具有更多的想象和自由,因而他能全心全意地去探索心理的和虚构的真实"[4]。

一般来说,罗曼司可以在以下两个层面被理解:传统意义上的中世纪罗曼司和现代意义上的散文罗曼司。前者起源于12世纪的法国,后来流传到其他国家,是指以诗体写成的骑士文学作品,如英国的亚瑟王传奇、罗

---

[1] [英]罗吉·福勒编:《现代西方文学批评术语词典》,袁德成译,四川人民出版社1987年版,第233页。
[2] 同上。
[3] 同上。
[4] 转引自[英]罗吉·福勒编《现代西方文学批评术语词典》,袁德成译,四川人民出版社1987年版,第233页。

马的亚历山大大帝传奇和法国的查里曼大帝传奇，在当代小说中通常作为主题存在。后者又称为罗曼司小说，是现代小说的一部分，是从中世纪传奇和18世纪哥特式小说演变而来的。在后现代语境下，罗曼司这一传统文类大有复兴之势。有些后现代小说直接取"罗曼司"作为副标题，如戴维·洛奇的《小世界：一部学者罗曼司》(Small World: An Academic Romance)，约翰·巴斯（John Barth）的《假日传奇：一部罗曼司》(Sabbatical: A Romance)，拜厄特的《占有：一部罗曼司》(Possession: A Romance) 等；有些则将罗曼司"虚构性""想象性"的因素糅合进现实主义的小说叙事之中，形成两种体式之间悖论性的对话和冲突，如福尔斯的《法国中尉的女人》、《魔法师》(The Magus) 等。在后现代语境下，罗曼司的兴盛，一方面与社会主流的消费文化相关，出于迎合大众审美和阅读心理的需要；另一方面也是出自叙事策略方面的考虑：以罗曼司的"想象"和"虚构"审视现实主义的创作手法，颠覆由官方意志或主流意识形态构建的男权或国家"神话"，重构女性的历史和传统，并从根本上解构现实主义历史叙事"真实性"的幻象，揭示其作为话语建构的"文本"性本质。出于上述两个方面的考虑，新维多利亚小说大都糅合了罗曼司的叙事因素。

新维多利亚小说对罗曼司叙事的使用和借用，可分为以下三种情况：首先，在主题意义上，罗曼司描述中世纪骑士小说中"理想的爱情"和"骑士的冒险"，在当代小说中则进一步演化为"皆大欢喜"的爱情故事和探索英雄（quest hero）进行的各种形式的冒险行为——既包括外在现实的冒险，也包括心理上的冒险；其次，在题材的意义上，新维多利亚小说对罗曼司的借用包括了与现实主义叙事（书信、日记、回忆录或传记，以及编年纪事或历史等）相区别的许多其他叙事文类：神话传说、感伤小说、爱情喜剧、哥特小说、侦探小说、历史罗曼司等；最后，在叙事手法上，

第二章 元历史罗曼司叙事模式

新维多利亚小说对罗曼司的使用,更强调罗曼司叙事想象和虚构的一面,利用一系列的偶然事件和巧合因素推动情节发展。

这种理解和界定主要是为了论述的方便,戴安娜·埃兰(Diane Elam)在《后现代的罗曼司化》(*Romancing the Postmodern*)一书中指出:"罗曼司覆盖了如此多异质的材料,以至于任何简单的定义都不可能。"[1]罗曼司和现实主义小说在英国小说的发展史中一直"互为镜像"地存在。即使在现实主义小说占据主流地位的维多利亚时期,罗曼司叙事也并未消失,一直作为文学创作中的潜流而存在:从司格特的《威弗利》到狄更斯的《匹克威克外传》[2]到爱米莉·勃朗特的《呼啸山庄》直至威尔基·柯林斯的《白衣女人》,我们仍可窥见其发展演变的痕迹。然而当现实主义及其再现式的审美原则居于主流的时候,罗曼司一再被贬抑,沦为一种埃兰所谓的"女性的文学"、纯粹的"女性幻想"(Female Fantasy)[3]——相对于萨克雷和乔治·艾略特"历史编纂式"的现实主义"男性叙事"。以下以《法国中尉的女人》、《占有》和《从此以后》为例展开论述。

---

[1] 戴安娜·埃兰曾尝试以"什么不是罗曼司"为角度对后现代语境下的罗曼司概念进行重新阐释,然而笔者认为她的界定太过笼统和宽泛,有时更加让人摸不着边际。参看 Diane Elam, *Romancing the Postmodern*, London and New York: Routledge, 1992, p. 16。

[2] 笔者认为查尔斯·狄更斯的小说是现实主义与传奇的结合。约翰·玛西指出,狄更斯"是继司各特之后的最受欢迎的英国小说家",在他的小说中,"真实因素和传奇因素皆备",其中有"插科打诨、闹剧、可爱的动物、哀伤的情感、戏剧动作和场面";有"悲哀的感伤,有暴风骤雨式的场面,有过多滥用的言词"。狄更斯的小说用现实主义的笔法(精确的细节描写,典型环境和典型人物等)给维多利亚的下层社会及各种恶棍们画像;同时又使用传奇笔法(主要表现为各种巧合和善有善报、恶有恶报的主题)"描摹人生的幸福和大团圆的结局,或者给可怜不幸的美丽姑娘或勇敢少年画像"。参看[美]约翰·玛西《文学的故事》,临湖、朱渊译,江苏人民出版社1998年版,第276页。

[3] Diane Elam, *Romancing the Postmodern*, London and New York: Routledge, 1992, p. 16。

一 罗曼司叙事与"寓言":《法国中尉的女人》

对于福尔斯小说中的罗曼司叙事因素,论者多有涉及。[①] 彼得·康拉迪(Peter Canradi)指出,"福尔斯的小说往往表现出在严肃性和娱乐性之间的摇摆和焦虑"[②]。具体来说,福尔斯的每一部小说都采用了罗曼司作为主要构架,然而福尔斯创造性地将道德教谕的内容融入这一传统上被视为"'低等'的、小说'次文类'的文体"之中,使之成功地摆脱了"粗俗的娱乐性和感伤的、不切实际的逃避现实"的文类特征,[③] 同时也使得他的小说兼有了"传奇(罗曼司)和寓言"的双重特征。[④] 在福尔斯的小说中,罗曼司叙事主要作为"诱惑性叙事圈套"[⑤](seductive narrative drive)存在,它诱使读者深入故事之中,但随着情节的发展,尤其是小说的结尾往往出其不意地打破读者的阅读期待,叙事严重脱离罗曼司的文体成规,最终实现其道德教谕的目的。刘若瑞指出:"从福尔斯的第一部小说就可看出,他的作品是传奇(罗曼司)与寓言的结合。"[⑥]他还具体区分了小说与罗曼司:

[①] 参看 Simon Loveday, *The Romances of John Fowles*, Macmillan Press, 1985; Ronald Binns, "John Fowles: Radical Romancer", *Critical Quarterly*, Vol. 15, Winter 1973, pp. 317 – 334; Peter Conradi, *John Fowles*, London and New York, Methuem, 1982, Chapter 1: "John Fowles and Modern Romance"。

[②] Peter Conradi, *John Fowles*, London and New York, Methuem, 1982, p. 15.

[③] Ibid., p. 16.

[④] 刘若瑞:《寓言与传奇的结合:试论约翰·福尔斯的创作》,陆建德《现代主义之后:写实与实验》,中国社会科学出版社1997年版,第180—186页。

[⑤] 福尔斯对罗曼司的借用,是在比较广泛的意义上的,既有对传统罗曼司的主题借用,如《魔术师》《埃伯尼塔楼》,亦包含对罗曼司的"次文类",如哥特小说(《收藏家》《可怜的ko-ko》)、历史罗曼司和言情小说(《法国中尉的女人》)、侦探小说(《谜》)的借用。

[⑥] 刘若瑞:《寓言与传奇的结合:试论约翰·福尔斯的创作》,陆建德《现代主义之后:写实与实验》,中国社会科学出版社1997年版,第182页。

第二章 元历史罗曼司叙事模式

小说是借故事来反映现实、改造现实,因此作者刻画人物要逼真,要使一个阶段的历史戏剧化,这样才能虚构出来一个酷似客观世界的现实,使读者信服、受感动而产生美感;而传奇(罗曼司)就只是故事,它的本质是记事、民间传说以及神话;传奇(罗曼司)的作者不关心故事的真实性和可信性,他热衷于情节的设计,随心所欲地利用各种使人惊奇的情节,不仅自己沉迷在幻想的世界中,也使读者享受在这世界中漫游的乐趣。[①]

福尔斯在作品中首先借助罗曼司(包括哥特小说、言情小说、侦探小说、历史罗曼司等)的叙事成规,诱使读者漫游在"惊奇的情节"和"不可思议的幻想"所编织的传奇故事中;并大量利用神话、巫术、民间故事以及离奇的人物与情节,来描写主人公的追寻历程。但是,福尔斯并不满足于此,他试图通过故事来说教,宣传他的哲学观点、道德理念,或如他本人宣称的,"我诱惑的目的是为了说教"[②]。他借伊莎贝尔之口反问道:"如果我们的故事脱离了非真实的文学规范,可能意味着更接近生活中的真实?"[③]这些都表明了福尔斯在使用罗曼司文体时的理论自觉。

《法国中尉的女人》中的罗曼司叙事因素既体现在主题意义上、题材意义上,也体现在叙事技巧方面上。华莱士·马丁(Wallance Martin)在《当代叙事学》(*Recent Theories of Narrative*)一书中曾将罗曼司规定为一些"固定的类型",如"用烂了的场景或老一套的角色",不注重"事出有因",经常表现"机遇、命运和天命"对情节发展的推动作用等。[④] 西蒙(Simon Loveday)指出,在《法国中尉的女人》中,"幽会、遗产、信息传

[①] 刘若瑞:《寓言与传奇的结合:试论约翰·福尔斯的创作》,陆建德《现代主义之后:写实与实验》,中国社会科学出版社1997年版,第182页。
[②] Larna Sage, "Profile 7: John Fowles", *New Review*, October 1, 1974, pp. 31–37.
[③] John Fowles, *The Ebony Tower*, Panther Books, 1984, p. 236.
[④] [美]华莱士·马丁:《当代叙事学》,伍晓明译,北京大学出版社1990年版,第62页。

递以及传送失败、背叛和欺骗"等事件，经由一系列"巧合"被巧妙地编织在一起①；再加上人物、场景的一再重复（前者如两个萨拉惊人的相似性，后者如福尔斯和小女孩在一起玩弄怀表的场景），都使这部小说沾染了浓重的罗曼司风格。笔者认为除"巧合"与"重复"之外，《法国中尉的女人》还体现了罗曼司其他方面的文体特征，具体如下。

首先，在《法国中尉的女人》中，福尔斯借用了现代大众罗曼司或者说言情小说（sensation novel）中常见的"一男两女"的情感纠葛范式架构小说的主要情节。"贵族出生的查尔斯与未婚妻欧内斯蒂娜前往莱姆小镇度假。欧内斯蒂娜是富商之女，年轻、漂亮、娴静、顺从，俨然维多利亚时代的'家中天使'。"②然而在莱姆镇，查尔斯遇到并陷入与另一年轻女性萨拉的爱情之中。迥然不同于欧内斯蒂娜，萨拉是一个当地人避之犹恐不及的"法国中尉的娼妇""抑郁症患者""疯女人"，处于社会的边缘，声名狼藉。查尔斯在两者之间进行着艰难的抉择。这个故事无异于男性话语主导下的现代大众罗曼司的翻版：一边是善良、温柔、纯洁的"天使"，一边是放荡、疯狂、神秘的"妖女"，男人纠缠于其间。此外，"萨拉头发乌黑、一袭黑衣，欧内斯蒂娜却皮肤苍白、衣着鲜艳；萨拉充满自然和野性，欧内斯蒂娜则礼貌而文雅；萨拉无视礼俗、性感、充满诱惑，欧内斯蒂娜却贞洁、顺服"③，她们完全对立的形象设置（design）也符合罗曼司中对"相反、相对"（opposed pairs of characters）④ 的角色要求。

其次，《法国中尉的女人》中还借用了罗曼司中的"老一套角色"——"神秘的女人"（mysterious woman）。弗莱（Northrop Frye）在评

---

① Simon Loveday, *The Romances of John Fowles*, Hampshire: Macmillan Press, 1985, pp. 48 – 49.
② 王淑芳：《颠覆与超越——元小说写作手法下的〈法国中尉的女人〉》，《河海大学学报》2004 年第 2 期。
③ Simon Loveday, *The Romances of John Fowles*, Hampshire: Macmillan Press, 1985, p. 68.
④ Ibid..

第二章 元历史罗曼司叙事模式

价司各特的历史罗曼司小说时指出,"皮肤白皙和皮肤黝黑的主人公,触犯律条的或者秘密的团体,神秘的女人,主人公出身不明,后来却证明是富家子弟"等叙事要素以不同的方式排列组合,构成了司各特高度程式化的叙事模式。[①] 丽莎·弗莱彻(Lisa Fletcher)也指出"神秘的女人"是一个"贯穿从司各特到翁贝尔托·埃可(Umberto Eco)许多历史罗曼司小说中的一个常见主题"[②]。自《法国中尉的女人》出版以来,萨拉一直被冠之以"神秘",是"神秘的女人"的代名词,福尔斯也提及他之所以创作这部小说是因为他在梦幻中看到一个让他魂不守舍的神秘女人,这个神秘女人的形象萦绕在他的脑海,触发了他小说创作的灵感。[③] 在小说中,萨拉是一个斯芬克斯式的人物:小镇居民称她为"法国中尉的荡妇",她对此供认不讳,结果查尔斯却发现她仍是处女之身;格罗根医生认为她是那个时代典型的"抑郁症患者",一个疯女人,查尔斯却发现她很清醒,没有"丝毫疯狂和歇斯底里"的症状。她的每一步行动似乎都是在引诱查尔斯,然而当查尔斯解除与欧内斯蒂娜的婚约,再去找她时,她却不知所踪。

按照罗曼司的程式,当一个神秘的女人出现,身陷绝境,随之而来的就应该是一个"探索英雄"——他会克服种种困难,经历种种考验,最终赢得女人的爱情,并把与她有关的所有谜团大白于天下。查尔斯担当了这一角色。福尔斯借现代叙述者之口亦有意指明了这一点:"维多利亚时代绅士的优秀品质可以追溯到中世纪的完美骑士和勇敢骑士,往后则演化为现代绅士,我们称之为科学家……1267年查尔斯满脑子是当时流行的法国式贞洁观念,把圣杯作为追求目标;1867年的查尔斯讨厌做生意;今天的

[①] Northrop Frye, *The Secular Scripture: A Study of the Structure of Romance*, Harvard University Press, 1976, p. 4.

[②] Lisa Fletcher, *Historical Romance Fiction: Heterosexuality and Performativity*, Hampshire: Ashgate Publishing Limited, 2007, p. 100.

[③] John Fowles, "Notes on an unfinished novel", in *Wormholes*, London: Jonathan Cape, 1998, p. 13.

查尔斯成了计算机科学家。"（第211页）从这个意义上讲，《法国中尉的女人》也是一个有关"追寻"的故事——查尔斯通过行动一步步地接近、发现"神秘的萨拉"，去解开萨拉之谜。弗莱指出，在罗曼司叙事中，冒险和追寻构成了最核心的内容。[1] 萨拉失踪之后，查尔斯在报纸上张贴广告，雇佣私家侦探，疯狂地寻找萨拉，并且因为与欧内斯蒂娜解除婚约，为自己的阶级所不容，不得不远走美国。他在美国也未放弃对萨拉的寻找，在许多女士之中看到了"萨拉一样的脸"。几年过去了，正当查尔斯一筹莫展、快要放弃之时，一个偶然的机缘（罗曼司中的常见套式），仆人萨姆——查尔斯和萨拉之间曾经的破坏者，发现了萨拉，并辗转报告了查尔斯，最后查尔斯的律师在前拉斐尔派的著名画家的家里找到了她。查尔斯去看她，她抱出他们的女儿，于是一家人在动人的情景下团圆了，"查尔斯相信这完全是上帝的安排"（第331页）。

　　这是小说提供的第二个结局，使整个故事读起来类似现代流行的感伤小说：一家人幸福团聚的喜剧性结尾充分补偿了查尔斯在追寻真爱的过程中做出的种种牺牲（他放弃传统的婚姻、财产、绅士的体面和贵族的优越）。从某种意义上讲，这些牺牲完全可以被视为他（作为探索英雄）在追寻"理想爱情"的过程中必须经历的苦难，是他最终赢得"骑士抱得美人归"的皆大欢喜必需的筹码。然而随着第三个结局的出现，精心构造的爱情罗曼司被证明是作者有意为之的"戏仿"，这就完全打破了读者的阅读期待。读者不得不从罗曼司的喜剧中走出，接受萨拉为了自由拒绝查尔斯、我们的探索英雄"一无所有"的悲剧性结尾，并以查尔斯对"纯粹自由"的顿悟将这部维多利亚小说上升到存在主义的哲学高度。

　　从以上分析可知，福尔斯在《法国中尉的女人》中借助罗曼司的叙事

---

[1] Northrop Frye, *The Secular Scripture: A Study of the Structure of Romance*, Harvard University Press, 1976, p. 62.

成规，精心地构造了一个诱惑性叙事圈套，但是罗曼司叙事最终服务于作者的"寓言"目的，福尔斯借此是要引领读者探索存在和自由的问题——既包括个人存在意义上的自由，又包括创作和阅读上的自由。福尔斯成功地借用罗曼司叙事传达了他的哲学教谕——一个关于"自由"的隐喻：他首先使读者伴随主人公查尔斯走向存在主义层面上的自由；同时又使读者在作者缺席——或作者代表的意义本源的缺席，具体体现为三个结尾并存的自由选择式结局——的价值真空中担负自由评判的责任。这也是福尔斯"我诱惑的目的是为了说教"这一创作原则的具体践行。

二 罗曼司叙事与"反讽"：《占有》

《占有》的副标题是"一部罗曼史"。这种以题材作为副标题的小说命名方式，表明了拜厄特在本部作品中对罗曼司这一传统文学样式的直接借用和理论自觉。在卷首语中，她还引用上述霍桑在《七个尖角阁的房子》序言中对罗曼司的论述，借文学权威之口进一步阐释自己的叙事动机。本章开头所引霍桑的那段言论强调了小说和罗曼司的区别，霍桑希望自己的故事在罗曼司的名目下可以享受更多的想象和虚构的自由，但同时亦不否认作品的现实和历史维度。引文的最后一句"将过去已经消逝的时光与正离我们飞逝而去的现在联系起来"，清楚地表明了作家以想象和虚构的形式捕捉历史真实的创作动机和艺术理念。拜厄特将这段话置于卷首引语的部分，显然是为了表述与霍桑相似的创作观念——以罗曼司的形式重现历史的真实。拜厄特借拉摩特之口特意强调这种真实"不是基于历史事实，而是诗性的、想象的真实——就像斯宾塞的《仙后》……在那里灵魂不受历史和事实的束缚"（第404页）。

但《占有》不仅是一部罗曼司，而且各种体裁杂糅，因此出版之初，它即以庞杂的体裁形式、繁复的故事线索、纷杂的文本碎片、交错的叙述层次，以及迷宫式的时空结构，"占有"了大量的读者，并被评论界扣上"侦探故事、学术历险、校园喜剧、爱情传奇、荒诞神话、哥特小说，甚至诗小说、书信体小说"等不同的类属。① 托马斯·伊芙琳（Thomas D'evelyn）指出，这部小说中蕴含着"莎士比亚式的传奇（忠贞的情侣，有罪的激情，孩子的失踪和寻回），侦探小说式的悬念（丢失的信件，探访犯罪现场，万圣节前掘棺），对学术时尚的讽刺以及从勃朗宁到狄金生的风格杂合"②。这些不同的体裁可以归为两类：一类是写实的（历史的），如人物传记、维多利亚第三人称叙事、书信体小说、日记等；另一类是虚构的（罗曼司的），如爱情罗曼司、侦探故事、哥特小说、中世纪诗体传奇、现代传奇小说，以及童话故事和神话故事等。

首先，从主题上看，《占有》是相隔百年（维多利亚时代和当代）的两部爱情罗曼司与中世纪骑士小说和现代侦探小说的杂糅。在当代时空框架下，罗兰与莫德的文学探秘可以被视为一部追寻"圣杯"的骑士罗曼司。罗兰的英文名字为 Roland，出自法国中世纪传奇史诗《罗兰之歌》。这部史诗作品叙述了法国查理大帝时期，罗兰骑士勇猛杀敌，却被奸臣加奈隆陷害，受困于荆棘谷，最终因众寡悬殊而英勇战死的故事。凯瑟琳·伯加斯（Catherine Burgass）认为，罗兰之名还可指涉勃朗宁的名诗《罗兰少侠来到黑暗的古堡》，并由此与拉摩特改写的童话《门槛》中面临三难选题的贵族青年蔡尔德联系起来。③ 在这个意义上，罗兰无异于当代的"探索英雄"，他的学术调查类似勃朗宁诗中罗兰少侠的探险，"最后他戏剧性地接到三家高校的

---

① 程倩：《历史的叙述与叙述的历史》，人民文学出版社 2005 年版，第 2 页。
② Thomas D'evelyn, "A Book about Books", *Christian Science Monitor*, Dec. 16, 1990, p. 13.
③ Catherine Burgass, *A. S. Byatt's Possession: A Reader's Guide*, New York: Continuum, 2002, p. 28.

聘书，像《门槛》中的蔡尔德一样，面临何去何从的三难选题"①。

罗兰学术调查的过程也大致遵循了罗曼司以"追寻"（quest journey）为中心的结构模式。"追寻"是西方文学中一个古老的原型母题：俄狄浦斯王对先王之死的调查是最早的追寻活动之一，《神曲》中对天堂之路的追寻，《浮士德》中对知识和体验的追寻，《堂吉诃德》中对失去的秩序的追寻等，都是"追寻"母题的不断重写。中世纪骑士罗曼司中对圣杯和理想爱情的追寻，也是这一母题的重要组成部分，并逐渐演变为现代侦探小说中程式化的情节范式。"在西方文化传统中，追寻母题总是和圣杯骑士传说……这部世界上最著名的圣杯传奇文学联结在一起的。"②与《俄狄浦斯王》等不同的是，侦探故事尤其是骑士罗曼司，通常以"好人得救、坏人受到惩罚"的喜剧性形式结束。主人公（探索英雄）离家出走、经历一系列的冒险、努力，查找事情的真相，在遭遇种种磨难之后，他奇迹般地战胜对手、胜利归来，而结局部分通常是继承王位或与公主结婚的皆大欢喜。③

《占有》的开篇，主人公罗兰在布莱凯德教授手下打杂。彼时解构话语笼罩文坛，他的"文本细读"学术路径不合时宜，事业前途渺茫。一次偶然的机会，他在图书馆发现了艾什致无名女士的情书，在求知欲和好奇心的驱使下，他试图查出无名女士的身份之谜。在这一过程中他遭到了作为对手的美国学者克罗伯的阻挠，后者不择手段、以金钱为诱饵，找到了艾什的一位远房后裔，企图掘墓开棺，盗取艾什陪葬的信文。

除了对手的阻挠之外，罗兰也得到莫德、贝利太太等人的帮助。尤其是关键时刻，贝利太太的挺身相助，使罗兰的"追寻"过程与传统的罗曼

---

① 程倩：《历史的叙述与叙述的历史》，人民文学出版社 2005 年版，第 83 页。

② Patricia de Castries, "Specific Motif of the Humanities Tradition", http://www.stanford.edu/~patricia/B.html. 2012 年 3 月 1 日。

③ Vladimir Propp, *Morphology of Folktales*, trans. Laurence Scott, Austin: University of Texas Press, 1968, pp. 25–65.

司程式更为契合。罗兰在和莫德一起寻访拉摩特故居的途中,遇见了坐轮椅的老妇人贝利太太,她不慎滑向悬崖边缘。危急时刻罗兰出手相救,结果贝利太太恰好是拉摩特故居现在的女主人。她帮助罗兰找到了拉摩特收藏在娃娃床里的近五十封情书,历史的查证由此获得重大进展。

除寻访拉摩特的故居外,罗兰和莫德还到约克郡原野探秘艾什和拉摩特的"蜜月之旅",之后又远赴法国的布列塔尼亚追踪拉摩特与艾什分手后的生活。在这一过程中,克罗伯、布莱凯德等人紧追不舍,"当代学者们犹如早期罗曼司中的骑士一般彼此纷争不断,叙事由此呈现出与众骑士竞相角逐、寻找圣杯相类似的原型情节"[①]。故事的结尾,众人深夜齐聚艾什墓地,当场截获了掘墓的克罗伯和黑尔德布朗。此时情节再次出现突转——莫德被证明是艾什和拉摩特的后代,"喜剧发现"的原型情节又一次浮现。和传统的骑士罗曼司一样,故事的结局是得偿所愿的皆大欢喜——主人公罗兰不仅赢得了莫德的爱恋,而且还收获了国外三家高校的聘书,前途无量。

拜厄特创作《占有》的初衷并不是要写一部骑士罗曼司。如同洛奇的《小世界》,罗曼司的喜剧只是构成了《占有》的外在框架,而其内在的精神基调是深刻的反讽(irony)。这种反讽主要是在与维多利亚诗人的爱情悲剧相对比的过程中产生的。在维多利亚时空中,艾什和拉摩特的爱情刚开始也沿着罗曼司的情节展开:一个著名诗人爱上了一个漂亮、有才气的女诗人,他们利用书信传情,在信中讨论诗歌。这表明拜厄特有意借鉴了传统罗曼司的套路,但故事的结尾是彻底的颠覆:艾什最终没有与妻子离婚,拉摩特备受磨难,孤独终老。这种改写,无疑使熟悉罗曼司程式的读

---

① 程倩:《历史的叙述与叙述的历史》,人民文学出版社2005年版,第163页。

第二章 元历史罗曼司叙事模式

者大为震惊,尤其是拉摩特最后在信中以美鲁西亚(Melusina)[①]自喻,描述自己凄惨的人生境遇,更使所有的读者为之动容。"这三十年来,我一直都是美鲁西亚。我在这座城堡的垛口四处飞翔,对风哭喊着我盼望的事,希望能看看我的小孩,喂喂她,安慰她,而她不认识我。"(第544页)这一悲剧性的结局冲淡了当代罗曼司的喜剧氛围,证明了罗兰的"圆满"只是作者为了迎合当代人的心理需求而刻意为之的善意谎言。拜厄特也对此供认不讳:

> 当置身于一个凄凉荒芜的世界时,伟大的喜剧,比如莎士比亚的或奥斯汀的,显得不可思议的重要;我突然想到,为什么不能有喜剧的结尾呢?人们都知道这是虚假的,但为什么不能有这种快乐呢?就像我们享有节奏的快乐,颜色的快乐一样?[②]

这两部爱情罗曼司的相互穿插,造成了强烈的反讽效果。《罗兰之歌》等潜在神话结构的存在,也决定了这一当代罗曼司只能是后现代意义上的,换句话说,只能是一种"接近于幽默的、略带嘲弄的反讽"[③]。《罗兰之歌》中,英雄罗兰奋勇杀敌,为国战死沙场;维多利亚诗人拉摩特为爱情宁做美鲁西亚,虽然悲苦却终生不悔;罗兰为了自我的私欲,偷窃艾什信件,追逐诗人的隐秘情史,本身与崇高无缘,却意外地收获了一个喜剧

[①] 在法国神话里,美鲁西亚是一位半蛇半人的女神,美丽的女神被施以巫咒,每逢礼拜六都要变形为蛇身,如果下嫁凡人为妻,以后便可消除巫咒,条件是不得在礼拜六被丈夫窥见。美鲁西亚与云游骑士雷蒙结婚,期望倚重男性的力量摆脱厄运。然而雷蒙禁不住好奇心的诱惑,偷窥了浴中的美鲁西亚,结果巫咒应验,美鲁西亚永远化作了龙蛇,被迫离家别子。《占有》中拉摩特以这则故事为蓝本,创作了长诗《美鲁西亚》。

[②] Philip Hensher, "The Art of Fiction", *The Paris Review*, Vol. 159, 2001, p. 73.

[③] 参看 Kimberlerly Connor, Caught in the Hall of Mirrors: The Progressive Narrative Techniques of A. S. Byatt, M. A. thesis, University of Alaska Anchorage, 1994, p. 52。不少论者都注意到《占有》的反讽式结尾,苏珊在其博士学位论文中亦有详述,参看 Susan D. Sorensen, Verbal and Visual Language and the Question of Faith in the Fiction of A. S. Byatt, Ph. D. dissertation, University of British Columbia, 1999, p. 110。

的结局。这三个层次的相互对比,足以窥见拜厄特对后现代社会物欲横流的现状、平凡庸俗的生活的深刻批判和辛辣讽刺。

三 罗曼司叙事与"救赎":《从此以后》

斯威夫特《从此以后》,也是一个典型的罗曼司叙事文本。《从此以后》,题目取自童话故事的常见结尾,"从此以后他们快乐地生活在一起"。与《占有》一样,这部小说讲述了在维多利亚时代与当代,两种不同时空下两对青年男女的爱情故事。主人公比尔以追忆的语调讲述了他与露丝之间的一场爱情罗曼司,同时将重建的维多利亚先祖马修与伊丽莎白的爱情罗曼司不时插入叙述之中,使发生在不同时空的爱情故事交相穿插,相互对照。此外,比尔反复使用"罗曼司"一词形容一些事件和经历,"从此以后……幸福地生活在一起"又在叙事中一再出现,使这部小说带有浓郁的罗曼司色彩。笔者认为,《从此以后》中的罗曼司,既指涉中世纪"骑士罗曼司"中隐含的骑士精神和优雅爱情,也包括通俗爱情故事中常常编织的童话般的爱情传奇。

在比尔的叙述中,从出生那一刻起,他的生命就与罗曼司联系在了一起,他认为自己生来就具有"童话般的气质"。他生于1936年12月,那一周爱美人胜于爱江山的国王爱德华八世为了迎娶自己的爱人退位了。比尔以一幕幕的罗曼司叠加建构自己真实的人生历史。后来他随父母去了巴黎,这座城市是"童话之城",有着"令人着魔的街道"(第61页)。母亲带他在巴黎看的第一部歌剧是《波希米亚人》,[①] 比尔描述自己当时的感

[①] 《波希米亚人》(La Bohème,又译作《艺术家的生涯》)是一部典型的歌剧罗曼司,由普契尼作曲,剧情改编自法国剧作家亨利·穆戈的小说《波希米亚人的生涯》(*Scènes de la viee Bohème*)。讲述了一群集居在巴黎"左岸"的未成名的穷艺术家的故事,描写这些人的生活情境——年轻调皮,爱玩好ума,又风流多情;常常没钱吃饭,偶尔发些小财,便尽情挥霍。故事以其中两对恋人(诗人Rodolfo与缝纫女工Mimi,画家Marcello与风尘女子Musetta)的悲欢离合为主轴展开。

受：歌剧的第四幕"可怜的咪咪在悦耳的旋律中奄奄一息"（罗曼司中的典型场景），舞台上绘制的"巴黎屋顶的景色在现实中的巴黎同样可以看到"（第13页），那一时刻比尔感到"现实和罗曼司是如此紧密地联系在一起"（第13页）。

父亲死后，比尔把自己比作丹麦王子哈姆雷特（另一种形式的罗曼司身份建构）[①]。他说"我开始呼唤一个我从不认识的父亲形象：高贵、善良、受到了不公正待遇"（第68页）。母亲塞尔维亚和山姆在父亲死后不久就结婚了，比尔理所当然地认定是母亲和继父间接害死了他的父亲——就像剧中乔特鲁德和克劳迪斯合谋杀死了哈姆雷特的父亲一样。与此同时，《哈姆雷特》剧中隐含的救赎希望（哈姆雷特最后成功地杀死了克劳迪斯，乔特鲁德亦含恨而亡）成了他规避现实创伤的"灵丹妙药"，比尔由此在幻想中设定了自己人生的意义，看到了完成复仇、生活恢复平静的希望。哈姆雷特复仇的成功使邪恶被清剿，父王死后陷入混乱的世界被赋予了新的秩序和意义，因此哈姆雷特死后备受赞颂："夜安，可爱的王子！成群的天使们唱歌来送你安息吧！"[②] 比尔在内心计划着对继父山姆的复仇行动，这个计划成为他生活的意义所在，"正是这个复仇的计划从一开始就攫住了我"，而山姆的突然死亡，"剥夺了我人生存在的一个主要因素，划去了我人生的一段情节"（第7页）。

然后是他和露丝的浪漫爱情故事。比尔一再强调他的爱情故事是"注定要发生的"（第85页）。他渲染了与露丝之间的机缘巧合：露丝第一次作为女主角在酒吧登台是由于原先的主角突然生病，比尔第一次见到露

[①] 莎士比亚《哈姆雷特》本身就属于文艺复兴时期的哥特式罗曼司：鬼魂出没，血腥的复仇场面，由一系列巧合编织的情节结构，都决定了该剧的罗曼司性质。如姚本标所言，《哈姆雷特》形象地描述了一个传奇英雄的成长过程及其必须经历的苦难："只有经历了磨难，才能最终成长为为父报仇、为国捐躯（作为'替罪羊'）的英雄。"参看姚本标《〈哈姆雷特〉悲剧的神话原型建构》，《英语研究》2008年第6期。

[②] William Shakespeare, *Hamlet*, Penguin Books, 2006, p.46.

丝，感觉像突然"中了魔法"一样（第81页）。他们的爱情开始于一个仲夏的夜晚，① 一次突然袭来的暴雨，使他有机会和露丝同坐一辆出租车，然后他亲吻了身边的露丝，并感慨道，"事情注定要发生，有情人终成眷属"（第85页）。比尔还描述当时的感觉，"魔杖挥动，我忘记了自己是哈姆雷特……世界不再是疲倦、腐朽、单调和无意义的了"（第84页）。他希望浪漫的爱情能安抚自己受伤的心灵，因此套用童话故事常用的结尾，"从此以后我们幸福地生活在一起"（第85页）。

"从此以后快乐地生活"这句话在小说中反复出现，使读者在阅读中期待比尔的人生也会如同一出浪漫的爱情剧一般，然而比尔对现在生活的描述，总体上构成了对罗曼司叙事的反讽。露丝成名之后，比尔生活在妻子的阴影下，他试图模仿传奇中的骑士，"作为一名后台管理者，始终等待着女主角的亲吻……"（第81页）②。但是，当反观自己建构的浪漫人生时，他不得不承认一直以来，他只不过是"舞台上的鳏夫""一个舞台上戴绿帽子的丈夫"（第120页）。尽管他不愿意面对，妻子不忠的事实还是摆在他面前，浪漫的爱情叙事无法经受残酷现实的考验。在现实的关照下，成规化的罗曼司世界轰然倒塌。比尔最终认识到，罗曼司叙事不能拯救他心中

---

① 此处暗合莎士比亚的传奇剧《仲夏夜之梦》。故事发生在众多精灵出没的幽暗森林当中，精灵王奥伯龙与王后泰坦尼娅起了争执，奥伯龙就叫他的仆人帕克在泰坦尼娅的眼睛上点了一种魔液，使她醒来后会对见到的第一个人一见钟情。与此同时，有两对年轻男女在森林中迷了路，帕克将魔液点在两个男子的眼睛上，结果他俩同时爱上了其中的一个女孩。之后帕克看到一个叫巴腾的演员，他一时兴起，决定把巴腾的头变成驴头。没过多久，泰坦尼娅看到巴腾就爱上了他。奥伯龙对这混乱的局面感到很不高兴，就命令帕克把巴腾的头变回原状，再解除泰坦尼娅的魔咒。他又把四个意乱情迷的情人变成两对快乐的佳偶，每个人都认为这夜的奇遇只是一场梦，一场仲夏夜的爱情罗曼司。

② 在这里，比尔试图采用传统的骑士罗曼司，规避自己不尽如人意的现实生活。在传统的骑士罗曼司中，骑士一般崇拜和服从在精神与情感上更加高尚或高贵的女性，以浪漫精神苦苦寻求女孩的爱情，甚至到了自我折磨的地步，而不去寻求性关系和婚姻。有一首典型的骑士爱情恋歌——《虚无之歌》，流传于12世纪后半期的法国西部，表达了罗曼蒂克的骑士爱情的精神："很久以前我被仙女迷住——我从没有见过她，但仍然崇拜如狂。献上这遥远的爱，她却不放在心上，不顾我之所想，而且除我之外还有其他崇拜者，三个或四个，可我仍然爱她坚定不移。"参见 http://www.qqtz.com/read-htm-tid-649991.html，2011年11月9日。

的创伤,"浪漫的爱情都是捏造出来的,都是诗人杜撰的"(第120页)。

最后他转向了对先祖马修的叙事重构。由于与马修有着相似的悲剧人生,比尔希望能够借由虚构的马修和伊丽莎白的爱情罗曼司,看到另一个时空的比尔和露丝,实现自我救赎。这种策略本身就如同传奇电影《大话西游》中孙悟空利用"月光宝盒"进行的时空穿越一般,无论结局如何,都会如镜花水月般虚幻,与真实的人生无关。比尔描述了马修的浪漫爱情和幸福婚姻是如何帮助马修摆脱内心苦痛的,还特意提到婚礼当天马修的父亲送给他们一座自己亲自制作的钟,钟上的题词"爱战胜一切",这是伊丽莎白的父亲摘自维吉尔的《农事诗》。他希望他叙述的马修的故事能有一个完美的结局,马修和伊丽莎白"从此幸福地生活在一起"(第117页)。然而无论怎么样进行罗曼司的粉饰,比尔都改变不了故事最后的结局:马修因信仰危机,不堪忍受一个没有上帝的世界,最终婚姻破裂,自杀身亡。

需要指出的是,从《法国中尉的女人》到《占有》再到《从此以后》,罗曼司叙事中反讽和解构的锋芒,呈逐次递减之势。《法国中尉的女人》中的开放性结尾公然宣告"有情人终成眷属"的爱情罗曼司不过是出自上帝一般全知全能的作者之手的随意捏造。在《占有》中,罗兰与莫德的童话般爱情与维多利亚时期的爱情悲剧相互关照,形成一种喜剧性的反讽,使20世纪的整个学术界呈现为一出无聊的闹剧。《从此以后》中的罗曼司叙事以一种自我救赎的感伤口吻展开,反讽也多表现为具体语境层面的局部反讽,在比尔的追忆性叙事中以自嘲的形式出现。

最具有说服性的一个例子,是比尔的自我身份建构。他一直以哈姆雷特自居,但是后来发现自己心中的父亲,有可能根本不是自己的亲生父亲。有一次山姆前往比尔在大学中的住所,比尔在窗前看着山姆,心里勾画着《哈姆雷特》中的剧情:

看看，我心里琢磨着，多么令人惊讶啊！那么多年过去了，现在他来道歉了，来个全盘托出。不是要求我到他那儿去，而是他来卑微地敲我的门。我母亲去世了，他有时间好好考虑考虑了。他在这——克劳迪斯在祈祷——为我父亲的死做出补偿。（第166页）

然而山姆的此次拜访，只是想告诉比尔有关他父亲死亡的真相，因为塞尔维亚曾告诉山姆，比尔并非他父亲的亲生儿子。突如其来的真相，粉碎了比尔赋予自己的哈姆雷特身份，但是他仍然说，"我就是比尔·昂文，我就是丹麦人哈姆雷特"（第173页）。比尔的这句话与艾略特（T. S. Eliot）的《普鲁弗洛克的情歌》中普鲁弗洛克的宣言，"不！我并非哈姆雷特王子，当也当不成"[1]，形成了一种反讽的互文性运作。我们知道，在艾略特这首著名的现代主义"情歌"中，"英雄"普鲁弗洛克是一个孤独、焦虑而又胆小的中年男人，他意欲向一个女子求爱，却一直瞻前顾后、踌躇不前。在整首诗中，他一步都未迈出，仅耽于内心独白，凭空臆想。哈姆雷特也曾一度自我反省，犹豫不决而痛苦不堪，但颇有自知之明的普鲁弗洛克已经不以哈姆雷特自居，他说："有时候，老实说，显得近乎可笑，有时候，几乎是个丑角。"[2]在普鲁弗洛克看来，整个世界已经荒谬不堪，他无法成为一个伟大时代的英雄人物，只能是个从属的、非英雄的角色，一个胆小怯懦的小丑。将比尔的现实状况与普鲁弗洛克无关爱情的"情歌"进行对照阅读，比尔自我建构的哈姆雷特身份轰然倒塌。他的生活与世界，褪去了罗曼司的美丽光环，与普鲁弗洛克一样，呈现为一片荒诞和虚无。这也说明了《从此以后》的一个重要主旨，罗曼司的虚构和粉饰，永远无法承受现实之重，直面创伤的积极救赎方为良策。

---

[1] T. S. Eliot, "The Love Song of J. Alfred Prufrock"，袁洪庚、卢雨菁、杜丽丽编著《英诗及诗学文选》，北京大学出版社2008年版，第137页。

[2] 同上。

第二节 元小说叙事

以上详细论述了《法国中尉的女人》《占有》《从此以后》中的罗曼司叙事。值得注意的是,在历史叙事中糅合罗曼司的因素,并非以福尔斯为代表的后现代作家的独创,戴安娜·埃兰(Diane Elam)指出,"当历史不再是其自身的时候,罗曼司就介入了"①。历史罗曼司,这一文学样式在司各特的"苏格兰系列小说"(如《威弗利》《罗伯·罗伊》等)中已达到相当圆融的境界。新维多利亚小说中的历史罗曼司异于传统之处,在于它并非单纯地"为罗曼司而罗曼司",而是通过引入元小说手法,使之与"历史编纂"相结合,以一种"自我指涉"的方式对历史叙事中的罗曼司/虚构行为进行自觉反思。换句话说,它们首先属于琳达·哈琴意义上的"历史编纂元小说",其次才是元历史罗曼司。哈琴在《后现代主义诗学》(*A Poetics of Postmodernism*) 一书中对"历史编纂元小说"进行了详细地论证,她还引用《法国中尉的女人》《水之乡》等小说文本并进行了具体分析,但此书出版于1987年,《占有》《天使与昆虫》《从此以后》等大部分新维多利亚小说还没有问世。哈琴虽然强调"历史编纂元小说"中糅合了通俗文学的因素,"把传统(虽然遭到了嘲讽)与新生事物、外向型的历史和内向型的自我指涉、通俗与正典结合在一起"②,但没有对"历史编纂元小说"中的罗曼司因素展开讨论。如前面提到的,英国小说在20世纪80年代后期以后呈现出"罗曼司"的叙事因素明显增强的特征,因此

---

① Diane Elam, *Romancing the Postmodern*, London and New York: Routledge, 1992, p. 17.
② [加拿大]琳达·哈琴:《后现代主义诗学:历史·理论·小说》,李杨、李锋译,南京大学出版社2009年版,中文本序第2页。

在这里，笔者拟将新维多利亚小说中的"历史编纂元小说"进一步发展为"元历史罗曼司"，突出这一文类在现实主义的历史编纂、元小说的"自我指涉"与罗曼司叙事三者之间形成的"互动"关系及其对传统历史再现问题的质疑和反思。

元小说（metafiction）是一个较难界定的概念，作为一个正式的文学批评术语，它最早出现在威廉·加斯（William H. Gass）发表于1970年的《小说和生活中的人物》一书中。加斯提出应该把那些"把小说形式当作素材"的小说称作"元小说"（Metafiction），认为这种现象的出现表明小说艺术已经陷入了困境。[①] 约翰·巴思（John Barth）持相反意见，认为当代小说把叙述形式作为叙述内容的处理方法是为了超越小说艺术和小说批评长期以来在"形式"与"内容"之间各执一端的偏见。他指出，那些被称作"关于小说的小说"（元小说），其意义不仅在于建构"故事"，同时也是为了创造新的叙述形式。[②] 此后，"西方小说理论界几乎以一种'无须赘述'的态度将'元小说'定义为'关于小说的小说'"[③]，强调这一文类对自身叙述形式的"自我指涉"（self-reflexitivity）和"自我意识"（self-consciousness）。

我们知道，元小说手法虽古已有之（一般认为它始自《项狄传》），只有在现代主义作家——尤其是20世纪六七十年代的实验派作家——那里才获得规模空前的运用。笔者认为有两个重要原因。首先，元小说重在凸显现实主义小说试图遮蔽的小说与现实之间的差距问题，并对"小说的虚构身份"和语言的"指涉"问题具有高度的理论自觉；其次，元小说是现代

[①] William H. Gass, *Fiction and the Figures of Life*, New York: Alfred A. Knopf, 1970, p. 25.

[②] John Barth, "The Literature of Replenishment" in Michael J. Hoffman and Patrick D. Murphy, eds. *Essentials of the Theory of Fiction*, Durham: Duke University Press, 1996, p. 273–286.

[③] 王丽亚：《"元小说"与"元叙事"之差异及其对阐释的影响》，《外国文学评论》2008年第2期。

主义作家为了摆脱"影响的焦虑"而采取的形式革新的重要手段,是他们创造新的叙述形式的重要策略。换而言之,元小说"对创作想象力的颂扬和对自身再现能力的不确定,对语言、形式和写作行为极度的自我关注,对小说与现实之间关系的无所不在的质疑"[1],使它"责无旁贷地"成了现代主义作家通过激进的艺术实验对抗传统的现实主义"僵化的"艺术形式的一种重要叙事策略。

一般来说,元小说的叙事策略可以归纳为以下三个方面。[2](一)"自揭虚构":与现实主义小说不同,"元小说不再妄称是对现实的真实再现,而是干脆坦白自己不过是虚构,并对前者声称语言可以直达现实的信念深表怀疑"[3]。(二)打破成规:元小说作者或者采用"故事里套故事"的方法,或者提供几个可供选择的结尾,或者以戏仿的形式模仿多种体裁,以打破传统的叙事成规。(三)作者现身:现实主义作家愿做小说中隐身的上帝,"元小说作家却更愿直接现身——或者与小说人物商讨未来情节的发展,或者邀请读者一同决定某个人物的命运,或者变成评论家对自己刚刚完成的某段文字评头论足"[4]。下面以《法国中尉的女人》、《占有》和《从此以后》为例,对新维多利亚小说中的元小说叙事进行详细论证。

---

[1] Patricia Waugh, *Metafiction: The Theory and Practice of Self-conscious Fiction*, London: Methuen, 1984, p. 2.

[2] 元小说创作有很多种方式,沃尔在她的专题著作《元小说:自我意识小说的理论和实践》中列举了约 22 种元小说策略,引用了 127 个文本作为范例,可供参考。在她书中讨论的元小说技巧几乎覆盖了所有当代小说方法论,包括作者露迹,故事里套故事,拼贴,多种结尾,戏仿,把作者本身和他的作家同伴的真名引进小说,频繁改变人称等。参看 Patricia Waugh, *Metafiction: The Theory and Practice of Self-conscious Fiction*, London: Methuen, 1984。在这里,我们只是简要地将元小说技巧归为三类。

[3] 陈后亮:《再现的政治:历史、现实与虚构——论历史书写小说的理论特征及内涵》,《中南大学学报》(社会科学版)2010 年第 6 期。

[4] 陈后亮:《历史书写元小说的再现政治与历史问题》,《当代外国文学》2010 年第 3 期。

一 《法国中尉的女人》中的元小说叙事

《法国中尉的女人》是一个经典的元小说文本，上面所提到的主要元小说叙事技巧——如"作者出面""文体杂糅""自揭虚构""开放性结尾"等——在这部小说中都可以找到例证。在《法国中尉的女人》中，福尔斯虚构了萨拉这个边缘女性的个人罗曼司，并辅之以具体的历史人物、事件等翔实的历史资料，建构了自己版本的维多利亚史，以反抗主流历史叙事对边缘人物历史真相的压制和遮蔽。另外，他又通过元小说（metafiction）的"自揭虚构"，凸显了历史叙事固有的虚构性本质，揭露"客观""真实"的历史文本中隐藏的叙事逻辑和意识形态。因此，在这部小说中，我们既会发现维多利亚现实主义小说中的一些清晰可辨的文类特征，如真实的历史人物和事件、逼真的细节再现、生动的心理描写等，使它貌似一本传统的现实主义小说；然而我们的阅读过程，又会不断被随处可见的元小说痕迹打断，对现实主义的叙事成规提出深刻质疑，这表明它同时是一部"自我指涉"的现代主义作品。

仔细研读《法国中尉的女人》，就会发现其叙事实际上是由两个层面构成：一种是对维多利亚小说的戏仿，福尔斯采用"全知全能"的叙事模式讲述了一个维多利亚时代的爱情故事；另一种则是对该模仿之作的现代重估和评判，元叙述者不断介入叙事进程，对小说创作的各种问题进行讨论。如小说开篇伊始，全知叙述者用过去时态信心十足地对故事的背景作了全景式的描述：1867年莱姆镇的地理位置、气候环境，以及主人公所处年代的衣着打扮、时尚及政治，叙述者虽然没有在作品中出现，却如同上帝，无所不知、无所不晓。福尔斯还模仿维多利亚时期人们的语言，精心考证当时人们的服饰、习俗、礼仪、性生活等各个方面，并穿插进真实的历史人物和历史事件。对查尔斯、欧内斯蒂娜和莱姆镇上其他人物的描写，也是典型的现实主义风格——全知叙述者随意出入人物的内心世界，心理刻画亦说得惟妙惟肖。然而在全知叙述者天马行空地虚构故事的过程中，元叙述者不断出现，打断叙事进程，并直接对叙事行为本身进行评论。如在第十二章，叙述完萨拉因为去韦尔康芒斯散步遭到波尔坦尼夫人训斥，伤心落泪，欲从窗口跳向大海之后，他突然发问："萨拉是谁？她是从哪里冒出来的？"并在接下来的篇章中对前面章节叙事的"虚构"性作了一番评论：

> 我正在讲的这个故事完全是想象的。我创造的这些人物在我脑子之外从未存在过。如果我到现在还装成了解我笔下人物的心思和最深处的思想，那是因为正在按照我的故事发生的时代人们普遍接受的传统手法进行写作：小说家的地位仅次于上帝。他并非知道一切，但他试图装成无所不知。（第67—68页）

福尔斯认为在现实生活中，作家是不可能无所不知的，他借元叙述者之口坦言，"像萨拉这样的现代女性的确存在，但我从来不了解她们""在我这本书的现实环境中，萨拉绝不会抹去眼泪，俯身向前对我讲出一连串事件的真相。如果她看到我在古老的月亮升起时站在那儿，她会立即转过身去，消失在她房间的黑影中"（第68页）。因此就小说创作而言，虚构和想象是必不可少的，所谓的"真实"不应该是传统小说家声称的"如实"描绘的"现实生活中的那个世界"，或者"过去的现实生活中曾经存在的那个世界"；在小说创作中最高的"真实"应该是"虚构无处不在"（第67—68页）。

这段"自揭虚构"的元叙事话语，表达了福尔斯对小说作为"人工虚构物"的自觉，同时亦将反讽和解构的锋芒指向了作为英国文学之伟大传统的现实主义创作手法。我们知道，现实主义小说一般以"镜子"为喻，"按照实际生活原来的样子，真实具体地反映生活"，一直被视为是其最重要的艺术特征。然而现实主义毕竟不等于"真实"，它不过是读者对其的阅读，接受已经"自然化"了的一整套叙述成规。[①] 福尔斯在《法国中尉的女人》中，将这些成规一一抖落：如第五十五章，萨拉神秘失踪后，查尔斯苦苦找寻却毫无结果，元叙述者再次出现，拿不准是否应该让查尔斯找到萨拉，于是揭露此种情况下传统小说的成规做法，"小说往往伪装与现实一致：作家把冲突双方放在一个圈子里，然后描绘他们之间的争斗，但实际上争斗是事先安排好的，作家让自己喜欢的那个获胜"（第292页）。福尔斯拒斥了这种做法，对冲突双方争斗的结果没有给出确定的答案，而是通过一个开放性的结局，将三种可能的结果以并立的姿态展现在读者面前。这种极端的结局形式赋予了读者选择的自由，同时亦充分暴露了文本的虚构性，因为"真实的现实是一次既定、无法选择的，而小说虚构有无数的可能。这样一来，既解构了现实主义的'真实'，也消解了一切利用现实主义叙事的逼真制度制造'历史真实'的可能"[②]。

在此需要指出的是：虽然元叙事者消解的只是现实主义的叙事成规，但是如果我们承认在凭借形式上的逼真性而宣称反映"客观真实"这一点上，历史叙事与现实主义小说并无区别，我们就会明白这种自揭虚构的元叙事行为，实则带来了严重的历史认识论上的后果。换句话说，我们相信历史的真实性，是相信作为一种叙事的历史文本对世界的忠实再现，而现实主义小说之所以被认为能够忠实反映外部世界，是因为它凭借一系列的叙事成规，如强调"事出有因"（motivation）和非本质性细节等，使原本

[①] ［美］华莱士·马丁：《当代叙事学》，伍晓明译，北京大学出版社1990年版，第67页。
[②] 李丹：《从"历史编撰元小说"的角度看〈法国中尉的女人〉》，《外国文学研究》2010年第2期。

人为和虚构的东西"自然化"(naturalization),以至发生于其间的每一件事情都似乎像在生活中那样是"自然而然"的。①而一旦现实主义小说用以制造"真实"的叙事成规被公之于众,所谓"皮之不存,毛将焉附",传统历史叙事的"真实性"登时变得可疑。

除了对现实主义叙事成规的戏仿和颠覆之外,元叙述者还通过"自我指涉""作者出面"等手法,对自己建构的维多利亚历史"自揭虚构"。我们知道,在《法国中尉的女人》中围绕主人公萨拉的爱情罗曼司,福尔斯插入了大量有关维多利亚时期的历史资料:1835年对埃米尔·拉隆西埃中尉的审判、玛丽·莫雷尔以及其他同时代女性的精神病征、伦敦的妓院和黄色书刊、乔治·德赖斯代尔的"性知识手册"、19世纪多塞特农村的状况、哈代和特里菲娜的爱情故事等;历史人物前拉斐尔派画家但丁·加布里埃尔·罗塞蒂及他的妹妹诗人克里斯蒂娜·罗塞蒂等,也都出现在了文本中。福尔斯将这些"边缘性"的历史资料与他虚构的有关萨拉和查尔斯的爱情故事整合起来,无疑是希望借此重构他心目中另一版本的维多利亚历史。

然而在这一过程中,元叙事话语不停地介入,毫不掩饰自己基于特定的意识形态立场对历史进行的"文本建构",并将收集资料的过程以及赋予这些资料叙述秩序的努力统统暴露给读者。如第三十五章,叙述者引了1867年的《儿童雇佣委员会报告》,这则报告表明维多利亚社会在男女关系上远不是我们想象的保守克制:报告中的"我""曾亲眼看到十四到十六岁之间男女少年不堪入目的非礼行为"(第191页)。引用完这则资料之后,元叙事者即刻公然指出,历史学家宣称的"客观再现历史"的虚伪性"极为明显地表现在对出版物狂热的删节和修订,用虚假的外表冒充真实,

---

① [美]华莱士·马丁:《当代叙事学》,伍晓明译,北京大学出版社1990年版,第71页。

传给容易受骗上当的子孙后代"（第265页），所以"如果我们要寻找客观的现实，必须到别的地方去找——查梅林的著作，查各种委员会的报告等"（第193页）。梅林的著作和各种委员会的报告等均属于中产阶级建构维多利亚宏大历史叙事时有意"排除"或者忽略的部分，而在福尔斯等后现代作家看来，正为我们重新认识那个时代提供了最好的资料来源。

此外，福尔斯还借元叙述者之口，对自己重构维多利亚历史背后的意识形态和价值立场供认不讳，"也许我是把一部散文集冒充成小说向你们推出。也许我不该使用章节标题，而应该写成'论存在的水平性''进步的幻想''小说的形式发展史''自由探源''维多利亚时代被遗忘的若干方面'……诸如此类的标题"（第68页）。这段夫子自道式的引语就完全是福尔斯创作《法国中尉的女人》的理论注脚了：他对维多利亚历史的重述，最终的目的不在于为历史翻案，而是借此探讨存在、自由、小说的形式革新，以及我们如何认识维多利亚历史及其伟大传统等后现代语境下困扰现代人的主要命题。

由以上分析可知，《法国中尉的女人》既借用了现实主义的叙事成规，又利用元小说的"自我指涉"揭露了文学与历史中现实主义"再现真实"的"幻象"及其背后蕴含的权利和意识形态运作，因此是一部典型的历史编纂元小说。"既沿袭又妄用了小说语言和叙述的传统，借以对现代主义的形式主义观念和现代主义再现论提出疑问。"[①] 琳达·哈琴在《后现代主义诗学》中将其列为历史编纂元小说的经典范例，并论述道：

> 在福尔斯《法国中尉的女人》中，现在、现代叙事者冲撞、戏仿了十九世纪小说中查尔斯、萨拉、欧内斯蒂娜的故事常规。叙事者和

[①] ［加拿大］琳达·哈切恩：《加拿大后现代主义——加拿大现代英语小说研究》，赵伐、郭昌瑜译，重庆出版社1994年版，第24页。

故事编造者（查尔斯、叙事者、他的代言人、查尔斯和后来的萨拉）的许多"中国套盒"故事，表现了小说的自由与权力、创造与控制的主题。在对维多利亚时期小说家（萨克雷、乔治·艾略特、狄更斯、弗劳德、哈代）进行多处戏仿的同时，也在更广的层面上反讽了十九世纪权威的叙事声音、叙事者对读者的讲话、封闭的叙事结构。[1]

也是在这个意义上，哈琴指出：《法国中尉的女人》既在理论层面自觉意识到历史与小说都是人为构建之物，同时"以批评而不是怀旧的态度将过去置于和现在的关系之中"[2]。"它需要这种（维多利亚）历史语境，以便通过对其批评性反讽拷问现在（和过去）"[3]。维多利亚时期的价值观念和现实主义的叙事传统，在福尔斯的元叙事者的评述中成了戏仿和批判的主要对象，这表达了福尔斯一再标榜的"以反讽、轻蔑的动作向过去致敬"[4]的态度——一种典型的20世纪60年代时代精神的产物。

二 《占有》中的元小说叙事

《法国中尉的女人》虽然开始转向了历史和传统，但仍然保留了晚期现代主义元小说的先锋性姿态和对形式问题高度的"自觉意识"。作家直接在小说中出面、元叙述者对叙述行为直接评论，以及三个结尾并存的开放式结局等，均是晚期现代主义元小说形式实验和技巧革新的惯用伎俩。而且，拜厄特指出，福尔斯在对待维多利亚过去的态度上也没有脱离"现

---

[1] ［加拿大］琳达·哈琴：《后现代主义诗学：历史·理论·小说》，李杨、李锋译，南京大学出版社2009年版，第62—63页。
[2] 同上书，第63页。
[3] 同上。
[4] John Fowles, *The Ebony Tower*, Panther Books, 1984, p.18.

代主义作家利顿·斯特拉奇一派颇具轻贬意味的戏仿"①。尽管在《后现代主义诗学》中，琳达·哈琴一再强调，历史编纂元小说"并非以怀旧的情感回归历史，而是以审视的目光重访过去，和过去的艺术与社会展开一场有反讽意味的对话"②，可是笔者认为，当用来讨论20世纪80年代后期的英国后现代主义小说时，这一观点或有进一步商榷和修正的必要。80年代后期，以拜厄特、斯威夫特为代表的许多后现代作家，出于对社会现实的不满情绪，在他们的历史小说中都表达了不同程度的"怀旧"，罗曼司叙事因素也明显增强。

拜厄特在评价《法国中尉的女人》时指出，福尔斯采用"维多利亚故事套故事"（Victorian novel within a novel）的方法将"现实主义"与"实验主义"奇妙地结合起来，作品既给人以"现实主义"的阅读体验，同时又会引发对"现实主义"虚构性（fictionality）问题的反思，③ 这一点颇令人称道。然而，她认为《法国中尉的女人》的多个结尾，将这种愉悦破坏了，因为多个结尾并不能展示"多个可能的故事"，读者不可能想象后两个结尾（如作者期待的那样）可以作为前一个结尾"真实"意义上的替换，这样，"每个结局都排除了另外的一个结局"，小说成了一个毫无真实感的"纸房子"（paper house）。④ 在她看来，《法国中尉的女人》中的多个结尾，清楚地表明了福尔斯将"实验主义"凌驾于"现实主义"之上的叙事立场，无法为读者带来由"叙事连续性"（narrative coherence）和封闭的结尾（closure）提供阅读上的愉悦。⑤

---

① A. S. Byatt, *On Histories and Stories: Selected Essays*, London: Chatto and Windus, 2000, p. 79.
② [加拿大] 琳达·哈琴：《后现代主义诗学：历史·理论·小说》，李杨、李锋译，南京大学出版社2009年版，第5页。
③ A. S. Byatt, *Passions of the Mind*, London: Chatto and Windus, 1991, p. 173.
④ Ibid., p. 174.
⑤ Ibid..

第二章　元历史罗曼司叙事模式

《占有》在很多方面都受到《法国中尉的女人》的影响和启发,[①] 但是拜厄特依据自己"自我意识的道德现实主义"(self-conscious moral realism)的创作原则,在很多方面进行了修正,力求在"实验主义"与"现实主义"之间实现某种令人满意的平衡状态：

> 自我意识的道德现实主义既意识到"现实主义"的困难,又在道德上坚守这一价值观念;既出于形式上的需要对"虚构性"进行评论,又强烈地意识到人们栖居的想象世界的价值;既意识到典范、文学和"传统"的模棱两可、疑窦丛生,又对过去的伟大作品持有深刻的怀旧,而非倨傲的拒绝。[②]

拜厄特声称《占有》是一部"自我意识"的小说,同时兼具"可读性",不会损坏读者的审美愉悦。这部小说可以说是对她"自我意识的道德现实主义"创作理念的具体践行。拜厄特一方面讲述了一个完整的、情节曲折的、雅俗共赏的爱情罗曼司;另一方面,又充满了对语言和小说虚构身份的"自我意识"。因此,不同于《法国中尉的女人》中元叙述者直接跳出,指明"我正讲的故事完全是想象的。我所创造的这些人物在我脑子外从未存在过"(第67页),《占有》中的元小说叙事是通过大量文学理论批评话语(如新批评、心理分析女性主义、解构主义、传记式研究等)的插入来实现的。拜厄特的评论家身份使她非常娴熟地将20世纪的各种文学批评理论引入叙事的过程之中,从不同角度对维多利亚时期的历史和人物进行评判,成功地将文学创作与文学理论融为一体。这一点已有论者提

[①] 论者对这一点多有提及,详见 Jackie Buxton, "What's love got to do with it? Postmodernism and Possession", *English Studies in Canada*, Vol. 22, No. 2, 1996, pp. 199–219; Frederick Holmes, "The historical imagination and the Victorian past：A. S. Byatt's Possession", *English Studies in Canada*, Vol. 20, No. 3, 1994, pp. 319–334; Kathleen Coyne Kelly, *A. S. Byat*, London：Twayne, 1996, p. xii。

[②] A. S. Byatt, *Passions of the Mind*, London：Chatto and Windus, 1991, p. 181.

及,如帕里尼(Jay Parini)指出的,《占有》"几乎把英国小说中所有的叙述技巧都展示出来供人审查,同时又无时无刻不给人愉悦"①;比若(Doryjane Austen Birrer)也注意到,《占有》"堪为一个文学批评的游戏场",它属于元小说的次文类——"元批评小说(metacritical fiction)"②。《占有》不仅在其情节发展过程中不断反观自身,对自己的构架进行评论,还探讨了有关写作和阅读的问题,同时对后现代语境下文学批评话语的泛滥,以及语言"逃离"现实的状况进行了深刻的质疑和反思。

《占有》中的当代主人公,多是高等学校里的文学研究专家,拜厄特以喜剧式的"反讽"语调,展现了学者们的现实生活如何被学术研究"占有"以及学者们是如何看待"虚构"的。罗兰、莫德、布莱凯德、克罗伯、利奥里娜·斯特恩和比阿特丽斯,都投身于对19世纪诗人艾什、拉摩特及其诗歌的研究。在一次对话中,莫德和罗兰谈论艾什与拉摩特眼中的世界以及他们的所思所想,罗兰感慨道:

> 我们的隐喻吞噬了我们的世界,你从来都没有过这种感觉吗?我的意思是,当然,所有的事物都互相联系——始终如此——我想一个人研究——我研究文学——因为所有这些联系看起来趣味无穷,在某种意义上又充满了危险的力量……然而我们往往像钩扣子似地玩着学术的把戏——中古时期的手套,巨人的手套,布兰奇·格洛弗(Glove)、巴尔扎克的手套,海葵的卵巢——所有的这一些,全扯上了人类的性欲。就像利奥里娜硬是要把整个地球解读为女性的身体——而语言——一切都是语言。(第275—276页)

---

① Jay Parini, "Unearthing the Secret Lover", *The New York Times Books Review*, Oct. 21, 1990, pp. 9-11.

② Doryjane Austen Birrer, Metacritical Fiction: Post-war Literature Meets Academic Culture, Ph. D. dissertation, Washington State University, 2001, p. 89.

罗兰这段有关语言和理论"吞噬"真实世界的精彩言论，和拜厄特本人对语言的"自我意识"大致类同。拜厄特在《思想的激情》中曾引用艾瑞斯·默多克的话："我们对语言的认识已经发生了很大的变化，我们不再理所当然地把语言当成交流的媒介。我们就像那些长久以来看向窗外，忽略了玻璃的人们那样——有一天开始注意起玻璃来。这种自我意识，使诗人感觉到，语言整个的指涉特点已经成为一种无效的烦扰或羁绊。"[①] 她还暗示了语言的"自我指涉"给自己创作带来的困扰："文学理论关于语言是一个自我支持的系统、与事物没有关系的说法，使我非常懊恼——因为我没有这样的体验。我不是幼稚地认为词语和事物是一一对应的，而是相互交织的，如事物表面上覆盖着一个大的花网。"[②]换句话说，在拜厄特看来，在后现代语境下，我们既不可能天真地认为语言和事物间存在固有的对应关系，亦不应该全盘否定语言的指涉和表意功能，而是应该在对语言的指涉功能保持自我意识的前提下，致力于探索表达"词与物的接近性"（nearness），不要轻易放弃用自己的语言最大限度地传达真理的可能性。

在《占有》中，罗兰也表达了同样的对"词语指称事物"的维多利亚时代文学观念的向往。在重新阅读艾什《金苹果》一诗时，他抛开了对语言"自我意识"的自觉以及各种理论话语的遮蔽，感到"文字成了活生生的生物或是宝石"：

　　他看到了树、果实、水流、女人、草地和蛇，形式单一又五花八门；他听到了艾什的声音，确实是他的声音，是他自己的声音错不了，

[①] A. S. Byatt, *Passions of the Mind*, London: Chatto and Windus, 1991, p. 177.
[②] Michael Levenson, "Angels and Insects: Theory, Analogy, Metamorphosis", in Alexa Alfer and Michael J. Noble, eds. *Essays on the fiction of A. S. Byatt: Imaging the Real*, Westport, Connecticut and London: Greenwood Press, 2001, p. 164.

他听到语言在周围流动，不受任何人、任何作者或读者之限；他听到维柯说初民们都是诗人，最初的词语就是物的名字……（第512页）

因此，在对语言、小说的"虚构"问题以及对当代文学理论的理解和认识上，罗兰和"隐含作者"拜厄特的观点大致吻合。此外，细读文本，我们还会发现，两者之间存在另外一处重要关联：罗兰追随布莱克利特，后者作为虚构人物，却是历史人物新批评大师利维斯（F. R. Leavis）的弟子；而拜厄特就读于剑桥大学时，也曾深受利维斯的影响。通过这么一种内在联系，拜厄特巧妙地将自己有关文学创作和批评的观点经由罗兰之口道出，既表达了自己对语言和虚构问题的认识，又避免了元叙事者直接露面而造成的对叙事进程的干扰，从而成功地将文学批评话语"化入"故事之中，弥合了"自我指涉"的形式试验与现实主义情节连贯性之间的裂缝问题。

除罗兰的新批评之外，拜厄特还借小说中其他人物之口使"20世纪的各种文学理论悉数现身"[①]。心理分析女性主义、解构主义、传记式研究等，都以戏仿的方式被作者"化入"小说情节之中，使《占有》同时又是一个众声喧哗的文学理论"竞技场"。以利奥里娜的女性主义批评为例，这部分内容穿插在罗兰和莫德追寻前辈诗人的足迹而进行的约克之旅的途中，出自利奥里娜的代表性研究专著《拉摩特诗中的母题与母体》。这部书由莫德借给罗兰，部分章节以罗兰在睡觉前随意翻阅的形式呈献给读者。利奥里娜将《美鲁西亚》中对水的描述解读为"女性的身体特征"：

美鲁西亚的喷泉有一种女性的湿润，从源泉中冒出，而非充满自信地高耸而起，这反映了我们日常语言（言语，口语）无法描述的女

[①] 段国重：《文学理论的狂欢与反思——〈占有〉的批评元小说解读》，《中国矿业大学学报》2009年第3期。

性分泌物——在沉默中日益干燥的女性的唾液、黏液、乳汁和女性的体液……（第266页）

女性主义者从自己的立场出发，对诗歌作出如此这般的弗洛伊德式的"泛性论"解读，使人忍俊不禁，理论话语的主观虚构性由此可见一斑。拜厄特借全知叙述者的身份告诉读者，拉摩特诗歌中对水的摹写是对约克郡地貌特征的诗性描绘，远非利奥里娜所谓的"女性性欲的象征"。罗兰对此调侃道：利奥里娜如此这般地解读，使他"对于他们意欲前往探索的那一片满布着吸吮不绝的人体孔穴及纠结交错的人体毛发的大地，忍不住心生幻象"（第267页）。这就形成了一种喜剧性的反讽效果，表明了拜厄特对此类理论话语的反感。

另举一例，在小说中，拜厄特还戏仿了克罗伯的传记研究。同样是在约克之旅的途中，罗兰翻阅《拉摩特诗中的母题与母体》的同时，莫德在旅馆的另外一个房间阅读克罗伯《伟大的腹语大师》。在书中，克罗伯如此描述艾什的约克郡之行：

在1859年某个明朗的六月清晨里，在伐利游泳沐浴的女子们，想必都曾注意过那么一袭孤寂的身影，跨着坚定的大步，沿着寂寥笔直的沙地，一路向布里格走去，一身笨重的行头……我个人深信，那时，鲁道夫（艾什）已面临了我们所称的"中年危机"……他见到自己的眼前空无一物，独剩衰退与朽坏……他清楚地知道，人生匆匆而逝一如泡影……于是挥别了个人对垂死之人、对亡者的情怀，转而展现出对生命、对自然、对宇宙的大爱——一种浪漫主义的重生。（第268页）

在后现代语境下，传统现实主义的传记书写方式已经备受质疑，然而深谙后结构主义理论的克罗伯的传记书写，更让人难以卒读。拜厄特借莫德之口发表了自己的看法:"他等于是把圣徒行传倒过来写,给予了一层十分恶质的外衣:他根本就是照着自己心目中的模型处理笔下的主题。"(第272页)莫德甚至质疑在这部传记中,"艾什当真就是研究中的主体吗?使谁的主体性成了研究的对象?……克罗伯和艾什这两个人的位置又该如何安排?"(第272页)这表明拜厄特虽然对传统现实主义的历史书写能否抵达"真相"深表疑虑,然而(克罗伯式的)传记家随意"僭越"传主的后现代传记写作使她更为不安。她借全知叙事者之口告诉读者,艾什的约克郡之行并非克罗伯考据的"地质考察",而是与情人拉摩特的幽会之旅,这无疑是对后现代传记以理论话语和自我认知为中心的研究方式的一种讽刺。

总之,各种批评文本以不同的形式,穿插入罗兰、莫德等"文学侦探们"追寻历史真相的文本探索之中。拜厄特采取特定语境中的反讽、戏仿等手法,使各种不同的理论相互碰撞,对同一事件进行不同的言说。不同的理论话语众声喧哗而又相互消解,迂回曲折地表达了拜厄特本人对待文学理论的态度和立场。由于理论话语被巧妙地"化入"情节结构之中,因此并没有损害小说整体上的现实主义特征,如巴克斯顿指出的:"尽管《占有》摆出了它百般的后现代姿态,它首先、首要的是一种'直接'叙述,一部现实主义的小说。"[1] 在这部小说中,拜厄特既意识到语言的虚构性、进行了各种叙事实验,又自觉坚持了现实主义的叙事立场,因此安德里亚称之为一部"后现代现实主义"小说——"周旋于文学现实主义与后现代形式之间,试图在后现代文学理论的框架内重新定义现实主义"[2]。玛丽·凯瑟也认为《占有》既"忠实于严肃的现实主义小说传统……致力于

---

[1] P. B. Parris and Caryn McTighe Musil, "A. S. Byatt", in *Dictionary of Literary Biography*, Vol. 8, 1983, p. 204.

[2] Andrea Louise Rohland – Le, The Spaces Between: A. S. Byatt and Postmodern Realism, Ph. D. dissertation, Universite De Montreal, 2000, p. v.

揭示人类经验的真相",同时它"无疑也是一部后现代小说……是后现代主义又一新阶段的成功典范"。①

《占有》彰显了后现代主义小说中的一种新的美学原则：元小说的"自我意识"与现实主义叙事，这两个原本相互冲突的形式被统合在一起。这代表了历史编纂元小说的另一重要方面——既意识到现实主义叙事成规在反映客观现实问题上的"虚妄"，又对词与物的对应性、语言反映现实的能力等现实主义原则进行道德上的坚守。借用默多克的话，"无论我们的所言所示都是语言建构的思想多么惊世骇俗、迷惑人心，重新思考真理、坚硬的真理以及它的可能性变得十分必要……我们可能，如勃朗宁说的，天生是骗子，但是思想本身只有在我们瞥见真理和真实的可能性、并为此努力追求时，它才有意义"②。在《占有》中，"坚硬的真理"与元小说的"自我意识"并行不悖，可以视为拜厄特通过创作，对她的小说理念的诠释。

三 《从此以后》中的元小说叙事

斯威夫特《从此以后》也使用了元小说叙事，然而不同于《占有》和《法国中尉的女人》，斯威夫特小说中的"自我意识"更直接地指向一种对历史本质问题的思考。如埃利森·李指出的，在斯威夫特的小说中，"既具有文献式的历史，又呈现为虚构的情节……小说提出的核心问题则是我们如何了解历史"③。由于《从此以后》和《水之乡》在主题和叙事手法

---

① Mary Kaiser, *World Literature Today*, Vol. 5, No. 4, autumn 1991, p. 707.
② A. S. Byatt, *Passions of the Mind*, London: Chatto and Windus, 1991, p. 24.
③ Alison Lee, *Realism and Power: Postmodern British Fiction*, New York: Routledge, 1990, p. 36.

上存在着诸多相似之处，① 本部分拟将两部小说结合起来，以《水之乡》为参照，探讨《从此以后》中的元小说叙事。

斯威夫特的小说通常聚焦于一位具有后现代"自我意识"的中心叙述者，如《水之乡》中的汤姆和《从此以后》中的比尔。在《后现代政治学》中，哈琴认为汤姆是"后现代历史学家的象征""他应该不只读过科林伍德。他将历史学家视为讲故事的人和侦探家，表明他应该熟知海登·怀特、多米尼克·拉凯布拉、雷蒙德·威廉姆斯、米歇尔·福柯和让·弗朗西斯·利奥塔"②。换句话说，汤姆是深谙后现代历史理论话语的"自我意识"的叙事者，他通过元小说叙事一步步引领学生（还有该书的读者）去思考什么是历史、什么是现在、历史对现在的意义等问题。大段大段对历史本质问题的探讨，使小说不可避免地成为一部具有高度"理论自觉"的元小说。

在《水之乡》中，汤姆为了弄明白自己的人生遭际，回顾了自己走过的人生历程，构建了个人史；但是在重述历史的过程中，他清醒地意识到，"也许历史只是讲故事而已""人类是讲故事的动物……他只能不停地讲故事，他必须不停地编造故事。只要故事在，一切就安然"（第55页）。同样，汤姆在讲述阿特金森家族在洼地上的历史时，一方面"参考了大量的政府文件、地方年鉴或编年史"，以及祖辈留传下来的历史图片等；另一方面，他没有"不加思索地照搬这些文本，而是在转述的过程中不断提

---

① 两部小说的相似之处主要在于：首先，与《水之乡》的叙述者——历史老师汤姆一样，《从此以后》中的比尔也正经历着人生的一大危机，妻子、母亲、继父相继去世，他自杀未遂，开始回顾自己的人生。其次，两部小说的焦点也都落在对历史的探寻上——既包括在回忆中重现个人的历史，也包括在历史文献的只言片语中重构家族的历史，而最终的目的是借以阐释和逃离无法摆脱的现在。最后，两部小说都采用了元小说手法：比尔与汤姆一样，一方面在讲述历史，另一方面又公然宣告历史的虚构本质。

② Linda Hutcheon, *The Politics of Postmodernism*, New York: Routledge, 1989, pp. 56-57.

出种种疑问"①。例如，在"阿特金森家族的崛起"这部分，汤姆表示对阿特金森家族宣称的"以国家利益为重"这一托词大为不解。他在一堆史料中发现了亚瑟在一次议会选举上的演讲稿："我们不是现在的主人，而是未来的仆人。"（第80页）于是忍不住质问道：

> 他知道这句话的意思吗？他的话可是发自真心？他是否只是躲在所谓"责任"的面具背后，掩盖了他确实是现在的主人这一事实？……他是否把未来仅仅看成永远的现在？他是否知道未来将带来的一切？他是否知道未来的命运（我父亲和我的命运——20世纪初，当时仍然有很多磨损的印有维多利亚女王头像的铜币）将只能哀悼和疲倦地解释他失去自信的缘由。（第80页）

换句话说，《水之乡》的元小说结构类似于德里达"涂抹之下的书写"：它一方面呈现了一部"进步"的、理性的历史，另一方面又通过不断地质疑和反思抹掉了自身，试图还原历史的本真状态。汤姆感到在传统的历史书写中，历史"好像是一系列有趣的虚构故事""一个神话"（第55页）；作为历史老师，他认为自己有责任在"历史陷入神话的泥沼之时"（第55页），对其进行重新思考和建构。在叙述完阿特金森祖辈白手起家，而家族的辉煌在大火中毁于一旦之后，汤姆指出直线前进的历史发展总是不断地偏离正轨，甚至回到了历史的起点；"他提出了自己认为较为适宜的发展模式：不断反省、挽救、弥补以往的过失，而不是把一味追求向前发展或刻意遗忘过去当作人类的进步"②。

---

① 殷企平：《质疑"进步"话语：三部英国小说简析》，《浙江师范大学学报》（社会科学版）2006年第2期。

② 金佳：《格雷厄姆·斯威夫特小说〈洼地〉的动态互文研究》，《当代外国文学》2004年第2期。

二

如哈琴指出的,"《水之乡》是对历史叙事的思考"①,斯威夫特既运用了传统现实主义历史叙事的形式,又质疑了这一形式的可信性和权威性。这一点,主要是通过中心叙事者在历史建构过程中,不断对自我叙事话语进行质疑和反思的"侵入式"叙事声音实现的。再以《从此以后》为例,这部小说无论在叙述形式上,还是在对历史叙事的"自我意识"上,都保留了《水之乡》的特征,但时隔九年,后者在理论话语的插入上明显减弱,形式上也相对保守。《水之乡》中"关于历史的终结""关于讲故事的动物""关于自然历史""关于帝国的建构"等以章节标题形式出现的大段后现代历史理论话语,在《从此以后》中被精心地糅合进叙事的过程之中。但两部小说的差别只是程度的不同,而非类型的相左,可以互为参照。

《从此以后》中的比尔与汤姆一样是一个具有强烈"自我意识"的叙事者:面临支离破碎的人生,他试图通过"讲故事"的方式找出"自己的人生到底在哪里出了错",对应了《水之乡》中汤姆提出的"历史是由犯错感开始的这一命题"(第91页)。比尔声称因为"个人原因",他要在叙事中重构先祖马修的历史,这也暗合《水之乡》中汤姆一再强调的"人是讲故事的动物"——要依靠"宏大叙事、真空的填充物"来驱散"对黑暗的恐惧"的观点(第55页)。在对马修的生活进行叙事重构之前,比尔指出:

> 有关马修的事实,因为发生在1844年,事实已经与许多的理论糅合在一起,更不用提想象了。日记开始于1854年,即使马修(对偶遇鱼龙化石)的记忆鲜明如初,他也可能已经在叙事中行使了某种程度的(虚构)特权。这样,事实与许多不必要的错误编造不可避免地

---

① Linda Hutcheon, *The Politics of Postmodernism*, New York: Routledge, 1989, p. 56.

混合在一起。与波特一样，我的职责也不是严格的历史编纂。再说，从一个人留下的简要碎片里试图找出他过去实实在在的生活，是一件巨大的、吃力不讨好的工作，我又不欠马修什么……那么就让马修成为我的创造吧……如果我从日记中念咒招魂，幻化出他完整的、真假参半的存在，那会是完全虚假的吗？（第98页）

这段内容有点类似于传统小说的开场白，不同的是，比尔在此公然宣告他的职责"不是严格的历史编纂"，而是要用"一半的事实、一半的虚构"，让马修成为他自己的"创造"（invention）。首先，这意味着比尔在叙述行为发生之前已明确告知读者，他不是试图还原而是在"创造"马修的历史，因此他属于布斯意义上的"不可靠的叙述者"。其次，比尔的叙事并非朝向历史的事实，而是指向自身——马修只是为他而存在的，他重构马修的历史，是为了在马修的悲剧中照见自己，找出自己的人生到底在哪里出了错。最后，从时间上讲，比尔的叙事也不是指向过去，而是朝向现在和未来的"拯救"。这些都决定了这部小说并非传统意义上的线性历史小说，而是一部后现代主义历史小说。比尔在用19世纪传统的历史叙事方式再现马修的历史时，希望能够借此寻求稳定的意义，重构自己的主体性。

比尔以传统第三人称历史叙事的形式开始了对马修的重构："马修·皮尔斯，1819年3月出生在康沃尔的朗塞斯顿，父亲约翰是一个钟表匠，母亲名叫苏珊，35岁那年，他的第三个儿子菲利克斯死后，他开始写作这本日记。"（第98页）在这一过程中，第一人称叙述者"我"不断以现在时态闯入叙事进程，对自己的叙述行为和历史的真实性问题进行反思。例如，上面那段介绍性的文字之后，比尔接着说，尽管日记开始于35岁那年，"为了更好地刻画马修的性格，我更愿意将时间设置在他22岁那年的一个早上，在牛津大学的一个酒吧里，作为一个受过良好教育的年轻人，他收拾好行囊,准备离开那个城市,返回家乡"(第98页)。比尔还描写了马修的形象和气质,他一边告诉读者"我的描述是没有根据的""我丝毫不清楚他长得什么样子",同时又声称"我看到一个精力充沛、面容冷静的年轻人"(第99页)。

此外,比尔还详细叙述了马修与伊丽莎白相识之前的情形和如何相识的过程,并不时地告诉读者"这些都是我编的"(第119页),"或者说我期望事情会如此发生"(第119页)。这样,"比尔的叙事既唤起读者对维多利亚时代小说的注意,又使读者想起福尔斯的《法国中尉的女人》及同时代类似的叙事作品,尤其是小说也涉及了莱姆·里吉斯和当地的化石"[1]。福尔斯的元小说叙述者在小说中曾向读者宣称:"我讲的故事都是想象的。我所创造的人物只存在于我的脑海中。"(第67页)比尔在叙事中的这种互文运作,唤起人们注意先前文本的重要性。他对马修的叙事重构与《法国中尉的女人》中福尔斯对维多利亚时期的颠覆性重写并无二致,他的叙事话语与《法国中尉的女人》中元叙事者公开坦言虚构具有同样的解构功效。

比尔在叙事过程中不断使用"我认为""我猜测"等闯入式话语,提醒读者关注他虚构故事的意义。有论者指出,"比尔在强调自己历史叙述的虚构性时,他已经把读者的关注从被叙述的马修转向虚构叙事的创造者——他自己"[2],这样"被虚构的马修和伊丽莎白成了另一个比尔和露丝"[3]。比尔在叙事重构中一再呈现的是马修的精神创伤(见到鱼龙化石时的信仰碎裂和儿子菲利克斯之死带来的绝望情绪)以及他的自我"救赎"

---

[1] 苏忱:《再现创伤的历史》,苏州大学出版社2009年版,第76页。
[2] 同上书,第77页。
[3] 约翰·马斯登(John Marsden)认为比尔通过马修·皮尔斯在书写自己的历史。参见 John Lloyd Marsden, *After Modernism: Representations of the Past in the Novels of Graham Swift*, Ph. D. dissertation, University of Ohio, 1996, p. 195。

(幸福的家庭生活和岳父的"目的论精神")。马修曾与朋友一起到莱姆郊游，发现了鱼龙的化石，宗教信仰开始动摇。比尔在叙事中一再对想象的读者说，"你不得不想象这个场景，对大多数人来说，没有什么本质的变化……但是对一些人来说，整个世界却轰然倒塌"（第110页）。这个场景与比尔九岁那年得知父亲自杀的消息时，"随着父亲的死，我的世界从此分崩离析"（第22页），构成一种"文本内的互文"关系，使读者从马修的精神创伤转向叙事者比尔的个人经历，这也暗示了马修的故事终究只是比尔个人创伤在叙事上的置换——一种有效地规避创伤的叙事转移。

　　比尔刻意安排马修在宗教信仰动摇不久即与伊丽莎白见面，同样是出于对创伤进行"救赎"的潜在心理诉求。比尔对他们见面的场景及其细节作了种种可能的猜测，并告诉读者，"事情就这样发生了，预兆着他们从此以后将过着幸福的生活"（第117页）。他在叙述中还指出，尽管意识到这次见面可能是双方父母的刻意安排，马修还是宁愿将其归为天意——我们知道，将一切均与罗曼司联系起来，一直是比尔的惯用伎俩。比尔接着描述道，马修感觉自己坍塌的世界最终被爱情所"拯救"——"他重新回到那个甜蜜、美好、明晰可辨的世界"（第118页），这一点与比尔和露丝相恋时感觉到的"魔杖挥动，我忘记了自己是哈姆雷特……世界不再是疲倦、腐朽、单调和无意义的了"（第84页）如出一辙。在这个意义上可以说，比尔对马修历史的重构只是出于减轻精神创伤、实现自我"救赎"和满足个人"主体性"建构的需要，他急需找出自己在接连而至的创伤面前生活下去的力量。

　　哈琴在讨论历史编纂元小说时曾指出，历史的创伤成为语言的建构时，"它已经不再如当初那样刺痛——它们不但在时间上不可挽回地远离了我们，而且我们决议要为别人的（或我们自己的）真实创伤赋予一定的意义"①。这句话堪为比尔重构马修个人历史的理论注脚了。然而，比尔在通过历史叙事建构自我"主体性"的过程中，"清楚地感知到了叙事的主观性，使其对真实、稳定、意义和主体性的追寻变得问题化"②。具体来说，他在对马修的历史建构中，既援引了维多利亚时代的小说叙事模式，又从主观需要出发，摘引了马修的日记。比尔在自己的互文创作中意识到意义的不确定性，认识到马修的日记作为一种叙事，可能存在的基于某种主观目的对历史真相的遮蔽："我如何知道这些日记，当它们在为马修的婚姻提供充足的证据的同时，不也同样是为了使神话不朽而做的绝望的努力吗？"（第227页）此外，比尔也在不断反思自己对马修的历史重构行为："我如何知道他们是否幸福？我让他们在一个阳光灿烂的夏日见面、彼此一见钟情，我又如何能知道当时的情况的确如此呢？"（第227页）"我编造了这一切，我不知道是如何发生的。事情也可能是另外一种情况，因为我只是想象它们如此发生"。（第119页）

从后现代主义历史学的角度来看，任何形式的历史叙事（马修的日记，比尔的历史重构）都是为了建构特定阶级、阶层或者个人的"主体性"，并服务于特定的意识形态观念和政治立场。哈琴指出，历史小说往往"再现、展现了人们以连贯一致、有理有据的方式确立的统一的主体性"，然而元小说"以其明显的自我指涉性、缺乏连贯性，常常难以读懂"等特征，在努力破除传统叙事中的主体性意识形态建构。③ 在《从此以后》中，斯威夫特将两者糅合起来，既建构了历史叙事中的主体性，又努力将其破除，因此贯穿小说始终的是两个叙事声音——比尔的历史叙事以及表

---

① Linda Hutcheon, *The Politics of Postmodernism*, New York: Routledge, 1989, p. 82.
② Step Craps, *Trauma and Ethics in the Novels of Graham Swift*, Brighton: Sussex Academic Press, 2005, p. 136.
③ [加拿大] 琳达·哈琴：《后现代主义诗学：历史·理论·小说》，李杨、李锋译，南京大学出版社2009年版，第159页。

达对历史叙事虚构性认识的"自我指涉"的元小说叙述话语。在这个意义上,《从此以后》是一部典型的"历史编纂元小说":采取一种"先确立后质疑"的方式,"把来自社会各个层面的语码——不论是主流的还是边缘的、高雅的还是通俗的、传统的还是现代的——统统纳入其中,对'历史意识'和指涉行为进行质疑和反思"①。

第三节 元历史罗曼司叙事模式

以上分别论述了《法国中尉的女人》《占有》《从此以后》中的罗曼司叙事与元小说的"自我指涉",现在有必要将罗曼司、现实主义、元小说叙事三者结合起来,对新维多利亚小说中的"元历史罗曼司叙事模式"进行总结性说明。

上面已经提到,元历史罗曼司是一种糅合了"历史编纂元小说"的叙事技巧和罗曼司叙事因素的杂交性后现代主义历史小说,倾向于以一种"自我指涉"的方式对历史叙事中的真实和虚构问题进行自觉反思。元历史罗曼司叙事模式使新维多利亚小说在"罗曼司与现实主义""现实主义与元小说"之间构成双重互动的关系。在《后现代主义诗学》中,琳达·哈琴指出,在"历史编纂元小说"中,"历史编纂"和"元小说"的互动使其"以独特的方式结合了'借助诗学进行辩论'(元小说)和'借助历史主义进行辩论'(历史编纂),从而把两者间相互的质疑设立在文本之中"②。笔者认为罗曼司因素的介入使其间的关系更为复杂:对历史叙事的

---

① 陈后亮:《历史书写元小说的再现政治与历史问题》,《当代外国文学》2010年第3期。
② [加拿大]琳达·哈琴:《后现代主义诗学:历史·理论·小说》,李杨、李锋译,南京大学出版社2009年版,第59页。

真实性以及文学和历史再现外部现实的能力的质疑和反思，不仅在理论的或者诗学的层面展开（具体表现为元小说的形式），而且通过罗曼司和现实主义两大文体的并置以及两者之间互为对话、相互消解的镜像关系得以进一步深化。以下进行具体论证。

一　诗学层面：现实主义与元小说的互动

按照哈琴的观点，元小说是现代主义文学的重要遗产之一，但是有不少研究者把元小说看作后现代主义小说的代名词，在她看来这是错误的："评论家们最经常地把法国的新小说和新新小说，再加上美国的超小说，当作后现代主义作品举证。然而按照我的模型，它们都不属于后现代主义，而都是晚期现代主义走向极端的例证。"[①]哈琴认为，"元小说将小说的创作、阅读和批评视角融为一体，提醒读者注意其语言虚构本性，从而与那种对小说人物和情节缺乏自我意识的认同拉开距离"[②]，因此元小说只是现代主义对形式问题的关注推到极限的产物，一种"自恋的小说"（narcissistic novel）——不仅表现出对语言和形式问题的过度迷恋，而且坚持语言的自我指涉和艺术的非再现性。

哈琴认为真正意义上的后现代主义小说应该是"历史编纂元小说"——"那些名闻遐迩、广为人知的小说，它们既具有强烈的自我指涉性，又自相矛盾地宣称与历史事件和人物有关"[③]。在哈琴看来，这类作品"既具有元小说的自我指涉性，又向我们清楚地讲述了政治、历史真相；

---

① ［加拿大］琳达·哈琴：《后现代主义诗学：历史·理论·小说》，李杨、李锋译，南京大学出版社2009年版，第72页。
② Linda Hutcheon, *Narcissistic Narrative: the Metafictional Paradox*, New York: Routledge, 1991, p. vii.
③ ［加拿大］琳达·哈琴：《后现代主义诗学：历史·理论·小说》，李杨、李锋译，南京大学出版社2009年版，第6页。

第二章 元历史罗曼司叙事模式

既意识到文学遗产的存在,又意识到模仿的局限性"①,因而是表现"后现代主义诗学"的"矛盾性、坚定不移的历史性和不可避免的政治性"的最具代表性的文学样式。②元小说对想象力和艺术的封闭的、自我指涉的结构深信不疑;历史则确认在叙事和事件、词与物之间存在无可否认的一致性。"历史编纂元小说"成功地将两者糅合起来,"它们在文本的自我指涉性上比现代主义元小说有过之而无不及"③,但并不一味沉溺于语言游戏,而是"将文本自身及其生产和接受的过程再度语境化,置入它们赖以存在的社会的、历史的、审美的和意识形态的整个情境之中"④。

笔者对哈琴的观点颇为认同,因为晚期现代主义作家的作品(如美国的超小说、法国的新小说)确有卖弄形式技巧的、"抗拒阅读"的特征——这与现代主义的精英意识和对形式问题的关注,在精神上一脉相承。而"历史编纂元小说"既主张回归历史和传统,同时又悖论地保留了现代主义对历史和传统的批判意识,"既沿袭又妄用小说语言和叙述的传统,借以对现代主义的形式主义观念和现代主义再现论提出疑问"⑤。因而它们呈现出不同于现代主义文学的艺术特征,如矛盾性、不确定性、杂糅性、雅俗共赏等。在这个意义上,哈琴将历史编纂元小说归为后现代主义小说,与现代主义的文学范式进行区分,当是不无真知灼见。

以《法国中尉的女人》《占有》《从此以后》为代表的新维多利亚小说属于琳达·哈琴意义上的"历史编纂元小说",因为它们都是既具有强

---

① [加拿大] 琳达·哈琴:《后现代主义诗学:历史·理论·小说》,李杨、李锋译,南京大学出版社2009年版,第7页。
② 同上书,第5页。
③ 陈后亮:《历史书写元小说的再现政治与历史问题》,《当代外国文学》2010年第3期。
④ [加拿大] 琳达·哈琴:《后现代主义诗学:历史·理论·小说》,李杨、李锋译,南京大学出版社2009年版,第29页。
⑤ [加拿大] 琳达·哈切恩:《加拿大后现代主义——加拿大现代英语小说研究》,赵伐、郭昌瑜译,重庆出版社1994年版,第24页。

烈的"自我指涉性",又具有清晰可辨的历史文化语境。在《法国中尉的女人》中,福尔斯插入了大量有关维多利亚时期的历史资料:1859年达尔文发表《物种起源》、1867年马克思在大英博物馆撰写《资本论》、1867年英国议会讨论赋予妇女平等选举权、1869年格顿女子学院成立等。《占有》也将虚构人物、事件与维多利亚时期真实的历史人物、事件糅合在一起。据批评家考证,拉摩特身上明显地带有历史上的女诗人罗塞蒂、勃朗宁夫人和迪金森的影子;艾什的形象是维多利亚时期几位男性诗人勃朗宁、丁尼生等人的综合体。①《从此以后》中,斯威夫特更是让比尔成章成段地引用了维多利亚时期先祖马修的日记,将自己虚构马修的故事与日记中马修亲历的历史"事实"编织在一起,并穿插进大量文本外的历史事实,如莱姆·里吉斯的玛丽·安妮在十二岁那年发现了第一块鱼龙头骨的化石,1849年铁路已经开通到普利茅斯等,所有这些因素综合起来也使得这部小说带有明显的历史痕迹。

我们知道,传统的历史编纂学往往遵循现实主义原则,根据历史遗留下来的文本、档案材料,来梳理和发掘其中的意义。海登·怀特指出:"面对纷乱的'事实'和大量的文本,历史学家必须出于叙事目的'对它们进行选择、切分和分割'……由于语言结构总是出于特定的(显在或隐在的)目的写成的,在他看来,这意味着'历史'绝不仅仅是历史,而总是'为——历史',即出于某一基础的科学目的或幻想而写的历史。"②在这个意义上,格特鲁德·西美尔法布认为,后现代主义历史学不仅必须"揭露传统的历史编纂学为之服务的意识形态——霸权者、有特权者或家族的

---

① Catherine Burgass, *A. S. Byatt's Possession: A Reader's Guide*, New York: Continuum, 2002, p. 52.

② [美]海登·怀特:《后现代历史叙事学》,陈永国、张万娟译,中国社会科学出版社2003年版,第70—71页。

第二章 元历史罗曼司叙事模式

利益，而且必须揭露赋予它虚假可靠性的（现实主义）方法论和叙述范式"[1]。现实主义的叙事范式在"历史编纂元小说"中成为重新审视和考察的对象——它试图掩盖现实与叙事之间的差距问题，及其背后隐含的意识形态和价值立场，都成了元小说叙事通过凸显语言媒介的指涉性和小说本体上的虚构性在理论和诗学层面试图深入探讨的问题。

"现实主义"与罗曼司一样，是一个很难界定的概念。在艾布拉姆斯（Weyer H. Abrams）看来，现实主义文学通过一系列叙事成规，主要是带来这样一种效果："它再现了生活和社会世界，让普通读者感觉那些人物角色真实存在，那些事件确曾发生。"[2] 这就是后来批评者说的"现实的幻象"。在19世纪，现实主义文学取得主导地位，往往以"镜子"自喻，宣称自身对真实生活的客观映照——再现了未经改变的事实本身。在这一点上，巴尔特（Roland Barthes）对现实主义进行了深刻地批判，称其为刻意制造"指涉的幻象"（referential illusion）——模糊了语言符号与其指涉对象之间的关系的真实本质，使人误认为文学和现实之间可以忽略语言的媒介存在直接的对应关系。

元小说叙事采用"作者露面""自揭虚构""打破成规"等多种手法，即要在理论和诗学的层面对现实主义的"真实幻象"和语言的指涉问题提出质疑和反思。在《法国中尉的女人》中，福尔斯一方面精心地模仿了维多利亚时期小说全知全能的叙述风格，力求惟妙惟肖地再现维多利亚时代的"逼真"历史画面；然而"自我意识"的元叙述者（self-conscious narrator）不断介入故事情节的发展，探讨小说创作中的真实和虚构问题。这些元小说叙事话语成功地破除了现实主义的"真实"幻象，

---

[1] [美]格特鲁德·希美尔法布：《如其所好地述说历史：不顾事实的后现代主义历史学》，张志平译，陈恒、耿相新《新史学》（第五辑），大象出版社2006年版，第11页。

[2] Weyer H. Abrams, *A Glossary of Literary Terms*, Beijing: Foreign Language Teaching and Research Press, 2004, p.260.

是在理论层面对现实主义小说（历史叙事）"真实"和"虚构"问题的探讨。

《占有》中的元小说"自我意识"呈现为另外的一种形态——不同于《法国中尉的女人》以"戏仿"为手段对现实主义叙事成规的颠覆和破坏，《占有》在对语言和虚构问题保持"自我意识"的前提下，悖论地宣称在道德上对现实主义的坚守。反映在小说文本中，《占有》中的主要人物对语言和虚构问题都具有高度的自觉，深谙各种后现代理论话语，因此作品虽然保持了整体上的现实主义风格，然而大量的文学理论话语的插入及其在同一问题上的"终身喧哗"，也使得《占有》具有强烈的元小说"自觉意识"。

在《从此以后》中，"历史编纂"以及对历史的认知问题，成了斯威夫特元小说叙事主要考察的对象。比尔在再现马修的历史时，试图借此寻求稳定的意义、建构自己的主体性，他一方面建构马修的历史，另一方面公然自揭虚构。"自我指涉"的元小说叙事话语，粉饰了现实主义叙事试图掩盖历史叙事的"主观性""虚构性"本质，引导读者对这一叙事手法和叙述范式进行深入思考。

然而，如哈琴指出的，历史编纂元小说并没有否认历史、现实，因为它们清醒地意识到，"一部小说绝不仅仅是语言和叙述的一个自律结构，它还自始至终受到它的语境（社会、历史和意识形态）的制约"[①]。历史编纂元小说只是对我们以往声称的现实的给定性、直接性和明晰性以及语言对现实的再现能力提出质疑：现实不是抽象语言的织体，但不可避免地要在文本中呈现为物质的语言——话语——的建构。历史编纂元小说"一方面要在小说中树立现实主义的幻象，另一方面又着意以清醒的自我意识将

[①] ［加拿大］琳达·哈切恩：《加拿大后现代主义——加拿大现代英语小说研究》，赵伐、郭昌瑜译，重庆出版社1994年版，第104页。

之戳破，而其最终的目的是引导读者反思话语和权力在构造我们的日常现实时所发挥的作用"[1]。

二 文体层面：现实主义和罗曼司的杂糅

如果说元小说叙事在理论层面对（现实主义）历史叙事的真实性问题进行了质疑和反思，那么新维多利亚小说中大量使用的罗曼司叙事因素则在文体的意义上对（现实主义）历史叙事的真实性进行了进一步地消解。前面已经提到，在文学发展史上，现实主义与罗曼司一直处于对立的状态——前者强调对现实的逼真模仿，后者则更关注想象和虚构的力量。在文学批评史上，现实主义小说以"矫情"和"虚幻"为罗曼司判了死刑；现代主义在反叛现实主义时，也是为后者贴上了类似的"幻象主义"的标签。在现代主义者看来，"那些被现实主义艺术家奉为圭臬的创作宗旨，如'真实地再现''逼真地模仿'等都不过是幻象（illusion）而已"[2]，真实不可能被现实主义的简单再现所捕获，只有靠理智和直觉情感的统一，才能穿透杂多的事物表相，直达其真实层面。因此在现代主义者那里，曾被现实主义压制的想象和情感性因素被重新张扬，神话、传说等罗曼司叙事形式被重新发掘。现代主义作家（如乔伊斯、艾略特等人）试图采用神话的框架，将"碎片化"的现实重新拼贴起来，借助"精雕细琢的形式"，表达由"上帝之死"引发的现代人精神上的"荒原"。

以新维多利亚小说为代表的后现代主义小说，同时糅合了现实主义、罗曼司、现代主义三种因素。现实主义和罗曼司的文学传统（包括其代表

---

[1] 陈后亮：《再现的政治：历史、现实与虚构——兼论历史书写元小说的理论内涵》，《理论与创作》2010年第5期。
[2] 陈后亮：《论西方现代艺术中的反幻象主义》，《社会科学家》2011年第1期。

性的文体样式——神话、侦探小说、哥特小说、言情小说等）被兼容并蓄，现代主义的技巧创新（戏仿、拼贴、元小说手法）和面向历史与传统的现实关怀并存，并由此呈现出传统与现代共存的杂交性、狂欢化美学特征。《法国中尉的女人》《占有》《从此以后》都是后现代主义小说在文体杂糅方面最具代表性的作品，在元小说"自我意识"的关照下，现实主义和罗曼司两大文体之间构成了互为镜像、相互消解的对话关系。

在《法国中尉的女人》中，福尔斯采用现实主义的全知叙事，辅以细腻的心理描写，对查尔斯、欧内斯蒂娜等人物进行了精心刻画。然而，对主人公萨拉的描写是典型的罗曼司风格：她的身世是经福赛特牧师之口间接转述的，关于她的叙述大都以查尔斯为视角，她"自始至终被包裹上一层薄薄的面纱，给人以一种无法穿透的神秘感"[①]，作为一个"来自神话中的人物"存在。不仅如此，叙述者还直接坦言"像萨拉这样的现代女性的确存在，但我从来都不了解她们"（第69页），并毫不讳言对萨拉故事的想象和虚构。换句话说，对萨拉的罗曼司化以及作者一再重申的"不可知"，与前面的现实主义声称的"客观再现"形成镜像的关系，暗含着对前面现实主义叙事"真实性"的质疑：查尔斯、欧内斯蒂娜也应是"不可知"的，在现实主义传统中，作者只是"假装了解自己笔下人物的心思和最深处的思想"（第69页）。

《占有》也糅合了罗曼司叙事与现实主义的手法。在描写20世纪西方学术圈众生百相时，拜厄特采取了传统的现实主义叙事手法，大致遵从了时间的延顺性、故事的完整性和情节的连贯性等现实主义小说的叙述成规。然而《占有》中插入了以艾什、拉摩特的名义改写的大量神话故事：其中有开天辟地时期北欧众神的造人传说（艾什，《饶纳诺克》）、被冥王

[①] 盛宁：《文本的虚构性与历史的重构》，陆建德《现代主义之后：写实与实验》，中国社会科学出版社1997年版，第209—210页。

掠为冥后的普罗塞涅皮娜（艾什，《冥后普罗塞涅皮娜的花园》）、半人半蛇的仙女美鲁西亚（拉摩特，《仙怪美鲁西亚》）、"水晶棺"中沉睡的美丽公主（拉摩特，《写给天真之人的故事》）和"门槛"中贵族青年柴尔德（拉摩特，《写给天真之人的故事》）等。笔者认为从文体的层面来讲，这些插入的神话（童话）故事打破了传统的现实主义"第三人称叙事"、日记体叙事、书信体叙事等的线性时空结构，消解了它们刻意制造的真实"幻象"，并最终服务于作者有关历史叙事的艺术理念。

帕特里夏·沃（Patricia Waugh）曾将由文体杂糅而导致的"打破成规"视为元小说最重要的艺术手法之一。在她看来，传统的文学体裁都有着固定的形式和内容以及一整套固定的叙事成规。当元小说作者用一个新的内容代替这个体裁的旧内容，这个题材作为一种成规，不可避免地被打破了，这样"曾经的'理所当然的事情'，现在变成'关于话语的事情'"[1]。在《占有》中，现实主义和罗曼司两大叙事文类的杂糅，文体之间的界限被打破，表达了后现代主义以"认真的游戏"姿态消解传统历史叙事"真实"观念的叙事立场，同时也表述了拜厄特本人的"诗性真实观"：一种并非基于史实的"真实"，而是想象的真实、虚构的真实，由童话（神话）史诗的形式表现的历史真实。

在《从此以后》中，现实主义与罗曼司的文体并置主要表现为：一方面是由现实主义叙事呈现的冰冷冷的现实世界，另一方面是由罗曼司呈现的想象和虚构的世界。罗曼司自己和先祖马丁的个人史是比尔为了逃避现实创伤、实现自我救赎而"自觉"采用的重要叙事策略。斯威夫特在《从此以后》中使比尔的叙述在现实主义和罗曼司之间不停穿越，两大文体之间的不断转换，构成了互成镜像的对比关系。罗曼司叙事的"非历史性"

---

[1] Patricia Waugh, *Metafiction: The Theory and Practice of Self-Conscious Fiction*, London and New York: Methuen, 1984, p. 31.

特征无法如现实主义叙事一样指向一个"确定无疑"的将来，故而终究无法承诺一个幸福的"现实"——这个世界只能一如既往地苍凉。

综上所述，新维多利亚小说在对维多利亚历史时期重构的过程中，创造性地糅合了通俗小说中的罗曼司叙事因素与现代小说中的元小说"自我指涉"技巧，对现实主义再现式的叙事手法以及建构于其上的传统历史叙事观念，构成了双重的质疑与颠覆。新维多利亚小说借助元历史罗曼司的叙事模式，打破了传统历史叙事中的线性历史叙事结构，使以往被官方和主流意识形态所"遮蔽"的、被压迫种族和人群的历史"真实"浮出历史的地平面，有效地释放了不同的叙事声音。而且，各种不同文体的杂糅，也使得传统的、以进化论为支持的线性时间观念无以为继，新维多利亚小说文本也呈现出空间化的明显特征。

新维多利亚小说的空间叙事将在下章集中探讨。作为本章的小结，需要进一步指出的是，元历史罗曼司对新维多利亚小说而言，既是叙事形式，同时亦承载着后现代作家的意识形态立场及其对小说叙事形式的自觉反思。元历史罗曼司将"形式的创新"（元小说叙事）与"回归历史语境"（现实主义文学传统）二者结合起来；同时考虑小说的可读性，又把罗曼司因素掺杂其中，充分体现了后现代主义文学"杂糅性"和"雅俗共赏性"的艺术特征。元历史罗曼司是当代作家应对"小说之死"的现实语境，对小说这一文体形式自觉进行的形式革新，表达了作家打破文类界限，打破时空界限，在历史和现实的参照中重新思考维多利亚传统与当代文化之间关联的主观诉求，及其对后现代语境下如何再现历史真实的新的叙事范式的探索，在小说形式发展史上具有一定的价值和意义。

第三章 叙事时间和空间：空间化的历史

19世纪最重要的着魔，一如我们所知，乃是历史：它以不同主题的发展、中止、危机与循环，以过去不断积累的主题、以逝者的优势，影响着世界的发展进程……而当今的时代或许应是空间的纪元。我们身处于同时性的时代中，处在一个并置的年代，这是一个远近的年代、星罗散布的年代。我确信，我们处于这么一刻，其中由时间发展出来的世界经验，远少于连接着不同点与点之间的混乱网络所形成的世界经验。

——福柯[1]

若要将文本看作一幅地图——通过空间逻辑而不是时间逻辑扭结在一起的具有多种同存性（simultaneity）关系和同存性意义的地理，那是十分困难的。我在此的目的是将历史叙事空间化，赋予持续的时间以一种经久不衰的批判人文地理学的视野。

——爱德华·W. 苏贾[2]

---

[1] [法] 米歇尔·福柯：《不同空间的正文与上下文》，包亚明《后现代性与地理学的政治》，上海教育出版社2001年版，第18页。
[2] [美] 爱德华·W. 苏贾：《后现代地理学》，王文斌译，商务印书馆2004年版，第1页。

除了在形式层面采用元历史罗曼司的叙事模式对维多利亚现实主义小说的叙事成规进行了颠覆和戏仿之外，新维多利亚小说区别于传统维多利亚小说的另一重要特征是空间化的叙事文本。自文艺复兴以来，受进化论观念的影响，人们一般认为时间是"线性的、矢量的、不可逆转的"，线性时间由此成了主导性的时间观念，这在维多利亚小说中有着突出的表现。狄更斯《大卫·科波菲尔》沿着从出生到少年再到成年的线性人生轨迹前进，夏洛蒂·勃朗特《简·爱》亦一脉相承，叙述时间沿着女主人公成长的线性轨迹发展。与时间模式相对应，在这些小说中，空间转换也呈现为线性更迭的固定范式。

在新维多利亚小说中，罗曼司叙事的"非历史性"特征、元叙述者在历史与现实间的不停穿梭，使小说打破了传统历史叙事中以进化论为支撑的线性时间结构，建构了以"空间化的时间"为特征的对话性历史。新维多利亚小说是后现代主义空间化艺术的代表性文本。在后现代语境下，由于技术的不断更新，大量的"仿像"充斥人们的生活，彻底改变了人们对时间的感知，时间的连续性不复存在。新维多利亚作家努力将支离破碎的时间碎片拼贴起来，炮制成空间化的文化产品，以把握后现代主义的时代精神。这在《法国中尉的女人》中主要表现为"时间是一个房间"的空间性隐喻。福尔斯在叙事形式和存在主义的时间体验两个方面都破除了传统线性时间的虚妄，对存在和自由的问题进行了哲理性反思。在《占有》和《天使与昆虫》中，主要表现为相对"进步""理性"等男性话语支撑的线性时间而存在的"女性时间"。拜厄特在作品中巧妙地结合了性别意识和历史意识，既在空间上反映了女性生存历史的边缘性，也在时间上表达了女性历史的循环往复，并在此基础上重构了女性的历史和传统。在斯威夫特《水之乡》与《从此以后》中，历史多以"记忆"的形式展开，时间随记忆的发散结构在过去、现在、未来之间随意穿梭，呈现为"网状时间"的结构。斯威夫特强调历史中的一个个"此时此地",在小说中据此绘制了一幅由"此时此地"的时空坐标构成的"自然历史"地图。

第一节 空间化的时间

时间和空间是关乎人类生存的基本范畴,然而这两个概念在西方思想史上被安置的地位和受关注的程度不尽相同。自亚里士多德以来,古代西方哲学即倾向于将时间和空间分开讨论,艺术由此被划分为时间艺术和空间艺术。时间艺术"建立在内在的连续性以及不可逆转性基础之上",空间艺术则"具有内在的可逆性和同时性"。[①] 19 世纪以来,在人文社会科学的各个领域,时间均被给予了充分的关注,空间问题则相对被忽略——学者们大都重视历史时间维度的探索,而忽视了空间维度的延展。福柯(Michel Foucault)用"历史的着魔"来形容这种近代以来学术研究领域的思维定式。他认为人文科学应该打破时间对空间的"禁闭",将空间解放出来。以列斐伏尔(Henri Lefebvre)和福柯为先导,20 世纪七八十年代以来,西方思想文化界经历了明显的"空间转向"(spatial turn)。列斐伏尔 1974 年出版了《空间的生产》(*The Produciton of Space*)一书,致力于运用马克思的异化理论对日常生活进行批判,建构了系统性的"空间政治学"。福柯则在此基础上进一步批判了传统时间性历史叙事之中潜在的意识形态和权利话语,对空间与权力运作之间的关系表示了充分的关注。他宣告当今时代已进入"空间的纪元",并确信"我们时代的焦虑与

[①] Joseph A. Kestner, *The Spatiality of the Novel*, Detroit: Wayne State University Press, 1978, p. 9.

空间有着根本的关系，比之时间的关系更甚"①。在《权利的眼睛》（The Eye of Power）中，他还强调，"一部完全的历史仍有待撰写成空间的历史——它同时也是权利的历史（此两词都是复数）——它包括从地缘政治学的重大策略到细微的居住策略；它包括在机构（制度）建筑中的教室和医院的设计，以及其中的种种经济与政治的安排"②。或如 M. J. 迪尔（M. J. Dear）所言，后现代思想的兴起，"极大地推动了思想家们重新思考空间在社会理论和构建日常生活中所起的作用，空间意义重大已成为普遍共识"③。

思想理论界对空间问题的关注深深地影响了 20 世纪八九十年代之后的文学研究和文学创作。菲利普·E. 魏格纳（Philip E. Wegner）指出：

> 从马克思主义及其批评理论角度，索亚和哈维令人信服地指出，在马克思自己的作品中空间早就是一个中心议题；殖民和后殖民的研究则聚焦于欧洲人在空间/不同文化和人口的迁移和相互作用方面的控制效果；从女性主义和性别研究的角度，身体、性特征，和主体的体现长期以来就是研究核心；从大众文化和类别研究的角度，那些非经典的文化形式的特殊实践已经得到更强烈的关注……（在文学研究中）空间角色得到重新关注。④

新维多利亚小说受空间理论思潮的影响，其历史叙事也呈现出空间化的特征。在新维多利亚小说家的历史书写中，历史并非沿着传统的线性发

---

① ［法］米歇尔·福柯：《不同空间的正文与上下文》，包亚明《后现代性与地理学的政治》，上海教育出版社 2001 年版，第 20 页。
② ［法］米歇尔·福柯：《权力的眼睛——福柯访谈录》，严锋译，上海人民出版社 1997 年版，第 152 页。
③ M. J. Dear, *The Postmodern Urban Condition*, Blackwell, 2000, p. 4.
④ ［美］菲利普·E. 魏格纳：《空间批评：地理、空间、地点和文本性批评》，朱利安·沃尔夫雷斯编《21 世纪批评述介》，张琼、张冲译，南京大学出版社 2009 年版，第 351 页。

展，而是"各种侵扰徘徊不去的场所"①。时间没有追随从过去到现在再到未来的线性延展，而是呈现出一种空间化"场所"的特征——这样就打破了传统小说和历史叙事由时间律和因果律串联起来的线性的"情节"结构，试图在空间的维度上对事件进行重新编排和创造。

怀特（Hayden White）曾对传统历史叙事中的时间维度进行了详细的分析，他指出，自19世纪以来历史编纂通常遵循以下的书写范式：

> 历史领域中的要素通过按事件发生的顺序排列，被组织成了编年史；随后编年史被组织成了故事，其方式是把诸事件进一步编排到事件的"场景"或过程的各个组成部分中……当一组特定的事件按赋予动机的方式被编码了，提供给读者的就是故事；事件的编年史由此被转变成完完全全的历时过程……②

这样，原本多面性的历史被简化成了时间意义上的一系列线性"情节"——"本该在时间和空间维度同时运行的历史，成了一个不可逆转的从过去奔向未来的'发展'或'进步'的过程"③。传统历史叙事，这种重视时间而忽视空间的现象，与现代性的意识形态紧密相关。我们知道，启蒙主义以历史、进步、真理为基础的认识论预设了社会历史的终极目的，并"以这种线性的、逻辑的、因果的、必然的历史决定论为主导观念，建构起一系列思想理论体系，形成了一种坚固的以历史主义为主题的现代性意识形态"④。由于现代性意识形态张扬一种线性历史进步主义的

---

① ［美］戴维·庞特：《幽灵批评》，朱利安·沃尔夫雷斯编《21世纪批评述介》，张琼、张冲译，南京大学出版社2009年版，第355页。
② ［美］海登·怀特：《元史学：十九世纪欧洲的历史想象》，陈新译，译林出版社2004年版，第6—7页。
③ 龙迪勇：《历史叙事的空间基础》，傅修延《叙事丛刊》（第三辑），中国社会科学出版社2010年版，第45页。
④ 谢纳：《空间生产与文化表征》，中国人民大学出版社2010年版，第22页。

时间观念，时间被赋予了始终占据绝对优先的主导地位，而空间则仅仅被看作"承载历史时间演进的空洞容器、表演的舞台"，或者被完全遮蔽起来，"成为缺席的不在场者"。[1]

然而时间性的历史文本，由于过分凸显事件间的连续性、完整性和逻辑性，造成了对历史中事件存在状态的简化和遮蔽，[2]并以其目的论的叙事模式[3]遮盖了由意识形态话语操纵的历史"真相"。菲利普·J. 埃辛顿（Philip J. Ethington）认为，一种更贴近历史事实原始存在状态的历史叙事应该是一种空间性的结构，因为"时间——就其本身而言，无论如何是并不存在的，它只是空间运动的度量……过去不能存在于时间中，而只能存在于空间里"[4]。在这个意义上，他指出："历史描述的并不是一种作为陈词滥调的'穿越时间之变化'，而是一种经由空间的变迁。"[5]他进一步解释道："从严格意义上说，有关过去的知识与地图相关：那是一幅与时空坐标相对应的关于历史地点的图示。"[6]这也就是所谓历史叙事的"空间理论"。

我们知道，任何形式的叙事均是具体时空中的现象，必然涉及某一段具体的时间和某一个（或多个）具体的空间。空间理论的提出，是为了质疑并反驳由现代性和进化论支撑的线性历史和时间观念。现代主义兴起之

---

[1] 谢纳：《空间生产与文化表征》，中国人民大学出版社 2010 年版，第 24 页。
[2] 同上书，第 34 页。
[3] 目的论模式，是指自 17 世纪笛卡尔创立近代主体哲学以来，历史书写秉持的进步历史观。这种历史观认为，历史是从低级到高级的发展过程，并逐渐趋向于现实之完美状态。目的论的历史叙事模式，向世人展示了一幅人类理性和科学技术战胜自然的乐观主义历史进步场景。在经历了 20 世纪一连串的战争、"大屠杀"等惨绝人寰的经历后，当代的思想家进一步抨击了"进步论"的虚伪性，指出如此书写的历史往往是由一定意识形态话语所操控的，它掩盖了真实的历史。真实的历史有可能承认相对的进步，但进步从未是历史上规定好的。一部以进步为主题的人类历史往往会淡化甚至忽略其中自相残杀、饿殍遍野的血腥记录。
[4] ［美］菲利普·J. 埃辛顿：《安置过去：历史空间理论的基础》，杨莉译，《江西社会科学》2008 年第 9 期。
[5] 同上。
[6] 同上。

第三章 叙事时间和空间：空间化的历史

后，曾对启蒙运动标榜的"一往无前的时间观念"提出了深刻质疑。如戴维·哈维（David Harvey）指出的，"詹姆斯·乔伊斯力求捕捉空间和时间中同时性的意义，认为现存是唯一真实的体验场所"；而普鲁斯特"试图恢复过去的时间，创造一种个性和场所的意义，一种跨越时间之空间的体验"①。后现代主义继承了现代主义对"一往无前的时间观念"的批判，然而他们走得更远，使"时间的空间化"不仅在叙事领域展开，而且在人文、社会科学各个领域均得以践行。在这个意义上，爱德华·苏贾（Edward W. Soja）指出，"20世纪末叶，学界多多少少经历了引人注目的'空间转向'，而此一转向被认为是20世纪后半叶知识和政治发展最举足轻重的事件之一。学者们开始刮目相看人文生活中的'空间性'，把以前给予时间和历史，给予社会关系和社会的青睐，纷纷转移到空间上来"②。

在某种程度上可以说，"空间转向"是后现代社会文化的标志性特征之一。詹姆逊认为，后现代主义文化已经日益被空间和空间逻辑统治。他以"时间的空间化"来联系后现代的两个特征——表面和碎片，宣称后现代"时间已经变为永恒的当下，因而成空间的了。我们同过去的关系也是空间的"。③ 在《后现代主义：或晚期资本主义的文化逻辑》《时间性的终结》等多部理论著作中，他详细论证了后现代文化在时空观上的重要转变，揭示了后现代时间空间化的现象。在后现代社会里，并不是说时间不存在，而是时间以另一种形式出现。"传统的线性的、一维的时间被瓦解，时间整体性在崩溃之后成为一种散化的、无向度的时间碎片。"④ 这些时间碎片由意识形态力量左右，被组织、汇聚到"现在"，使得"现在"成了

---

① [美]戴维·哈维：《后现代的状况》，阎嘉译，商务印书馆2013年版，第333页。
② [美]爱德华·W.苏贾：《第三空间——去往洛杉矶和其他真实和想象地方的旅程·译序》，陆扬等译，上海教育出版社2005年版，第19页。
③ 张艳芬：《詹姆逊文化理论探析》，上海世纪出版集团2009年版，第152页。
④ 管宁：《消费文化与文学叙事》，鹭江出版社2007年版，第133页。

包容过去和未来的唯一的时间存在标识。从这个角度看，时间被纳入了以"现在"为中心的空间，或者说过去与未来的时间都被纳入了现时的空间，时间被空间化了。

詹姆逊进一步阐发了后现代空间（"超空间"，hyper-space）的重要特征。在他看来，后现代"超空间"是一种仿真或拟像（Simulacra），其特有的作用就在于"把日常生活周遭的现实世界加以'非真实化'"①。"电子传媒技术的突飞猛进带来视象文化的主导地位，导致了人们在社会空间中被视象文化制造的各种'拟像'包围，而这些拟像在强化视觉感官的同时，抑制了我们其他感官功能的作用。"②更为严重的后果是，拟像的泛滥取代了真实的世界，使后现代空间表现为一种"文化幻象"，并最终改变了人们感受方式和经验方式。除了詹姆逊之外，以下学者对后现代空间理论亦做出了重大学术贡献。戴维·哈维在《后现代状况》（*The Condition of Postmodernity*）中提出了后现代生活中的"时空压缩"（time-space comprehension）现象，认为其原因在于生产与消费的加速度，使人们"身体的、意识的和心理的"空间受到"启蒙思想的绝对看法"的压制，这些内在化的空间"只有通过对外在空间和时间的理性组织才可能得到解放"。③此外，以爱德华·W. 苏贾等人为代表的一些地理学者通过对空间问题的强调，对现代社会只重视时间和历史的倾向以及与之相关的诸多社会问题进行了批判，从而直接导致了所谓的"批评理论的地理学转向"。爱德华·苏贾借用了米歇尔·福柯、约翰·伯杰（John Berger）、弗雷德里克·詹姆逊、欧内斯特·曼德尔（Ernest Mandel）和亨利·列斐伏尔的洞

---

① ［美］詹明信：《晚期资本主义的文化逻辑：詹明信批评理论文选》，陈清侨译，生活·读书·新知三联书店1997年版，第481页。
② 管宁：《消费文化与文学叙事》，鹭江出版社2007年版，第136页。
③ 转引自程锡麟等《叙事理论的空间转向——叙事空间理论概述》，傅修延《叙事丛刊》（第一辑），中国社会科学出版社2008年版，第200页。

见，试图使传统的叙事空间化；而其《后现代地理学》的核心，就是试图解构"时间的持续性"以及与此相关的"时间性的主人叙事（master-narrative）"①，将叙事从时间的语言牢房中解脱出来，摆脱传统历史决定论的羁绊，"重新将历史的建构与社会空间的生产紧密地结合在一起，也将历史的创造与人文地理的构筑和构形结合在一起"②，借此给阐释性人文地理学的深刻思想（一种空间阐释学）留下空间。这些理论观念的提出，标志着在后现代主义语境下对"空间问题"的关注，这一点不仅在上述文学（文化）批评范围内得以彰显，而且在具体的叙事性文学作品中也有突出的表现。

本部分主要聚焦于新维多利亚小说中"历史叙事的空间化"，上面介绍的后现代空间理论只是作为背景性的知识，或者说为本文提供了一个重要的研究视点。结合具体的新维多利亚小说文本，笔者主要关注的是：在后现代语境下，历史小说这一传统上的时间性文本如何在叙事形式和作者的主观叙事理念上被赋予了某种空间性的品质，以及新维多利亚作家如何通过打断传统的线性历史叙事，尝试以回归"此时此地"具体语境（空间叙事理论中将其称为"场所"）的形式对历史进行了新的理解和阐释。在将历史叙事空间化的同时，他们有意打破了传统的宏大叙事建构的有关维多利亚历史的"神话"，绘制了一幅自己心目中的维多利亚"历史地图"，并以此为标志，表达了作家本人在消费文化占主导地位的历史文化语境下，对历史的本质以及我们如何捕捉过去、叙述历史等问题进行的自觉反思。

在空间叙事理论中，"场所"（topos）是一个关键性的批评词汇。埃辛

---

① ［美］爱德华·W. 苏贾：《后现代地理学——重申社会理论中的空间》，王文斌译，商务印书馆2004年版，第16页。
② 同上书，第17页。

顿在《安置过去：历史空间理论的基础》一文中认为，"历史占据并制造空间，这一点很重要，因为历史的场所几乎就是人类过去的地图"。他将"场所"视为历史地图的基本单位，并具体解释了"场所"的意义：

> 我用"场所"这一术语来表示过去这一特殊的地点……已知的过去（场所）以一种构成世界历史多视角地图的方法，被绘制在其他已知的过去之上。历史是过去的地图，但那幅地图不只是一幅图画。"场所"以种种方式触及实质性的问题，它们不仅是时间问题，而且是空间问题，它们只能在时空坐标中才能得以发现、阐释和思考。"场所"不是自由漂浮的能指。历史是过去的地图，其基本单位是场所。在我涉及这个术语的最近的作品中，场所表示（经验的）地点——时间和（自然的）时空的交叉点。①

在他看来，在后现代语境下，要叙述历史、安置过去，就要把"过去"从时间中提取出来，把它安置在物质化的"场所"中，并且断言："任何符号体系中的历史，都是有关这些场所的图示。"② 换句话说，以埃辛顿为代表的一批后现代主义学者，一方面主张在对历史的书写中，要通过凸显空间问题以实现对时间霸权的消解；另一方面，他们并非一味地拒斥时间，而是认为应该在具体的"场所"中将时间和空间结合起来阐释历史。因此他们绘制的"历史地图"，实际上是由历史上无数个具体的时间和空间交叉的截面构成——是"（经验的）地点—时间和（自然的）时空的交叉点"③。

新维多利亚小说中的历史叙事，由于凸显了历史中的"场所"，所以

---

① ［美］菲利普·J. 埃辛顿：《安置过去：历史空间理论的基础》，杨蔓莉译，《江西社会科学》2008年第9期。
② 同上。
③ 同上。

呈现为空间化的明显特征，主要表现在以下几个方面。首先，新维多利亚小说在历史叙事的主线之外，往往插入大量的有关维多利亚和后现代两大历史时期的文本碎片，这些文本碎片相互作用，在线性情节之外构成了作品的空间性互文网络，拓展了历史叙事的空间维度，同时也对正在叙述的历史事件起到"重新语境化"（recontextualized）的作用。其次，新维多利亚小说大都采用维多利亚与后现代两大时空并置的结构模式，历史与现实之间不停地空间置换，使维多利亚时代与20世纪的事物相互杂陈，彼此穿插，由于共时穿插的极度丰富，使小说叙述的历时进程相对简化和短暂，小说的叙事结构呈现"时空压缩"的明显特征。再次，晚近的一些新维多利亚小说还借鉴了电影和绘画等视像艺术的表现手法，使得多种不同的体裁、话语和表现形式，以"拼盘杂烩"（pastiche）的方式杂糅在一起，构成了詹姆逊意义上各种异质性的"拟像"混合集聚的后现代"超空间"文本。最后，一些新维多利亚小说完全打乱了物理的时空序列，以"记忆"活动展开的形式组织历史中的人物和事件，构建了一个个具体的时间和空间相结合的历史"场所"。这些"场所"，以"记忆"中历史与现实之间四处散播的网状结构组合起来，形成后现代的"空间地理学"文本。以下以《法国中尉的女人》《占有》《天使与昆虫》《水之乡》为例，进行详细分析。

第二节　福尔斯："时间是一个房间"

曾有学者指出，后现代的"空间转向"与当代西方哲学对形而上学的颠覆和历史主义的解构之间存在着重要的关联。因为在传统的哲学视域中，"形而上学的宏大叙事遮蔽了对生存空间的关注"，而"历史决定论的时间意识又遮蔽了对在场空间的思考"。①海德格尔（Martin Heidegger）、萨特（Jean-Paul Sartre）等人的存在主义哲学借鉴现象学的理论方法，提出哲学应该面对人的生命存在的观点，将理论思考的关注点回归直观的日常生活空间（生存的此在空间），从而破除了形而上学的宏大叙事对生存空间的遮蔽，为当代思想的空间转向奠定了理论基础。福尔斯创作《法国中尉的女人》时，深受萨特等人存在主义思想的影响，因此作品无论在叙事时间还是叙事形式上，都呈现出空间化的特征，表达了作者以"此在空间"为中心，对个体的存在和自由等问题的哲理性思考。

首先，在《法国中尉的女人》中，福尔斯多次借元叙事者和小说人物之口表达自己对"时间的空间化"的认识和体验。例如，在小说的第二十五章，查尔斯收到萨拉约见他最后一面的便条时，头脑中闪过因远古时代的一次地质灾难而形成的"菊石"形象，并产生了对时间与生命本质的顿悟：

> 在一道黑色的闪电中，他（查尔斯）顿时生动地领悟到，一切生命都是平行的，进化并不是垂直向上直至完美的过程，而是平面的。时间是一大假象。生存没有历史，它永远是现在，永远被绞在同一部可怕的机器里。历史、宗教、责任、社会地位等，一切五彩斑斓的屏幕，都是人为地竖起来的，目的是掩盖现实。它们都是假象，都只不过是鸦片造成的幻觉（第147—148页）。

"时间的空间化"是相对于现代性的线性时间观念而言的。在福尔斯看来，线性的历史决定论，许诺了一种虚假的未来，斩断了过去、现在和未来之间的真正联系，将人类带入到同质的、虚空的历史时间之中，因而

---

① 谢纳：《空间生产与文化表征》，中国人民大学出版社2010年版，第19页。

这种垂直向上（vertical）的进化只是一种人为树立起来的假象，制造了有关时间的幻觉，遮盖了真正的历史和现实。福尔斯把这种"垂直"的进化论时间观说成是一个"大谬误"，并认为时间和存在的真正本质应该是平面的（horizontal），即所谓"生存没有历史，永远是现在"。这是一种典型的存在主义的时间观。

我们知道，"在传统的时间观中，时间从过去流向现在再流向将来，时间的流动是单向的，是不可逆转的。由此，历史的进化呈现为一种由低向高的垂直状态"①。相反，存在主义的时间观，提倡与当下生存体验直接相关的"当下时间"。萨特认为时间应该被理解为一个整体，一种立体的过去、现在、将来相结合的三维时间结构，② 因为过去的事物难免受到现在立场的诠释；将来并不是时间线性序列中将要来临的时刻，而是现在朝着它超越的可能。③ 萨特强调时间上的自由，认为作者可以打破传统的线性时间，在时间的三维结构中自由表现。存在主义的时间观在《法国中尉的女人》中得到具体彰显，如在小说第十三章，福尔斯借元叙事者之口指出，他甚至打算采用"存在的平面性"（horizontality of Existence）作为这部小说潜在的标题：

> 也许是我偷天换日，把一本散文集冒充成小说向你们推出。也许我不该使用章节标题，而应该写成"论存在的平面性（Horizontality）""进步的幻象""小说形式发展史""自由探源""维多利亚时代被遗忘的若干方面"……诸如此类的标题。（第68页）

---

① 梁晓晖：《"时间是一个房间"——〈法国中尉的女人〉中时间概念隐喻的认知解读》，《外国语文》2011年第1期。

② [法]萨特：《存在与虚无》，陈宣良等译，生活·读书·新知三联书店1997年版，第145页。

③ 同上。

在这里,"存在的平面性"是一个颇为费解的概念,福尔斯曾在《一部未完稿小说的笔记》中对此作出解释,"从人们的理解力和可供理解知识的比例看,历史是平面的。(尤为重要的是)从个人在生存中获得的幸福看,历史是平面的"①。笔者认为,结合前面对"垂直的时间"和"平面的时间"的理解,"存在的平面性"表述了一种"空间化的时间"概念。福尔斯认为在后现代语境下要超越"垂直的"线性进化论时间,以"当下时间"为楔子,洞穿历史并打破时间的连续性叙事。"当下时间"是当下存在和认知填充的时间,因为"人类总是从自身所处的时代去透视以往的历史,个体的知识结构和认识水平,其实都是针对自己的时代水平"②,所以个人的"存在"无法超脱具体的时空,都是"当下时间"中的存在。当下时间弥散于当下存在的空间里,成为"时间的碎片",亦即"空间化的时间"。

福尔斯在《法国中尉的女人》中,拟以"存在的平面性"(空间化的时间)作为潜在的标题,即明确地表述了小说的深层叙事动机:在时间碎片中拼贴具体时空中与个体存在相关的"此时此地"的空间地理标志,并将其组合起来,构成一部有关主人公福尔斯逐步获取自由的空间性叙事文本。因此小说详细描述了查尔斯在一步步突破机械性的和进化论的时间、空间束缚的情况下,在时间性和空间性相统一的"此在"历史"场所"中不断突破自我,获得认知的飞跃。如下面的一段描写:

当天晚上早些时候,坐在汤姆爵士的马车上,他有一种生活在现在的错误感觉。他当时对他的过去和未来的拒斥,只是一种邪恶的、

---

① John Fowles, "Notes on an Unfinished Novel", in *Wormholes: Essays and Occasional Writings*, London: Jonathan Cape, 1998, p. 14.
② 梁晓晖:《"时间是一个房间"——〈法国中尉的女人〉中时间概念隐喻的认知解读》,《外国语文》2011年第1期。

不负责任的遗忘。现在，他对于人类对时间的虚幻看法，有了一种更加深刻而又真切的体会，时间并非人们想象的那样，像一条路——你时时刻刻都知道自己在哪里，可能会到哪里去——事实更应该是这样的：时间是一个房间。（第229页）

在这里，"时间是一条路"与"时间是一个房间"，是对上述客观世界的时间观和存在主义的时间观的隐喻性描述。查尔斯意识到，人们普遍认为的"时间是一条道路"是对时间的一种错误认识，时间的真实面目应该是"一个房间"。"时间是一条路"意味着一个人的过去、现在、将来，呈现出一个线性序列，人可以清楚地看到自己已经走过的、正在行走的和即将经过的路途。查尔斯认为这种观点制造了一种虚幻——人们认为自己总可以看清楚过去和未来。"这无疑是一种错觉，因为当我们经历过去的时候，过去永远在黑暗之中，只有从现在的角度去重新审视过去，才能给过去的走向附加上一条合理的线性逻辑；同样，将来也会展现出不同的可能性，我们在事前并不能预测未来发展的轨迹。"[①] "时间是一个房间"，这一空间性隐喻，则表达了一种与之相反的时间意识。由于"房间"四壁的阻隔，我们看不清过去和将来的路途，一切都只能聚焦为现在（"此时此地"）。我们对过去经历的评判取决于现在的处境，将来在很大程度上也是由偶然因素决定的，因此唯一可以确定的只能是"现在"。

福尔斯在《法国中尉的女人》中，一再提倡并具体践行的是"时间是一个房间"这一"空间化的时间观"。"空间化的时间"在《法国中尉的女人》的叙事层面有诸多具体的表现。笔者认为，相对于"历史决定论"的线性时间，"空间化的时间"至少可以在以下三个方面被理解：第一，

[①] 梁晓晖：《"时间是一个房间"——〈法国中尉的女人〉中时间概念隐喻的认知解读》，《外国语文》2011年第1期。

打破了事件之间时间的连续性、因果性和逻辑性之后，叙事呈现为一个个与具体空间相结合的"时间的碎片"，时间可以随着空间的变换在过去、现在、未来之间任意流动，我们将其称为"时序错位"（anachronism）。第二，空间物体的特性被映射到时间上，时间由此具有了空间的品质，可以表现为一种具体的空间形式，如一个房间、曲径分叉的花园等。第三，也可以表现为伴随剧烈的空间转换，被压缩而形成的一个时间点，即"时空压缩"。

先看"时序错位"。我们知道，小说叙事文本一般包含两种时空方式：故事时空与叙事时空。"故事时空是指故事发生的自然时空状态，它是读者在阅读过程中，依据日常生活逻辑建立起来的。而叙事时空是作者通过对事件的加工改造，提供给读者的一种文本秩序。"[①] 在传统的现实主义小说中，空间一般不具有独立存在的意义，通常被挤压、附着于时间之中，因此故事时空与叙事时空大体一致，故事情节遵循从开始到结束的线性发展脉络。

伊恩·瓦特（Ian Watt）在《小说的兴起》（*The Rise of the Novel*，1957 年）一书中，曾对这个问题进行了详细的阐述。他将小说这一文学形式的兴起与现代性的发展紧密地联系在一起。他认为，小说这种叙事形式是从 18 世纪英国小说家笛福、理查逊和菲尔丁的作品肇始的，而这三位英国小说家的作品与古代散文虚构的区别，并不在于表现的对象而在于表现的方法。瓦特回顾了古希腊、中世纪和古典散文叙事，那时情节与事件往往被抽象和无时性地置于空间排列之中，主题性和道德教化是情节结构的主要线索。自从文艺复兴之后，世界就不再被视为自然界了，而往往被看作一部有前因后果的历史。小说叙事也恰从 18 世纪开始，把过去的经验视

[①] 谢纳：《都市空间与艺术叙事——中国现代主义小说叙事的"空间化"》，《解放军艺术学院学报》2011 年第 3 期。

作现时行动的原因，用一条因果关系链条把整个情节串联起来，形成一个严谨的叙事结构。瓦特就此得出结论："正是现代小说的时间性，才把小说与传统散文叙事区分开来。同时，这种时间性也恰恰是工业革命和欧洲资产阶级日益成熟的产物。"①他进一步推理说，"现代人对个性解放和个人自由的诉求，促发了现代小说形式的形成，使它有可能在差别细微的时间进程中呈现出一个自主的个体——即如何以自己的'一生'来建构独特的主体性这一过程"②。

后现代主义在对线性时间观念以及与其相关的现实主义叙事手法的质疑方面与现代主义一脉相承。以《法国中尉的女人》为例，这部小说完全打破了故事时空与叙事时空的一致性，表现出叙事空间化的明显特征。自然，这种空间化的叙事方法与前面提到的福尔斯的存在主义的认识论密切相关。下面从"时序错位"（anachronism）和"时空压缩"（compression of time and space）两个方面，对《法国中尉的女人》中的空间化结构形式展开论述。

按照杰拉德·普林斯（Gerard Prince）的界定，"时序错位"主要指故事时空与叙事时空的不一致，"事件发生的秩序与事件叙述的秩序之间的不一致"③。普林斯解释道，"就'现在'时刻而言，指按照时间顺序讲述的事件序列被打断，从而造成时间被误置的错觉；时间由此呈现为空间化的特征，可以随意返回到过去，或推进到将来"④。虽然传统作家在叙事中也会根据自己的实际需要，将故事发生的时间打乱，但他们这样做是为了更好地表现时间的流动性和不可逆转性。在《法国中尉的女人》中，福尔

---

① Ian Watt, *The Rise of the Novel*, Berkeley: University of California Press, 1957, pp. 1 – 24.
② Ibid..
③ [美]杰拉德·普林斯：《叙述学词典》，乔国强、李孝弟译，上海译文出版社2011年版，第10页。
④ 同上。

斯完全把维多利亚时期的故事时间和 1967 年左右的叙事时间并置在一起，像打麻将一样任意出牌，这样就造成了"时序错乱"的艺术效果。具体来说，《法国中尉的女人》中的"时序错位"又可以细分为两种：第一种是通过采用插叙、补叙等叙事手法在各章节之间刻意造成的时序错位；第二种是现代叙述者"我"不断闯入叙事进程，将故事时间和叙事时间完全打乱造成的时序错位。

第一种时序错位主要服务于故事讲述的需要。插叙、补叙等手法的应用，有助于打破常规的叙述方式，更好地吸引读者的注意。《法国中尉的女人》中的叙事者常常刻意中断叙事，或将时间从现在拨回到过去、从过去跳到未来，或从一个人物直接转到另一个人物。如在第十一章，叙述者提到欧内斯蒂娜对查尔斯不放心，她听见有人敲门，又听见仆人玛丽的笑声时，误以为他们在楼下调情。她马上摇铃让仆人上来，玛丽就捧着插满鲜花的花瓶出现了。这时却突然插入对欧内斯蒂娜、萨拉和玛丽三位女性的比较，详细介绍了玛丽的相貌、经历、缺点等，长达一千字之多。在插入这段叙述之后，又回到刚才玛丽捧着花站在欧内斯蒂娜卧室门口那一幕：

> 玛丽不怀好意，故意在病人面前充分展示自己的健康身体和愉快心情，给她留下了深刻印象之后，才把花瓶放在床边的柜子上，"这是查尔斯先生送给你的花，蒂娜小姐。他对你表示问候"。（第 54 页）

从情节发展的角度看，插入的这段对玛丽的描写（插叙的内容）是完全独立的，从文中取出后，上下文仍然通顺。这段描写同时又必不可少，因为读者只知道欧内斯蒂娜嫉妒玛丽却不知其原因。插入的部分很好地丰富了文章的主体内容，完善了小说的故事格局，也使情节更加扣人心弦。

除了插叙之外，在《法国中尉的女人》中，福尔斯还大量使用了补叙

第三章 叙事时间和空间：空间化的历史

的手法。如第九章，当费尔利太太告知波尔坦尼太太有关莎拉的消息时，刚开始波尔坦尼太太"嘴巴还是闭得很紧"，然而听到"她（萨拉）现在喜欢到韦尔康芒斯山上去散步"这句话时，她的嘴巴"出现了异乎寻常的动作：它张开了"（第47页）。第九章就这样结束了，第十章转而描写查尔斯和萨拉的第一次单独偶遇，第十一章又转到了欧内斯蒂娜在这一时间段在做什么。总之，在这两章中，对波尔坦尼太太的嘴为什么由闭到张，没给出任何解释。直到第十二章，叙述者才告诉我们，"还有一件事情有待解释：为什么两星期以前在波尔坦尼太太面前提及韦尔康芒斯，她的感觉就像听到所多玛和蛾摩拉一样"（第63页），接着列出了韦尔康芒斯在当地与不好的、丑恶的行为之间的关联，这样读者就能理解波尔坦尼太太为什么会因为吃惊、愤怒而把嘴巴张开了。不仅如此，叙述者还进一步补充叙述了波尔坦尼太太知道这件事后与萨拉之间的谈话。她严厉指责萨拉不应该去那里散步，而且要求她以后散步只能限制在一个合适的范围，以及萨拉为此独自在黑夜里哭泣等。至此，第九章缺失的内容全都补充完整了。

这种插叙和补叙虽然在传统小说中也多有使用，然而在《法国中尉的女人》中使用频率如此之高，几乎可以说达到了"滥用"的程度。在小说总共六十一章中，几乎没有两章的时间是前后连贯的。因此，不同于传统小说对故事纵向发展的历时性叙述，福尔斯似乎在把时间作为一个基本点，时刻关注在这个时间基本点上，各个人物都发生了什么事，即侧重故事的横向叙述。这样的时间安排造成的结果就是小说故事的顺序被打乱了，像一幅拼图，需要读者进行排列组合。这种时序错位，在小说阅读中，会产生一种强烈的艺术效果，它会激发读者的阅读兴趣，使读者不再是被动地接受，而是通过主动的思考来理顺故事情节。

如果说第一个层次上的时序错位仍不足以拓宽小说的叙事空间的话，

在第二个层次上由现代叙述者的"闯入"造成的时序错位，则使得小说的叙事空间格局发生了根本的变化。具体来说又表现为三个方面。第一，在叙述过程中，现代叙述者采用章首题词、脚注等形式不断地在故事内外穿插一些维多利亚时期的史实资料、文献、诗歌等，这样就使得原有的文本空间不断扩张和膨胀。第二，现代叙述者不停打断故事的叙事进程，发表自由评论，在维多利亚时期和后现代之间进行种种对比，造成"时空压缩"的艺术效果。第三，福尔斯借现代叙述者的闯入，还别具匠心地设计了三重结局，使整个小说的结尾呈现为"曲径分叉的花园"式的开放型结构。

首先，卷首引语和脚注。翻开《法国中尉的女人》，在每一章的章首都有一到两段的引文。卷首引语是一种既基本又典型的互文性手法，是拼贴（collage）的一种常见形式。《法国中尉的女人》中的卷首引语既有文学性的，如奥斯丁的小说和哈代、丁尼生的诗歌等；又有非文学性的，如维多利亚时期的调查报告，罗伊斯顿·派克撰写的维多利亚黄金时期的人文资料、马克思的《1844年经济学哲学手稿》和达尔文的《物种起源》等。这些不同性质的文本资料一方面可以作为各章节的主题暗示，该章节内容或由此而衍生，或是对该引文的一个戏仿；另一方面，故事内容与历史文献、报章等文本之间的互动关系，还可以把读者带到遥远的维多利亚时期，在共时性的层面上拓宽小说的叙事空间。

除卷首引语外，《法国中尉的女人》还大量使用了脚注。比如，在第三十五章，当谈到维多利亚时期人们的性生活时，叙述者仿佛在为一篇论文寻找事实论证，采用"脚注"的形式，权威而又一本正经地叙述了维多利亚时期的人们如何使用避孕套，"第一个尝试写作现代'性知识手册'的是乔治·德赖斯代尔博士，他的书名起得有些拐弯抹角：《社会科学要素；或肉体的、性的与自然的宗教。论三大罪恶——贫困、卖淫和禁

第三章　叙事时间和空间：空间化的历史

欲——的真正根源和唯一对策》。该书于 1854 年出版，读者甚众，且译成多种外文。下面是德赖斯代尔的实用性建议，包括最后括弧内泄露天机的说明：'避免怀孕的方法有……'"（第 192 页）。叙述者在叙事过程中将相关历史资料以脚注形式插入文本之中，或对维多利亚的历史和传统评头论足，或引入维多利亚的同类资料进行类比，显示自己的学识和叙述的权威性，使我们强烈地感受到维多利亚时代的人们道貌岸然的滑稽形象。

由于至今尚存的各类历史文本是我们接近并了解维多利亚时代的唯一途径，叙述者以卷首引语和脚注的形式把它们插入小说文本之中，使其一方面与该章节的内容相呼应，另一方面又百科全书式地涵盖了维多利亚时代的政治、经济、文学、历史、科学等各个领域。这些资料如同历史的碎片，每一个碎片都直接或间接地代表社会中的一种话语，具有完全的自足性。在这些异质碎片的聚合碰撞形成的后现代空间中，维多利亚时代呈现出纷繁芜杂、喧哗骚动的本来面貌。同时这些大量异质材料的插入，也使得整部小说类同于文学拼贴画，历史话语与小说话语交织混杂，相互指涉，相互呼应，形成或认同，或反驳，或戏仿，或反讽的多种话语并存的开放性文本空间。

其次，在小说正文中，现代叙述者"我"也经常介入叙事进程。他或者穿插进大量有关同时代历史人物和历史事件的资料碎片，以假乱真；或者干脆站在 20 世纪的时空立场上对所叙述的事件、人物以及叙述行为本身进行评论。就前者而言，例如，在第三章叙述完查尔斯百无聊赖的一个下午之后，现代叙述者立即插入："不用说，查尔斯根本不知道，就在同一天下午，那位蓄大胡子的德国犹太人正在大英博物馆里埋头工作，他在那个昏暗的房间里做的研究工作会结出如此辉煌灿烂的红色果实来……尽管如此，其时为 1867 年 3 月，仅仅六个月之后，《资本论》第一卷就在汉堡出版了。"（第 9 页）而后者意义上的共时性穿插在小说文本中更是比比皆

· 145 ·

是。仍以第三章为例，在描写查尔斯百无聊赖时，福尔斯用20世纪的飞机、喷气发动机、电视、雷达等事物加以对比性延伸描述；在第十一章他还将欧内斯蒂娜的父母对未来女婿查尔斯的调查与现代安保部门对原子能科学家的调查对比。这种两大时空并置的形式缩短了叙事的时间和空间，就读者的阅读体验而言，产生了"时空压缩"的明显艺术效果。

"时空压缩"是大卫·哈维在《后现代的状况》中提出的一个重要概念。哈维指出，"资本主义的现代性和后现代性实际上已经把空间和时间的客观品质'革命化'了：一方面是我们花费在跨越空间上的时间急剧缩短，以至我们感到现存就是全部的存在；另一方面是空间收缩成了一个'地球村'（Global Village），使我们在经济上和生态上相互依赖"①。马克·柯里（Mark Currie）认为，后现代的科技发展大幅度改进了人与人之间沟通与交流的途径，人们可以在很短的时间内乘坐飞机穿越整个地球，用跨洋电话与在世界另一头的朋友通话，这些新发明"制造出一种时空被压缩的感觉"②。哈维将"时空压缩"区分为两种形式：一种是"使时间空间化"（即"存在"），另一种是"通过时间消灭空间"（即"形成"）。在下面的分析中，笔者拟将"时空压缩"的概念借用到对《法国中尉的女人》的分析之中，认为在作品中有多处描写都使得时间像空间物体一样被压缩。

如第三章中的一段话："尽管查尔斯喜欢以年轻的科学家自诩，即使将来听到发明飞机、喷气发动机、电视、雷达的消息，也不会感到过分惊奇，但是如果对时间本身的看法发生了变化，他将会感到十分震惊。"（第8页）在这里，叙述者将一系列诸如飞机、电视、雷达等20世纪的新发明

---

① 转引自百度百科，http://baike.baidu.com/view/1463330.html?fromTaglist，2010年10月15日。

② ［美］马克·柯里：《后现代叙事理论》，宁一中译，北京大学出版社2002年版，第112页。

第三章 叙事时间和空间：空间化的历史

引入到一个世纪以前，对 19 世纪的人物进行评论。这样就把读者本该适用于 20 世纪的期待前移到 19 世纪的故事中，使之与其中的人物并置，仿佛这些新装备在叙事中能够穿越时间旅行，出现在一百年以前。而与此同时，客观线性时间则被忽略了。再如第四章描述波尔坦尼太太时，叙述者说，"波尔坦尼太太简直可以在盖世太保那里任职，她有一种审讯方式，能让最坚强的姑娘在五分钟内落下眼泪"（第 14 页）。盖世太保本是德国纳粹的秘密组织，成立于 1934 年。在这句话中，这个 20 世纪的机构被拽回到 19 世纪，两个时代的人、物并置在了一起。这极大地挑战了传统机械性的时间观，即时间从过去到现在到将来的线性流逝，彰显了现象学的时间观——时间可以倒转，叙述者、读者、人物在感知中可以在某一时间点相遇。

最后，再看小说颇令人津津乐道的三个并立性结尾，这是《法国中尉的女人》空间化叙事的另一重要特征。三种结局的并置使得封闭性的线性情节结构被打断，故事在空间层面上构成了一个"交叉小径的花园"。上面已经提到，在空间化的时间中，时间和个体的"存在"是密切相关的，福尔斯在创作《法国中尉的女人》时又深受存在主义思想的影响，因此在对三个结尾进行空间性的分析中，笔者结合了查尔斯对存在主义思想的认知来讨论。

小说中的第一个结局是一幕"财产婚姻"外加惩恶扬善的道德喜剧。查尔斯没有去旅馆与萨拉约会，而是乘火车回到了莱姆镇，顺理成章地与欧内斯蒂娜结婚生子，并在岳父的商业王国驰骋；除了波尔坦尼太太和萨拉之外，小说中几乎所有的人物都获得了美好的归宿——萨拉不知所踪，波尔坦尼太太在死后被挡在天堂的门外。这是一个传统的维多利亚小说的封闭性结尾，我们感到上帝时刻都在发挥着重要的作用，查尔斯不可能获得自由——他既无法挣脱"全能叙事者"的操控，亦无法摆脱上帝（命运)的无形之手。

叙述者很快否定了这个结局,将时间倒回,再次把读者带回"花园小径的分叉点"。查尔斯发现萨拉欺骗了他,他走进教堂祷告,却发现对赖尔和达尔文的认识使他无法重建对上帝的信仰。于是他"为自己不能对上帝说话而哭泣。他知道,在这漆黑的教堂里,他与神之间已经有了阻隔,沟通是不可能的"(第258页)。与上帝的阻隔,使查尔斯进入存在主义式的生存处境成为可能。查尔斯发现,失去对上帝的信仰之后,几乎所有的价值标杆都不起作用了,如论者所言,此时此刻"查尔斯所摆脱的不仅是一个神意照耀的世界,更是维多利亚价值体系的囚笼"[1]。之后查尔斯获得了某种"顿悟":

> 他发现了一个新的现实,他觉得自己陷入了进退维谷的境地,被卷进迟疑不决的急流之中:这急流几乎是可以感知的,不是被动的,而是主动的,正在把他推向它选择的,而不是他选择的未来。(第260页)

认识到自我所处的被动的、荒诞的人生境地之后,查尔斯步入了存在主义的自觉。他感觉自己被钉在维多利亚时代的"十字架"上,必须挣脱传统的婚姻、财产、绅士的体面、贵族的优越等种种羁绊,才能做出"自由选择",获得存在的自由。在萨特等人看来,如果人不能按照个人意志做出"自由选择",这种人就等于丢掉了个性,失去了"自我",不能算是真正的存在。在第二个结局中,查尔斯放弃了财产、绅士的体面,对萨拉的爱成了他最后的壁垒。这个"有情人终成眷属"的喜剧满足了读者对爱情罗曼司的期待,却也宣告了查尔斯对自由的追寻到此为止,"爱"代替上帝履行了终极审判的职责。换句话说,查尔斯仍然在爱的羁绊下,没有

---

[1] 沈雁:《从神创论出发解读〈法国中尉的女人〉中的自由》,《名作欣赏》(外国文学) 2010 年第 1 期。

获得纯粹的自由。

于是叙事者引领我们再次回到花园小径的分叉点。在第三个结局中，查尔斯找到了萨拉，却被萨拉拒绝。在痛苦与孤独中，查尔斯感到一种前所未有的自由和新生。这个结局虽带悲剧色彩，但不乏真实生活中的偶然性，毕竟生活在很大程度上不可预料。在这个结局中，无论是上帝，还是代替上帝的爱的哲学都销声匿迹，查尔斯获得了真正的自由。

从上面的分析可以看出，不论主动的舍弃，还是被动的丧失，失去的过程正是查尔斯完成存在主义自觉的过程，也是叙述者引领读者穿越重重迷雾，最终走出花园迷宫出口的过程。如论者指出的：

> 前两个结局也许并不是查尔斯必须走过的岔路，却是读者必须经历的阅读体验。每一次读者跟随着叙述者的脚步回到分叉点，都意味着比前一次更接近出口。而让读者自己经过试错逐渐接近真相也正是作者能给予读者的最大的信任和尊重，也使读者最终获得了在三个结局面前主动"选择"的自由。[1]

三个结局并置构成的时空交错的"迷宫"使《法国中尉的女人》的叙事时间挣脱了由过去到现在再到未来的线性结构，呈现为一种以"现在"为中心的空间化结构。"花园小径"的重重分叉使时间在现在和过去、未来和现在之间沿不同的方向任意流动，而聚焦点是与个体存在和自由问题密切相关的"现在"——也即我们做出决定、进行主动选择的"此时此在"。

在《后现代地理学》一书中，爱德华·苏贾曾对博尔赫斯"交叉小径的花园"的空间隐喻进行了详细分析，认为它是"一个充满同存性和悖论

---

[1] 沈雁：《从神创论出发解读〈法国中尉的女人〉中的自由》，《名作欣赏》（外国文学）2010年第1期。

的无限空间"①。博尔赫斯在小说中也曾具体论述了"交叉小径的花园"的空间性（或者说"同存性"）和言语及叙事的"依次性"之间的冲突：

> 然后我看见了那个交叉小径的花园……作为一名作家，我的绝望就肇始于此。所有的语言是一组符号，这些符号在操这一语言的人中的应用，假定有一个共同的过去。那么我怎样才能把这一毫无边际的交叉小径的花园转变为言语呢？我怅惘迷失的思维，对它几乎难以掌握……说真的，我心里试图想要言表的，却均无法言表，因为若要对一个无休止的连接理出一个头绪，这一头绪也注定是一个无限小的头绪。在这一个单一而又庞大的瞬间，我看到了数不清的行为，既令人愉悦，又让人厌恶；令我惊愕的倒不是其中的某一行为，而是所有这些行为均在空间上占据着同一个点，既不重叠又不透明。映入我眼帘的，均是同存性的事物，可现在流于我笔端的，是依次性的，因为语言是依次连接的。但不论怎样，我试图尽我所能追忆自己的所见。②

万事万物（包括时间）均是空间性的存在，都具有同存性，但语言是一种顺序性的连接。在这个意义上，苏贾指出："句子陈述的线性流动，由最具空间性的有限约束加以衔接，两个客体（或两个词）根本不可能完全占据同一个位置（譬如同一页面上）。"③ 为了解决这一悖论，后现代空间叙事所能做的（或者说使用最多的叙事策略）莫过于"并置"（juxtaposition）。在这里"并置"既包括词语和意象的并置，如前面提到的在《法国中尉的女人》中 19 世纪的事物与 20 世纪的飞机雷达等现代社会的事物

---

① ［美］爱德华·W. 苏贾：《后现代地理学——重申社会理论中的空间》，王文斌译，商务印书馆 2004 年版，第 2 页。

② ［阿根廷］博尔赫斯：《交叉小径的花园》，陈众议编《博尔赫斯文集·小说卷》，海南国际新闻出版中心 1996 年版，第 134—136 页。

③ ［美］爱德华·W. 苏贾：《后现代地理学——重申社会理论中的空间》，王文斌译，商务印书馆 2004 年版，第 3 页。

形成的并置；又包括结构的并置（如三个并置性结尾）形成的迷宫式的空间结构形式。

由以上分析可知，福尔斯在《法国中尉的女人》中借助各种叙事技巧，在时间的空间化上给读者带来了一种全新的阅读体验。正如他1982年为福克纳（Harald W. Faukner）的《论约翰·福尔斯的时间图景》所写的序言中指出的那样："写小说的经验是发生在另一个世界，一个不受时间限制的世界，这就接近于全人类共同怀有的渴望……我喜欢在小说中用各种异想天开的时间巧合，有的需要用表面不合理性的方法把科学的现实和感情的现实合在一起……"①在福尔斯看来，只有突破由科学和理性规定的从过去到现在再到未来的线性时间之流，以及与其相关的封闭性叙事结构，才能抵达人类生存的真正"现实"，才能实现人物、叙事的真正"自由"。与他对存在的现实、自由选择等创作理念相合，《法国中尉的女人》在叙事形式上不失为一部具有多重叙事时空的后现代空间叙事文本。

第三节　拜厄特：女性时间

空间与个体的存在和自由息息相关，然而不同性别的个体，对时间和空间的体验存在很大的差异。一些女性主义学者认为，空间亦参与了当代妇女不平等地位的塑形，如达夫妮·斯佩恩（Daphne Spain）指出："女子和男子的定义是在特定的场所建构出来的——最为显著者是家庭、职场和社区；在分析两性间的地位差异时，应该将这些发生影响的场域间的相互

---

① Harald W. Faukner, *The Timescapes of John Fowles*, London: Associated University Presses, 1984, p. 10.

作用考虑进来。"①当今的性别批评已不能忽略空间的作用,那么空间设置怎样表述性别等级?空间设置怎样塑造性别观念?性别空间的设置与区隔隐含着怎样的权力规训?空间之于性别隐含着何种解放的可能?这些问题的提出,"使作为权力运作场域、工具与生成物的'空间'成为性别表述的新贵,性别文化中掩藏的意识形态话语在更为深广的意义层次中得以展示"②。

J. K. 吉布森 (J. K. Gibson) 等人还将空间性别理论和现代性批判结合起来,主张重估现代性对女性空间的挤压和对女性主体身份的放逐。③在他们看来,笛卡尔的"我思故我在"确定了现代空间从"思"到"我在"再到"他在"的基本路径。"我在"是理性——男性主体的存在,而"他在"——女性客体则是依靠"我在"得以确证。自我/他者,客观/主观,理智/情感,抽象/具体等由此得以划定。现代空间使男性被预设为绝对化的"强大的""主导性的""攻击性的",具有霸权地位,而女性处在"柔弱的""消极的""被动的""非存在的"边缘化、次生化和弱化地位。

和前辈作家约翰·福尔斯等人一样,拜厄特对传统的线性历史(时间)观念表达了质疑,但不同于《法国中尉的女人》对空间与个体存在之间关系的探索,她在《占有》《天使与昆虫》等作品中大胆打破对故事的历时性讲述,通过插入大量重述的神话(童话)故事、诗歌和罗曼司传奇等,着重表达了她的诗性历史观以及她对(迥异于进化论的男性时间的)循环往复的女性时间的认识。换句话说,拜厄特对空间和性别关系的关注点,主要集中在对女性封闭性的空间体验和循环往复的时间体验的认知。

---

① [美] 达夫妮·斯佩恩:《空间与地位》,雷月梅译,汪民安、陈永国、马海良《城市文化读本》,北京大学出版社 2008 年版,第 297 页。

② 陈舒劼:《认同生产及其矛盾:近二十年来的文学叙事与文化现象》,江苏大学出版社 2013 年版,第 4 页。

③ 参见 [美] J. K. 吉布森-格雷汉姆《资本主义的终结:关于政治经济学的女权主义批判》,陈冬生译,社会科学文献出版社 2002 年版。

第三章 叙事时间和空间：空间化的历史

一 封闭的女性空间

前面已经提到，一些女性主义学者将空间与性别批判相结合，试图从文明史中重新恢复被男性性别元叙事忽略或掩盖的女性时间和空间。如里兹·庞蒂（Liz Bondi）在《女性主义、后现代主义和地理学——女性的空间？》（"Feminism, Post-modernism, and Geography: Space for Women?"）一文中提出："这种想法，基本上是把诸支配性叙事本身的'非知识'再度编纳进来，并予以重新概念化，这些非知识曾经逃离或吞噬了这些支配故事。这种它们自身之外的东西，几乎总是某种空间性的，而这个空间被编码为具女性气质的、女人的。"[①]在庞蒂这里，"女性的空间"意味着对当下以男性为主导的知识体系和文明体制的反叛与挑战，"空间"在这个意义上成了女性开放性抗争策略的隐喻。

克里斯蒂娃（Julia Kristeva）在《妇女的时间》（Women's Time）一文中更强调时间与空间对男女两性的不同意义。她首先区分了两个时间层面："线性历史的时间，或者（如尼采所说）'连环的时间'；另一历史的时间，也即另一时间，或者（仍依尼采所说）'永恒的时间'。"[②] 克里斯蒂娃认为前者（有计划、有目的并呈线性展开的时间）是男性价值的体现，"这种时间内在于任何给定文明的逻辑的及本体的价值之中，清晰地显示其他时间试图隐匿的破裂、期待或者痛苦"[③]。在这种线性的、有序的、目的论的宏大历史叙事下面，我们看到的是断裂而不是连贯的女

---

① ［美］里兹·庞蒂：《女性主义、后现代主义和地理学——女性的空间？》，王志弘译，包亚明《后现代性与地理学的政治》，上海教育出版社2001年版，第322页。
② ［法］克里斯蒂娃：《妇女的时间》，程正民、曹卫东编《20世纪外国文论经典》，北京师范大学出版社2004年版，第499—515页。
③ 同上书，第502页。

性历史——女性受压抑、受奴役的存在和遭排斥、被漠视的生命事实。克里斯蒂娃指出，不同于线性时间，女性时间是一种循环往复的永恒时间，它无关国家民族的进步神话，只是由生儿育女、相夫教子、操劳家务等一大堆琐事构成，时间于女性而言，似乎永远都是一种周而复始的当下。

长期以来，以男性话语为主导的线性历史，将女性排除在外，致使"每一代女性作家都会在某种意义上发现自己没有历史，不得不重新发现过去，一次又一次地唤醒自己的女性意识"[1]。当然，在这里，肖沃尔特（Elaine Showalter）意义上的"历史"，指的是线性时间框架内的男性历史。克里斯蒂娃认为，第一代女性主义曾致力于在线性时间框架内寻找自己的位置。第二代女性主义拒绝整个政治纬度，把自己置于线性时间之外，强调心理经验，致力于寻找一种语言形式，来表达过去文化中被消音的肉体经历。她认为这两个方面应该结合起来——女性既应该反抗强加于自身的线性时间框架，还应该在自身的时间和生命体验中找寻、恢复自身的历史和传统。

事实上，女性并非没有历史，只是没有在历史上留下多少印迹。虽然在男性的历史中，女性很少出头露面，但女性始终在历史叙述的背后，为人类大量物质和精神财富的积累提供了基础。女性一直在历史的边缘存在着，有社会位置，却没有社会地位。克里斯蒂娃甚至认为，传统意义上"时间"一词与女性根本不合：

> （女性）这种时间想象像空间那样广阔无边、不可置限，让人联想到赫希俄德神话中的克雷洛斯……或者，人们因之联想到形形色色

---

[1] Elaine Showalter, *A Literature of Their Own: British Woman Novelists from Bronte to Lessing*, Princeton: Princeton University Press, 1999, p. 11.

第三章　叙事时间和空间：空间化的历史

的复活神话，在所有宗教信仰包括基督教中，复活神话都将某一先前的或者相随的母性偶像永恒化；在基督教义中，圣母的肉体不会消亡，不过，在同一时间或者通过圣母永眠（依据正教信仰）或者通过圣母升天（依据天主教信仰）从某一空间移向另一空间。①

克里斯蒂娃认为女性常常被视为一种空间的客体形象（如不朽的圣母等）而非时间的主体存在："当人们思及妇女的名称和命运时，比之时间、生成或者历史，人们更多地考虑繁衍和形成人类种族的空间。"② 对女性而言，时间永远是缓慢、重复、永恒的"空间化的时间"。克里斯蒂娃认为这既有生理的，又有社会政治各个方面的原因：

> 一方面是周期、妊娠，这些与自然的节律一致的生物节律的重复出现，这种自然节律提出一种时间，其一成不变可能令人吃惊，不过，它的规律性及其与被体验为外在于主观的时间、宇宙时间的统一，带来令人眩晕的幻觉和不可名状的快感。另一方面，也许作为结果，是永恒时间的具体存在，不可分裂，无可逃避，与线性时间（流逝着）几乎毫无关联。③

周期、妊娠，这些女性的身体体验，与日复一日循环往复的自然节律基本相合，而且狭小的家庭和社会空间也使她们无缘（同时也无暇）关注国家、民族、社会，正在经历的所谓"具有历史意义的"大事。在这个意义上，克里斯蒂娃认为女性主体只同循环时间（cyclical time，即重复）和纪念时间（monumental time，即永恒）相联系。

---

① ［法］克里斯蒂娃：《妇女的时间》，程正民、曹卫东编《20世纪外国文论经典》，北京师范大学出版社2004年版，第502页。
② 同上书，第501页。
③ ［法］克里斯蒂娃：《妇女的时间》，程正民、曹卫东编《20世纪外国文论经典》，北京师范大学出版社2004年版，第502页。

拜厄特以其自身体验感知到了千百年来女性的这一整体生存境遇，她们在男性话语主导的社会中远离了政治、文化中心，在历史传统中整体性缺席，受困于狭小的家庭空间或社会的边缘地带，日复一日地过着单调乏味的生活。在《占有》中，拜厄特借拉摩特之口感慨道：

> 男人们能够献身殉道
>
> 在任何地方
>
> 在沙漠，在教堂
>
> 或者公共广场
>
> 没有任何紧迫的行动
>
> 这就是我们注定的命运
>
> 消磨漫长的一生
>
> 于一间黑暗的房屋（第125页）

短短的几行诗，概括了人类的整个历史，表达了时间对男性和女性的不同意义。男性的使命是在广阔的外部世界为真理、正义"殉道"，争取一个更加进步、美好的明天，因此时间对他们而言是线性的——明天会比今天更好。"消磨漫长的一生/于黑暗的房屋"是女性生存状况的整体隐喻，她们被排除于线性时间框架之外，在狭窄的生存空间中、在循环往复的永恒时间中，孤独终老。在《婚姻天使》中，艾米丽（丁尼生的妹妹）感慨道：

> 阿尔弗雷德梦中的萨默斯比，亚瑟曾经驻足过的花园天堂，野生的树林，还有温暖的壁炉，伴随着欢笑和歌唱，这一切都依赖于他们的出现，在某种程度上，依赖于他们对这一切的创造。在漫长冬天的日子里，对一个没有任何旅行机会，没有职业，没有欢乐的年轻女子来说，萨默斯比是不同的——在亚瑟到来之前和死去之后也是不同

的——除了等待一个丈夫或是悲悼一个死去的情人,她别无选择。(第265页)

丁尼生在《悼念集》中一再复现的哈勒姆与他们一家在萨默斯比一起度过乐园般的美好时光,在艾米丽的回忆中却是另外一番景象。在这里,艾米丽暗示了萨默斯比"乐园"对女性而言的另外一重体验——它不过是一个"爱的囚笼"。艾米丽没有职业,父亲又不给她任何旅行的机会,她无法看到外面的广阔世界。漫长冬天的日子里,她在萨默斯比终日无所事事,时间对她而言是一种周而复始的循环——克里斯蒂娃意义上的"循环的时间"(cyclical time);丁尼生和哈勒姆的到来,才使萨默斯比"复活",幻化成乐园般的美好时光,因此对于艾米丽而言,这一时间体验无疑是"纪念的时间"(monumental time,或说永恒的时间)。艾米丽意识到,这一切的不同"都依赖于他们的出现,在某种程度上,依赖于他们对这一切的创造",这句话也暗示了男性对女性历史的主导地位,在某种意义上,可以说是他们改写了她们的历史。

由以上分析可知,空间并不是中立的,而是具有社会性别特征的。"空间建构和再现的性别关系、地位,是典型的隐性歧视,空间以男性的需要和要求为主要的考虑标准,女性则像在其他社会生活领域一样,始终处于空间的组织、规划和构造的边缘状态。"[①]在《婚姻天使》中我们看到,艾米丽年轻时不乏艺术天赋,她与姐妹们组织一个小型诗社,起名为"谷壳"(the Husks)。而与此形成鲜明对比的是,丁尼生与哈勒姆等人在剑桥参加的知识分子社团被称作"使徒社"。这两个名字是对他们各自生存状况的隐喻:"使徒社"与追求真理相关,表征的是一种线性的时间模式;"谷壳"则是一种狭小而又易碎的空间容器。拜厄特指出,"这种将女性等

[①] 吴宁:《日常生活批判:列斐伏尔哲学思想研究》,北京大学出版社2007年版,第48页。

同于被动的物质、纯粹的肉体，而将男性等同于智慧的思维模式建立于一种错误的类比之上，所有的女权主义者都应对此进行解构"①。

在《婚姻天使》中，拜厄特一再试图解释这种差异性的由来。例如，艾米丽回忆起哈勒姆与丁尼生在屋外草坪上谈话的一幕。亚瑟对丁尼生说："努斯是男性的，而希乐是女性的，正如天神乌拉诺斯是男性的，而地神盖娅是女性的；正如基督、逻各斯、道，是男性的，而其所赋予生命的对象是女性的。"（第262页）艾米丽对此表示不解，亚瑟解释道："因为女人是美丽的，我的小宝贝，而男人只是美的爱慕者。"（第263页）艾米丽让他进一步解释，他的回答十分敷衍："女人不该用她们漂亮的脑袋瓜思考这些理论问题。"（第263页）哈勒姆以智性与肉体的二分法将男性与女性对立起来，在他看来，女性是一种被动的审美客体，她们受感情和感性主宰，只有通过男性的认可和唤起，才能得到永生的灵魂。

亚瑟的这种观念，反映了自笛卡尔以来，现代启蒙理性对女性空间的挤压和女性主体身份的压制。受这种价值偏见的影响，传统女性（艾米丽，丁尼生之妻艾米丽·塞尔伍德，《占有》中的艾什之妻艾伦等）被剥夺了通过努力获取智性的权利，失去了经由知识掌控并书写自身历史的权利。由于一直是男性在决定各个领域什么是重要的、有价值的，女性根本没有话语权。凯瑟琳·克莱门特（Catherine Clement）指出："我并不是说知识总是和权力联系在一起，或者说那是必然的联系，权力是知识的威胁；我也不是说女性从来不在知识权力一边，但在女性历史的大部分情形中，她们是和没有知识或没有权力的知识联系在一起。"②在这个意义上，拜厄特重述丁尼生和哈勒姆的历史，更重要的目的是讲述天才作家身后被

---

① A. S. Byatt, *On Histories and Stories: Selected Essays*, London: Chatto and Windus, 2000, p. 111.

② Helene Cixious and Catherine Clement, "The Newly Woman", in Mary Eagleton, ed. *Feminist Literary Criticism*, New York: Longman Inc., 1991, p. 153.

埋没的两个女性，她们情感上的痛苦、挣扎，以及在父权制的社会里艺术天赋被无奈磨灭的现实。在《占有》中，拜厄特借虚构人物艾伦（艾什之妻）之口向我们展露维多利亚时期女性真实的心灵感受：

> 多少日子，我们就这样静静地躺着，等待一天的结束，那时我们就可以入睡。我蛰伏一般躺在这里，如同白雪公主躺在玻璃棺里，活着却与世隔绝，呼吸尚存，却一动不动。而外面，大千世界中，男人们正沐雨栉风，经历着他们的冷暖人生和世事浮沉。（第252页）

拜厄特在多部作品中常用"白雪公主"和"玻璃棺"的意象隐喻女性的残酷生存现实。艾伦认为，留给男人的是外面的整个"大千世界"，他们可以随意经历"冷暖人生和世事浮沉"；而女人拥有的只是无限狭窄的空间，她们经历的只是一天天的等待和"蛰伏"——如同玻璃棺中的白雪公主，只有凭借王子的亲吻才能唤起自身的生命和热情。因此，从拜厄特笔下的这些女性人物身上，我们可以强烈地感受到维多利亚时期女性生存的现实——她们通常在远离社会中心的家庭牢笼里，无奈地消磨自己的一生。

二 循环式叙事结构

《占有》故事开始的时刻，主人公罗兰坐在伦敦图书馆，打开由艾什收藏和标记的杨姆巴蒂斯塔·维柯（Gianbattista Vico）的《新科学》（*The New Science of Giambattista Vico*），借助这个开头，拜厄特巧妙地表述了自己对维柯学说的尊崇和借鉴。在《新科学》中，维柯提出了循环论历史观，将人类文明的发展历史划分为三个相互衔接的阶段：神话时代、英雄时代和凡人时代。在他看来，前两个时代是以诗性智慧和诗意想象，即按照诗性逻辑来表现的时代，后一个时代则是人类理性的时代。这三个时代逐次发展，形成循环。维柯认为以神话思维和神话形式来表现的人类早期的历史，充满着诗意想象和诗性智慧，能够凭借诗性逻辑传达出宇宙的本真精神，他将这样的历史叙事定义为"诗性历史"，把荷马史诗推为这种诗性历史的典范。

拜厄特在其著作《论历史与故事》(On Histories and Stories)中的多处观点表明她对传统历史观念的质疑。就这部论文集的标题来看，拜厄特在"历史"（histories）、"故事"（stories）二词上都采用了复数形式，这暗含着拜厄特对福柯等人后现代历史观念的认同。以福柯为代表的后现代历史学家主张用"断层""差异"等破除大写的、单数的"历史"（History），代之以众多小写的、复数的"历史"（histories），因此，这一标题本身即反映了拜厄特对原来那个连续的、由目的论决定的宏大历史叙事的反驳。结合拜厄特本人的女性生活体验，她对历史循环论表现出了浓厚的兴趣。

《占有》与维柯的诗性历史和历史循环论之间的关系，已有不少学者论及。如林·威尔斯（Lynn Wells）指出，小说"对维柯著作的指涉不仅提供了一个主题循环因素和一个基本情节模式，而且建议用一种总符码来更好地理解拜厄特貌似矛盾的文本之下的复杂结构"[1]；凯瑟琳·科因·凯利（Catheleen Coyne Kelly）认为，拜厄特运用维柯理论来"暗示历史自我重复之规律，为其小说的历史表述寻找权威依据"[2]；程倩认为《占有》的三个时代之谋篇布局，就基于维柯的历史循环论。[3] 以神话为源头的循环性历史观，既是维柯《新科学》的基本思想，又是拜厄特《占有》之创作理念的基本出发点。笔者大致赞同以上各家的观点，但认为有一点尚需进一步补充。拜厄特对历史循环往复这一观念的认识与其说来自维柯历史学

---

[1] Lynne Wells, "Corso, Ricorso: Historical Repetition and Cultural Reflection in A. S. Byatt's Possession: A Romance", *Modern Fiction Studies*, Vol. 48, No. 3, 2002, p. 668.
[2] Kathleen Coyne Kelly, *A. S. Byatt*, New York: Twayne Publishers, 1996, p. 97.
[3] 程倩：《历史的叙述与叙述的历史》，人民文学出版社2005年版，第30页。

说的启发，毋宁说在更深层次上与其自身独特的女性体验和女性意识相关。下面以《占有》为例，探讨拜厄特小说中与女性时间和空间相对应的循环式叙事结构。

《占有》由三个叙述层构成：当代、维多利亚时代以及由重述的神话表现的远古时代。笔者认为拜厄特描摹这三重历史时空不是为了书写人类历史的循环演进，而是重在展现在人类历史的循环演进中女性的历史和传统以及她们亘古不变的生存和生命的真实。下面笔者将集中于拜厄特小说中常见的"水""冰""玻璃""高塔""孤岛"等意象，撷取三个历史层面的重要女性人物，对她们的生存状况进行详细分析，以论证自远古以来，女性生存空间的边缘性以及她们循环性、停滞性的时间体验。

《占有》的叙事时空，涉及三个历史时期，每个时期各有几位代表性的女性人物。这些人物身上虽然带有各自时代的特征，但是更多地体现了一脉相传的女性人物的共性。在由重述的神话传说表现的远古时代，拜厄特复现了被冥王掠为冥后的普罗塞涅皮娜，半人半蛇的仙女美鲁西亚、水晶棺里沉睡的美丽公主，以及被囚于高塔的少女拉庞泽尔等人们熟知的神话和童话中的人物。维多利亚时代围绕拉摩特与女友布兰奇、诗人艾什之间的情感纠葛，讲述了拉摩特、布兰奇以及艾什之妻艾伦的悲剧性人生境遇。当代时空则以女学者莫德为中心，描写了她身边的诸多女性人物（如罗兰的女友瓦尔，女学者比阿特丽斯等人）在狭窄的社会空间中，在情感、事业和生活各个方面的苦苦挣扎。

拜厄特一方面试图运用这三层历史时空概括人类（尤其是女性）的整个历史进程，另一方面，在叙事方式上她以莫德对女性先祖的探寻为视角，通过生者对死者的重访，追溯并重构了女性历史的血脉。在描述女性的历史和现状时，拜厄特频繁运用"冰""水""高塔""水晶"等意象来隐喻女性被"禁闭"和"冰冻"的边缘性处境和循环、静止的时间体验。

《拉庞泽尔》中的美发姑娘拉庞泽尔一出生，即被老巫婆束之高塔，爱慕她的王子只能在塔下倾听她美妙的歌声。《水晶棺》中美丽的公主拒绝了黑巫师的求婚，被后者施以巫咒，冰封在水晶棺材内沉睡百年。《淹没的城市》中女王达户因叛逆而获罪，致使整个城市遭水淹，沉入水底，她与所有的臣民则以水为障，在与外界隔绝的水底世界顽强存活。《夏洛特的女郎》中，女郎独居于夏洛特的孤岛，在封闭的塔楼里夜以继日地编织，她未能抵御窗外路过的年轻骑士的诱惑，放弃了自己的编织，离开孤岛，结果遭到神秘巫咒，她编织的网破散了，她本人也在冰冷的航程中走向了死亡。

与这些远古时代神话中的原型形象相应，维多利亚时代和当代的女性人物并没有走出"高塔""水晶棺""孤岛"或者"水底世界"。拉摩特自喻为"夏洛特女郎"，与女伴布兰同住在贝山尼，过着封闭的幽居日子。对她而言，贝山尼无异于拉庞泽尔的高塔或者夏洛特的孤岛，即使在艾什的强大爱情攻势下，她也不愿放弃自己的独立地位，明确对他宣告，"我为了我的独立自主而与家庭和社会抗争，我会放弃这些吗？不，我不会"（第189页），因为"我走出了高塔就丧失了智慧"（第205页）。婚后的艾伦长期待在封闭的家中，与艾什过着充满谎言和欺骗的婚姻生活。她与拉摩特等人一样，也抑郁寡欢，自比躺在水晶棺里的公主："我蛰伏一般躺在这里，如同白雪公主躺在玻璃棺里，活着却与世隔绝，呼吸尚存，却一动不动。"（第252页）死一般沉闷的家庭生活，窒息了女性鲜活的生命，陷入婚姻棺柩之中的维多利亚时期的女性，延续了童话里"睡美人"的女性原型。

然而，迟至20世纪末，当代女性仍未从冰冻（封闭）的状态中解脱出来。我们看到，比阿特丽丝仍独居于城郊偏僻的"死湖"，如同海洋里的章鱼，她"动作迟钝地盘绕着自己的宝窟，四周以黑色墨汁或是水状烟雾设置出晦暗的屏障，好给自己一个隐蔽的藏身之处"（第 126 页）。此外，莫德独居的房间也是以玻璃为墙，在罗兰看来，在白色床单的映衬下，房间犹如一具冰封的水晶棺材——"冷若冰霜"的莫德则是那沉睡的美丽公主。莫德以女性主义视角对拉摩特诗歌进行的解读，也表现了她对女性循环的时间、狭窄的生存空间的自觉。

综上所述，进入男性中心社会后，女性一直处于边缘化的生存状态——被排除在线性时间和男性主导的世界之外，她们只好无奈地游荡在阴幽的深闺高塔或徘徊在冰冷的雪山水底等边缘地带或封闭性空间里。于是各种神话（童话）故事中流传着"白雪公主""睡美人""冰雪女郎"，以及"塔中少女"等类似的原型形象。拜厄特吸收了这些意象，在《占有》《天使与昆虫》中将不同时代的女性置于相似的生存空间，使得这些意象在远古的神话时代、维多利亚时代和当代这三个时间层面上反复地再现，既在空间的维度上反映了女性生存历史的边缘性、封闭性状态，又在时间的维度上表达了千百年来女性历史的停滞状态——她们没有随着男性的历史在时间中进步，而是一直在裹足不前、循环往复。在这个意义上，可以说拜厄特在作品中巧妙地融合了性别意识和历史关怀，通过对传统神话（童话）故事中表现女性人生的隐喻意象进行重新阐释，审视了女性生存的历史困境，并表达了自己对女性人生的历史性思考。

第四节　斯威夫特：自然历史与"网状时间"

在对拜厄特《占有》《婚姻天使》的分析中，笔者将历史叙事与性别政治联系起来，探讨了拜厄特作为女性作家对长期以来游离于线性时间框架之外的女性历史的重构。在对女性历史的重构中，拜厄特认为由于女性拥有与男性不同的社会生存空间，因而在对时间的体验上也截然不同——时间对她们来说或者是一种周而复始的循环往复，或者被"封闭"和"冰冻"，成为一种永恒的静止性状态。斯威夫特的《水之乡》和《从此以后》中的叙事时间较之《占有》和《天使与昆虫》既存在相似之处（对线性时间框架的拒斥），又有着自身独特的艺术特征，具体表现为历史叙事中的"网状时间"结构。

由于斯威夫特的小说主要是关于家族的（个人的）历史叙述，因此"回忆"（recollection）往往构成了小说的重要叙述框架。在《从此以后》中，比尔在经历了妻子、母亲和继父接连去世之后，以回忆的笔调讲述了自己的过去，试图在对过去的重构中忘记现实的创伤，寻找使自己的生命继续下去的理由。在《水之乡》中，历史教师汤姆也是在面临一系列人生困境的情况下（在事业上，他讲授的历史课不被重视，校长要求取缔历史课，他将被迫提前退休；在生活上，妻子玛丽精神错乱，他的婚姻生活陷入前所未有的危机）试图通过回忆重构家族和个人的历史，找出自己的人生"到底在哪里出了错"。在这种以个人回忆为主体的历史叙事中，叙事时间往往追随记忆的发散性结构，呈现为以现在为中心的"时间网络"。

我们知道，记忆、历史和时间，三者之间存在着密切的联系。据张隆溪的考证，记忆和历史是相互依存、不可分割的两个存在："在西方语言里，历史这个字的词根 istor 来自于希腊文，有'见证人'或者'知情者'的含义，而记忆或回忆这个字的词根 memor 也来自希腊文，就是'记忆'的意思。"[①] 苏鼎德也指出，"如果没有记忆的容颜——文学、艺术、口述、古迹，那么历史将没有故事可供讲述。反之，如果没有历史的记述，那么记忆将会支离破碎，会随着最初特定的记忆载体的逝去而消亡。记忆是人

[①] 张隆溪：《记忆、历史、文学》，《外国文学》2008 年第 1 期。

类存在和社会存在的重要组成部分,历史则提供契机,使记忆能够孕育现在和建设将来"①。因此,记忆起着保留或使过去历历在目的功用,它把过去当作一种体验展示出来,使当前的生活关系变得更好理解,使未来成为可以期待的。

在《历史与叙事》中,利科(Paul Ricoeur)曾把历史叙事中的时间划分为三个"结构层次"——"内时性"(within-time-ness)、"历史性"(historicality)和"深时性"(deep temporality)。这三个层次依次反映在意识内部对时间的三种经验或再现中。第一种是"普通的时间再现……事件'在其中'发生";第二种再现"着重于过去的影响力。甚至……在'重复'中恢复生与死之间'延伸'(extension)的能力";最后一种再现试图掌握"未来、过去和现在的多元统一体"。②这种划分方式实则预设了一个前提:历史需要通过叙事的形式被再现,而任何形式的历史再现都与时间相关。具体来说,在这三种形式中,第一种("内时性")主要指涉传统的历史编纂叙事形式,事件在时间中发生,依次呈现为从过去到现在再到未来的连续性封闭结构。第二种("历史性")则是一种立足于现在(当下)的叙事形式,强调过去的事件对现在的影响,试图通过意识形态的主观性阐释修复过去与现在之间的鸿沟,使之表现为一个连贯的整体。第三种("深时性")则是"未来、过去和现在的多元统一体",表现为以现在为中心的时间网络。在这种"网状时间"中,主体的内在意识(具象化为记忆)是维系这个"多元统一体"的必不可少的组成部分。

以《水之乡》为例,斯威夫特围绕汤姆的回忆来组织事件,在叙事时间上表现为未来、过去和现在的相互交织,在结构上也体现了记忆中支离破碎的一个个片段拼凑。小说由五十二个章节构成。故事开始于1943年7

---

① 苏鼎德:《历史与记忆:继往开来》,《神州交流》2006年第3期。
② Paul Ricoeur, "Narrative Time", *Critical Inquiry*, Vol. 7, No. 1, 1980, p. 171.

月的一天，弗雷迪的尸体被发现。接着直接跳入汤姆叙述时所处的 1980 年。妻子在超市盗婴的精神失常事件、学生在历史课上的抗议，成了促发汤姆回忆过去的导火线。然而在此之后，小说没有接着讲述发现弗雷迪尸体之后的情景，而是详细记述了汤姆父辈祖先和母辈祖先的历史，以及洼地的历史。即使在讲述 1943 年发生的一系列事件时，汤姆也无法连贯地讲述，在叙述当时的事情时他甚至插入了一章人类研究鳗鱼的历史简述。换句话说，在《水之乡》中，汤姆的整个叙述就是他记忆中的一个个碎片，因为记忆有空白、有重复、有重叠，也会有"修正"，它们不可能被整合成有序的叙事。

将这些支离破碎的碎片小心地拼贴起来，就会发现《水之乡》主要讲述了汤姆的悲剧性人生经历，以及他对历史（包括个人史、家族史、国家史、世界史）的反思。在少年时期，汤姆、弗雷迪以及汤姆的智障哥哥迪克都非常爱慕玛丽。玛丽与汤姆懵懂无知之间发生了性关系，然而其间玛丽出于同情和好奇又勾引了迪克。迪克真诚地爱着玛丽，玛丽怀孕了，他想当然地认为孩子是自己的。玛丽为了保护汤姆，告诉迪克，孩子是弗雷迪的。玛丽的谎言激怒了迪克，他冲动之下谋杀了弗雷迪。听到弗雷迪的死讯后，玛丽万分内疚，找村中的农妇做了堕胎手术，并最终导致终身不孕。后来，汤姆发现了家族的惊人秘密：迪克是自己的外祖父和母亲乱伦所生的孩子。他告诉了迪克，迪克羞愤之下跳入河中，从此杳无踪影。

值得注意的是，在汤姆的叙事中，他人生中的一系列创伤性事件（如弗雷迪之死、玛丽堕胎等）无数次重复出现，不停打断连续的时间性叙事。比如，在描述玛丽堕胎的情景时，汤姆感觉"我们已经跨进了另一个世界。一个万物静止、过去不断发生的地方……"（第 284 页）而且，对于这些重复出现的事件，斯威夫特统一采用了一般现在时，以表述这些事件对现在和将来的持续性影响，同时也暗示着汤姆早年的这些创伤从未成为过去，它们一直停留在他的生活中，成为他生命中的"此时此地"。汤姆在回忆中一次次地感叹道，"往往正是这些'此时此地'的突然袭击，非但没有让我们进入现在时——确实，它偶尔也会带我们短暂地进入现在时——反而宣布我们已成为时间的俘虏"（第54页）。

面对一系列的创伤事件，汤姆承认他曾求助于叙事为它们对自己人生的影响寻求合理的解释，但是有些事实已经超出了他的阐释能力，于是这些事件只好一次又一次地在他的意识中重复展演，挥之不去。创伤的重复展演打破了时间的线性发展，使汤姆感到自己总是处在"此时此地"的包裹和环绕之中。再比如，汤姆过去中的另外一件重要的创伤性事件——弗雷迪之死，在叙事中也被一再提及。面对从河中捞出的弗雷迪的尸体，汤姆说："那是短暂的一刻——那场面却无休止地出现。"（第29页）在第二十八章中，斯威夫特甚至采用片段性的语言、模仿记忆的发散性结构，将这一场景和与之相关的其他场景联系在一起，巧妙地编织了一张具有空间化特征的时间之网：

> 但同时，在河岸上发生的这一幕和其他还未发生的场景一样，储藏在了你们历史老师的记忆里，以待日后的发掘。穿着那条曾与一条鳗鱼共用过的藏青色短裤的玛丽；一条在女人的大腿间翻滚的鱼；迪克；弗雷迪·帕尔；他们的目光，他自己的目光，交织成一张看不见的网。一只扔进泥泞河渠的瓶子；站在木桥上的迪克；水中的弗雷迪……现在，谁敢说历史不是循环的？（第189页）

这是发生在两个暑假的两个片段性场景。一个暑假中的一天，弗雷迪和汤姆等一群孩子在河中嬉戏，弗雷迪恶作剧地在玛丽的短裤中放了一条鳗鱼，迪克在河边的岸上看着他们；另一个暑假中的一天，弗雷迪的尸体被发现，脸上有一处瘀青（迪克用一只啤酒瓶子将其击打致死），迪克还是若无其事地站在桥上观看。斯威夫特运用"站在木桥上的迪克；水中的弗雷迪"短短的一句话，将发生在不同时间的两次事件联系起来，否定了时间的线性结构。因为线性时间意味着我们可以随意摆脱过去，稳步向前，这不符合汤姆对时间的感受；弗雷迪的死是汤姆生活中永远挥之不去的阴影，对他而言，这一场景永远是"现在"的，因此在他的回忆中，一切与弗雷迪死时相似的场景都成了弗雷迪之死的象征或暗示，时间在这些场景中被迫停止，历史也相应地呈现为由这些场景构成的时间循环往复。

与汤姆的时间体验相应，《水之乡》中的叙事时态在过去、现在、未来之间不停地跳跃。当汤姆以故事的形式回忆过去时，他使用的都是过去时态。然而，记述创伤历史，即他强调的"此处现地"时，小说会突然转换成一般现在时。时态的变更也体现了汤姆对时间经验感知的变化，打破了"内在"与"外在"时间的界限。不仅如此，斯威夫特还有意在一句话、一个段落中试图涵盖有关过去、现在、未来的所有信息，打乱它们的线性延展，造成时空压缩的效果。以第十二章汤姆对他和玛丽人生变故的叙述为例，斯威夫特完全抛弃了物理意义上的机械时间，在汤姆的叙述中，我们看到时间以现在为中心，在过去和未来之间不停摇摆：

  许多年前，有一位未来历史老师的妻子决定采取某种激烈的行为。她对未来的历史老师说，"我知道我要做什么"。后来，在发生了许多事之后，她又告诉他："我们必须分手。"然后她就把自己埋藏在那孤独的农房里——就像他把自己埋藏在历史书籍之中一样。（第101页）

这个一百字左右的段落，时间跨度很长，几乎涵盖了自玛丽堕胎事件到叙述行为发生的时刻（这时汤姆53岁，被迫提前退休；玛丽精神错乱，在超市盗婴，被送往精神病院）近三十年的时间。斯威夫特强调了玛丽堕胎这一事件对他们人生的持久性影响。之后玛丽将自己完全封闭起来，先

第三章 叙事时间和空间：空间化的历史

是在孤独的农房里，后来是在她永远无法走出的过去中——并最终导致了她的精神错乱行为。汤姆则将自己埋藏在历史书籍里，后来成了一名历史老师——试图通过一遍遍讲述这些事件，反思自己的人生，驱除对过去的恐惧。因此，通过"许多年前，有一位未来历史老师的妻子"这种将过去和未来随意并置的叙事形式，斯威夫特暗示了线性时间对个人的人生体验（个人史）来讲毫无意义，玛丽堕胎作为他们生活中的"此时此地"，这一事件会一直占据着他们的生活，在他们的生活中重复展演——他们永远走不出过去，也看不到未来。不仅如此，这一事件还影响了汤姆对历史的整体看法。比如在解释人类历史时，他将1805年拿破仑在战争中的决策与第二次世界大战中的希特勒进行类比，认为两者都是在胜利的巅峰时刻推迟进攻英格兰，转而进攻俄罗斯，从而改变了整个战事，并最终导致自己的失败。汤姆由此得出结论说："现在，谁能说历史不曾轮回？"（第163页）

与历史循环论相应，《水之乡》在叙事情节的安排上也呈现为循环的圆圈。小说开始于弗雷迪的尸体被发现，这在汤姆的回忆中是永远的"此时此地"，他在重述自己的历史时，一直试图对此作出解释。小说结束于汤姆的哥哥迪克的跳河失踪事件。迪克的老板斯坦·布思面对突如其来的事件困惑不解，他对汤姆说："那么这到底是怎么——？"（第334页）整部小说的叙事在他的质问中结束了。这样，小说以弗雷迪的死亡始，又以迪克的死亡终，这种重复性叙事形成了结构上的循环，暗示着汤姆走不出一次又一次的创伤，无法看到未来。而且，《水之乡》各章节之间也并非没有联系，斯威夫特在将连续性的叙事拆散、打断的同时，又采用奇特的"跨行"形式，使它们在形式上前后相连。比如有一章的结尾是"让我告诉你"，下一章的开头则是"关于……的事情"。这种结构形式使得小说整体上像一个网络，既不断打破线性叙事，将故事分割成一个个片段，同时又在形式上小心翼翼地将这些片段串联起来，并使叙事在小说的最后回到了小说的开始。虽然汤姆在小说开始时希望自己的历史叙事是"完整的、最终的版本"(第7页),但是真正意义上的历史,是没有开始也没有结束的。

除了网状的叙事结构之外,在《水之乡》中,斯威夫特还有意建构一种空间化的历史,或称"自然历史"。小说中的许多地点(格林尼治区、芬斯洼地)都被赋予了时间方面的重要意义。汤姆和玛丽现在居住在英国的格林尼治区,他们经常去零度经线穿过的格林尼治公园散步。零度经线也称本初子午线,是世界计算时间和地理经度的起点,本身即象征了在时间(空间)上起点与终点的合二为一。苏忱认为"它在小说中也暗指不可超越的创伤点,无论人们怎样规避创伤,怎样试图逃离那个创伤点,最终仍不可避免地要面对它"[①]。因此,汤姆和玛丽站在这一交会点上,无法迈步。如汤姆所感慨的那样:

> 我们是多么渴望——有一天你们也会渴望——回到历史攫住我们之前、一切尚未出错之前的时间。我们甚至渴望回到那个金色七月的晚上,尽管那时已经出错,但还没有达到像后来那样不可收拾的地步。(第118页)

汤姆在对历史的反思中得出一个结论——历史是从"出错"开始的。他将弗雷迪凶案发生之前的时间说成汤姆和玛丽"史前的青春骚动期"——"那是在我和玛丽十五岁的时候,史前的青春骚动期,我们本能地、不需要事先安排地来到我们的约会地点。"(第46页)那时汤姆和玛丽生活在时间和历史之外,但随着一系列事件的发生,他们走进了历史,走进了时间。汤姆认为在历史的建构中,重要的不只是时间,更是空间(由人物、地点、时间构成的一个个场景),他将其称为"此时此地"。

[①] 苏忱:《再现创伤的历史》,苏州大学出版社2009年版,第131页。

"此时此地"是一个记忆中时间与空间的结合体,他们如同一个个历史地图中的坐标,共同勾勒出了个人历史的空间图形。而在这些"此时此地"中,芬斯洼地无疑是汤姆构建个人、家族史中最重要的时间和空间坐标。以下结合汤姆的"自然历史"观对此展开论述。

汤姆将由宏大叙事建构的历史(如革命、帝国等)称为"人造历史"(artificial history),他叙述自己的历史,讲述发生在自己身上的一个个"此时此地",是为了将历史还原为本来的状态,建构一部"自然历史"(natural history)。如一些论者指出的,芬斯洼地是"自然历史"的隐喻和象征。根据汤姆的讲述,芬斯洼地上世代生活着两大家族,"多痰"的克里克"水系"家族和乐观的阿特金森"土系"家族。阿特金森家族治水有方,其祖先请来排水灌溉专家积极改造地貌,进而振兴经济、图谋政治、颠倒风化,从而履行人类文明的一切程序,以标准化的方式"创造历史"。而克里克家族一直被排除在该地区的主流之外,他们在洼地上一直过着一成不变的生活,从事着同样的工作——与淤泥抗争,他们周而复始的劳作与前面提到的汤姆母辈阿特金森家族的进步史形成对照。

汤姆讲述了阿特金森家族在18、19世纪的兴盛,也讲述了这个家族的衰败及其在大火中的覆灭。汤姆借此想要说明的是,任何"人造的历史"(如阿特金森家族的"进步"史、"帝国"神话)都难免颠覆的命运,历史是一个循环的过程。如黄昱宁指出的,在《水之乡》的结局中,汤姆既是故事的讲述者,也是两个家族史的终结者——汤姆的妻子玛丽因堕胎不当而终身不孕,两个家族就此都失去了血脉传承——"个人史归零的同时,芬斯也在一夜间遭大水淹没,'陆地文明'瞬间消弭于沼泽(waterland),回到'史前史'。"[①] 换句话说,斯威夫特讲述的个人史、家族史与

---

① 黄昱宁:《从〈水之乡〉到〈杯酒留痕〉看斯威夫特的创作史》,http://book.sohu.com/20100125/ n269805712.shtml, 2011年12月16日。

自然地理（空间）是密切相关的，芬斯洼地（第3章）、长期生活于其中的鳗鱼（第26章）、梭子鱼（第45章）以及流淌而过的乌斯河（第15章），零度经线（第16章），都被作者以单独的章节标题的形式编织进他所讲述的个人、家族史中。与此同时，他还穿插进了法国大革命、攻占巴士底狱（第14、第23、第25、第37章）等宏大历史事件。笔者认为斯威夫特在《水之乡》中这么一种章节安排形式是对他在小说中一再提及的"自然历史"观的具体践行。在斯威夫特看来，"自然历史"不同于"人造的历史"，"它（自然历史）哪里也不去。它坚持自我。它永恒地返回它的原点"（第185页），如同洼地"从未被开垦完，只是一直被开垦着"，时刻都受海水的侵蚀，都有淤泥的沉积。

汤姆由此展示了历史的另一面——"它一次向两个方向前进。它在前进的同时也在后退。它是个循环。它迂回曲折。别以为历史是个纪律严明、不屈不挠的方阵，会始终不渝地向未来迈进。"（第117页）在汤姆看来，历史"并没有进步，它并不通向哪里。因为随着'进步'的进步，世界也会悄悄溜走"（第319页）。真正的历史应该是"自然历史"，如同洼地以及亘古以来生存于其中的鳗鱼：

> 它们（鳗鱼）一直这样生活着，重复着这古老如史诗般的故事，远在亚里士多德认定它们出自泥土之前。在普林尼提出他的岩石摩擦说时，在林奈提出他的胎生说时，它们就这样生活着了。当法国人冲破巴士底狱时，当拿破仑和希特勒在谋划进攻英国的时候，它们也这样生活着。而在1940年7月的一天，当弗雷迪·帕尔从捕鳗的陷阱中拣起它们当中的一员，塞入玛丽·梅特卡夫藏青色的内裤时，它们仍然这样生活着，重复着祖先们代代相传的这远渡重洋的生命之旅。
>
> （第184页）

由此可以看出，"自然历史"拒绝线性时间以及与之相关的革命（如"法国人冲破巴士底狱"）、战争（"拿破仑和希特勒在谋划进攻英国"）的"进步"神话。传统上一般认为革命是"朝向未来的纵身一跃"（第119页），可以去除"过去"的包袱、满怀欢喜地进入未来的"黄金时代"。斯威夫特指出，革命不可避免地带有"退化倾向因素"——"革命宣称要建立一个新秩序，但其实受制于最根深蒂固的历史信念"（第123页），这就解释了为什么毁灭、屠杀、大战这些事件在历史中一再重复上演。这些创伤性事件是人类历史长河中的一个个"此时此地"，它们串联起来并非构成了一部"进步"的人类历史，而是绘就了一幅与"此时此地"的时空坐标相对应的关于历史地点的图示。在这幅历史地图中，战争、屠杀等宏大历史事件、弗雷迪将鳗鱼塞入玛丽内裤中这一"卑微"个人琐事、鳗鱼穿越大西洋的循环往复的生命之旅等均被罗列其中，共时性并存，一起阐释了好奇心、生命之爱等自然天性中"既古怪又神奇的东西"，探索这些"未解的谜中之谜"（第185页）。

总之，斯威夫特在《水之乡》中打破传统的线性叙事，建构了具有明显空间化特征的"自然历史"。如前面提到的，这部"自然历史"由一个个"此时此地"的时空坐标构成，时间随汤姆记忆的发散结构在过去、现在、未来之间随意穿梭，构成了一幅与空间相关的时间网络，类似于一部空间历史地图。斯威夫特的自然历史观与后现代地理学理论的倡导者爱德华·W. 苏贾等人的历史观不无契合之处。苏贾认为，人们对过去的研究往往偏重于历史的层面，沉湎于历史的想象；由此带来的直接后果是对地理、空间的漠视。苏贾严厉批判"历史决定论"及其对地理学想象的限制作用，倡导一种历史的地理的唯物主义，即对空间、时间和社会存在的辩证关系进行根本性的再思考。在研究历史时，他主张对其进行共时性的"构造"（configuration），即将历史空间化。

苏贾理想中的历史研究模型是一种"与社会空间的声场纠缠在一起的历史的建构,是对历史地理学的构筑"①。福柯也强调地理学的方法在历史研究中的重要作用,他指出:"地理学为那些因素之间的关系建立渠道,提供可能性的支持和条件……地理学必须处于我探索问题的中心。"②在这个意义上可以说,斯威夫特在《水之乡》中对历史叙事的空间化(或者说地理学化)进行了有效的尝试,他以空间历史地图的形式,对传统的、线性的、进步的历史叙事和观念进行了深刻的批判,同时亦凸显了被线性历史叙事所遮蔽的空间、知识和权力之间的联系。

在《权力/知识》("Power/Knowledge")一文中,福柯声称:"一种完整的历史,需要描述诸种空间,因为各种空间在同时又是各种权力的历史(这两个术语均以复数形式出现)。这种描述从地理政治的大策略到居住地的小战术。"如果说福柯为后现代地理学规划了如上愿景(空间的历史、权力的历史),斯威夫特《水之乡》中的空间化、网状化的历史叙事模式,则是对这一愿景的具体践行。仍以上面所引的有关鳗鱼的那一段话为例,一方面是鳗鱼亘古不变的远渡重洋的自然生命之旅;另一方面是人类历史长河中的杰出人物和所谓重大历史事件:亚里士多德、普林尼、林奈、法国人冲破巴士底狱、拿破仑和希特勒谋划进攻英国。有趣的是,斯威夫特还将弗雷迪将鳗鱼塞入玛丽内裤中这一无足轻重的个人琐事纳入这一历史地图之中。各个事物(事件)之间貌似毫无关联,却在"鳗鱼"这一点上存在某种交叉。可以说,《水之乡》是一部以文学的形式探讨后现代主义历史叙事理念的作品。

综上所述,新维多利亚小说中的空间叙事模式,既迎合了福柯等人一

---

① [美]爱德华·W. 苏贾:《后现代地理学——重申社会理论中的空间》,王文斌译,商务印书馆2004年版,第19页。
② 转引自[美]爱德华·W. 苏贾《后现代地理学——重申社会理论中的空间》,王文斌译,商务印书馆2004年版,第31页。

再呼吁的后现代文化的"空间化转向"这一时代精神，又是我们站在当下语境中重新认识维多利亚历史与传统的重要方式。过多意识形态承载的传统线性历史叙事（宏大叙事），既不利于我们认识真实的维多利亚历史，也隔断了维多利亚历史、传统与我们当下的关联。空间化的历史有效地容纳了不同的时间和空间，将维多利亚和当代的人物和事件并置起来，有利于在两大时空之间的共时性对话中接近，并努力还原历史的真相。

新维多利亚小说较之大众文化领域内的空间叙事，具有较强的批判意识和反思精神，但是它也具有这一叙事形式不可避免的局限性——历史深度感的丧失。由于新维多利亚小说大量运用场景转换（从一个空间到另一个空间的转换）来表现人物、叙写情景，因此导致了大量事象在空间的维度上聚集而不是在时间维度上展开，而且这种聚集往往缺乏逻辑关联，只是呈现为一种松散、凌乱的堆集、排列。这样的结构方式，在提供两大时空之间的对话性功能之外，不可避免地致使小说丧失了时间上的深度感，因此维多利亚时期的历史在新维多利亚小说的叙事再现中，往往显得更加遥远和陌生，成了在时间的碎片中漂浮不确定的所指，一个"遥远的异国他乡"。

第四章　叙事声音：众声喧哗的对话性历史

叙述声音的观念一旦融会于米哈伊·巴赫金所谓的"社会学诗学"，我们就可能把叙事技巧不仅看成是意识形态的产物，而且还是意识形态本身。

——苏珊·兰瑟①

历史展现出现在与过去的一种对话，在这种对话中，现在采取并保持着主动。

——雷蒙·阿隆②

历史是历史学家跟他的事实之间相互作用的连续不断的过程，是现在跟过去之间的永无止境的问答交谈。

——爱德华·霍列特·卡尔③

---

① [美]苏珊·兰瑟：《虚构的权威：女性作家与叙事声音》，黄必康译，北京大学出版社2002年版，第4页。
② [法]雷蒙·阿隆：《历史意识的范围》，田汝康、金重远《现代西方史学流派文选》，上海人民出版社1982年版，第97页。
③ [英]卡尔：《历史是什么》，陈恒译，商务印书馆2007年版，第287页。

第四章 叙事声音：众声喧哗的对话性历史

诚如科林伍德（Robin George Collingwood）所言，"每一个现在都拥有它自己的过去，任何想象地重建过去，都是以重建现在的过去为旨归"①，任何形式的历史书写均无法逃脱当下意识形态和历史文化语境的参与，都是"过去寓于现在"（the presence of the past）。在这个意义上，雷蒙·阿隆（Raymond Aron）提出"历史是现在与过去的一场对话"；卡尔（Edward Hallet Carr）声称"历史是现在跟过去之间的永无止境的问答交谈"。虽然目前学界很少有"对话性历史"（dialogic mode of history）的提法，但历史叙事"寓过去于现在"的对话性特征，为大多数后现代史学家认可和接受。历史小说作为通常意义上的虚构性文学作品，自有超脱纪实性历史叙事作品的一面，故而在新维多利亚小说中，历史与现实的对话性特征表现得尤其突出。也是在这个意义上，笔者认为新维多利亚小说作家试图建构一种游离于维多利亚历史和当代社会现实之间的"众声喧哗的对话性历史"。

在评论新维多利亚小说对维多利亚历史时期的重访（revisiting）时，罗萨里奥（Rosario Arias Doblas）指出，"新维多利亚作家像历史学家一样，构建了过去和现在的对话。通过历史叙事，他们一直试图为过去招魂，将过去活生生地展现在我们面前"②。在阅读过程中，我们发现来自维多利亚时期的过去的声音和现在叙述者的声音常常交织在一起，生者和死者跨越时空的障碍进行对话，文本也相应地呈现出众声喧哗的开放性特征。在《法国中尉的女人》《占有》《水之乡》《从此以后》等双层时空并置的小说中，维多利亚时期和当代的叙事声音往往形成直接的对话关系。在《天使与昆虫》等单一时空的小说中，当代叙事声音也以各种形式（比

---

① 转引自黄进兴《后现代主义与史学研究》，生活·读书·新知三联书店2008年版，第247页。

② Rosario Arias Doblas, "Talking with the dead: revisiting the Victorian past and the occult in Margaret Atwood's *Alias Grace* and Sarah Waters' *Affinity*", *Estudios Ingleses de la Universidad Complutense*, Vol. 13, 2005, pp. 85–105.

如"代言",作者式叙事干预等)不时插入,对讲述的维多利亚时期的故事进行意识形态修正。如席拉说的,"新维多利亚小说是建立在质疑我们对历史知识的确定无疑的认识,用修正主义的方法来重构过去这一救赎性的叙事动机之上的"①。

具体来说,新维多利亚小说中的对话主要表现在以下三个方面:作者与人物之间的对话(《法国中尉的女人》),作者与亡者之间的对话(《占有》《婚姻天使》),边缘与中心的对话(《水之乡》)。这些对话打破了传统历史叙事中的话语独白和权威叙事声音,表现了新维多利亚作家在过去与现在之间建构对话性历史的努力。

第一节 众声喧哗的对话性历史

除了叙事模式、叙事的时间和空间之外,叙事声音也是新维多利亚小说区别于传统维多利亚小说的另一重要特征。在对"对话性历史"进一步论证之前,首先有必要对"叙事声音"(narrative voice)略加界定。"叙事声音"在经典叙事学中是一个十分重要的概念,它通常与讲述者联系在一起,包括叙述者声音、隐含作者的声音、人物声音等。但经典叙事学对"声音"的研究主要集中于叙事的形式结构层面,关注声音来自何方,谁将它说出来等诸如此类的问题,以区分存在于叙事文本中的不同声音。后经典叙事学中的"声音"远远超越了原来的研究维度,表现出与主体身份、意识形态、权利政治等文本外在因素的关联。

詹姆斯·费伦(James Phelan)在《作为修辞的叙事》(*Narrative as*

---

① Dana Shiller, "The Redemptive Past in the Neo-Victorian Novel", *Studies in the Novel*, Vol. 29, No. 4, 1997, pp. 538–560.

Rhetoric)一书中指出:"尽管以文体为中介,声音就像巴赫金所说,比文体具有更多的意味,在某种意义上终将是超文本的。声音是文体、语气和价值观的融合。"① 在这一定义中,"声音"涵盖了"文体""语气"和"价值观"三个方面,表现了费伦在叙事的形式结构和意识形态话语两方面进行融合的努力。以苏珊·兰瑟(Susan Lanser)为代表的女性主义学者更是直接"将叙述形式和社会身份联系起来"②,认为"叙事载负着社会关系,因此它的含义远远不止那些讲故事应遵守的条条框框。叙事声音和被叙述的外部世界是互构的关系"③。在《虚构的权威——女性作家与叙事声音》(Fictions of Authority)一书中,她将建构叙事声音作为寻找和重构失落的女性历史和传统的重要手段。在她看来:"在各种情况下,叙事声音都是激烈对抗、冲突与挑战的焦点场所,这种矛盾斗争通过浸透着意识形态的形式手段得以表现。"④ 她还具体区分了女性主义理论和经典叙事学对"声音"的不同理解:

> 女性主义者所谓的"声音",通常指那些现实或虚拟的个人或群体的行为,这些人表达了以女性为中心的观点和见解。比如,女性主义者可能去评价一个反抗男权压迫的文学人物,说她"找到了一种声音",而不论这种声音是否在文本中有所表达。叙事学理论家则不然,他们所谓的声音通常是指形式结构,与具体叙述行为的原因、意识形态或社会寓意无关。⑤

---

① [美]詹姆斯·费伦:《作为修辞的叙事:技巧、读者、伦理、意识形态》,陈永国译,北京大学出版社 2002 年版,第 20 页。
② [美]苏珊·兰瑟:《虚构的权威:女性作家与叙事声音》,黄必康译,北京大学出版社 2002 年版,第 21 页。
③ 同上书,第 3 页。
④ 同上书,第 7 页。
⑤ 同上书,第 4 页。

苏珊认为女性主义理论在"声音"的使用上过分追求意识形态，难免有失严谨和精确；而叙事学理论家为了形式的精确而舍去意义，过于追求实证，"不能提供具有政治意义的理论范畴"①。与费伦一样，她认为后经典叙事理论应当将叙事的形式技巧和意识形态结合起来，而两者结合的途径就是巴赫金的文学和文化理论。她指出："一旦融会于米哈伊·巴赫金所谓的'社会学诗学'，我们就可能把叙事技巧不仅看成是意识形态的产物，而且还是意识形态本身。"所以在叙事声音的意识形态转向中，巴赫金（M. M. Bakhtin）的复调理论起到了重要的作用。在《陀思妥耶夫斯基诗学问题》（Problems of Dostoyevsky's Poetics）一书中，巴赫金将复调小说的特征描述如下：

  有着众多的各自独立而不相融合的声音和意识，充分价值的不同声音组成真正的复调，这确实是陀思妥耶夫斯基长篇小说的特点。在他的作品里，不是众多性格和命运构成一个统一的客观世界，在作者统一的意识支配下层层展开；这里恰是众多的、地位平等的意识连同它们各自的世界，结合在某个统一的事件之中，而互相间不发生融合。②

在这个定义中，巴赫金强调"有着众多的各自独立而不相融合的声音和意识"以及它们相互之间的平等对话关系。换而言之，作者和作品中的人物在对话中形成的"声音"的错杂、意识的纷陈，是"复调"（Polyphony）最重要的特征。在这里，巴赫金赋予"声音"以特别的意义，指通过语言表现出来的某人思想、观点及态度的综合体。巴赫金认为"复调小说

---

① ［美］苏珊·兰瑟：《虚构的权威：女性作家与叙事声音》，黄必康译，北京大学出版社2002年版，第4页。

② ［俄］巴赫金：《陀思妥耶夫斯基诗学问题》，白春仁、顾亚铃译，生活·读书·新知三联书店1988年版，第29页。

第四章　叙事声音：众声喧哗的对话性历史

整个渗透着对话性。小说结构的所有成分之间都存在着对话关系"①。对话可分为"大型对话"（macro‑dialogue）和"微型对话"（micro‑dialogue）。巴赫金指出："在这个'大型对话'中，听得到结构上反映出来的主人公对话……对话还向内部深入，渗进小说的每种语言中，把它变成双声语，渗进人物的每一个手势中、每一面部表情的变化中……这已经是决定陀思妥耶夫斯基语言风格的'微型对话'了。"② 具体来说，大型对话强调小说在交流语境和文本的总体构形原则上具有的对话关系，包括作者与读者（社会）的对话关系、作者与作品主人公的对话关系、主人公之间的对话、小说总体艺术结构上的地位和对话关系等。对话渗透到具体艺术情境中，就会形成"微型对话"。"双声语"（double‑voiced discourse）则是微型对话的最重要形式。巴赫金指出："他人的话语被我们纳入自己的语言中之后，必定又要得到一种新的理解，即我们对事物的理解和评价，也就是说要变成双声语。"③ 双声语是在一个声音中融入其他人的声音，在一个主体话语中包蕴他人话语及其意向，从而形成和声，构成话语的双声性。无论大型对话还是微型对话，强调的都是小说中的叙事声音。"话语的杂多"与不同意识之间的"平等对话"，是复调小说最核心的内容。

新维多利亚小说是巴赫金意义上的复调小说。在开放性的文本结构中，各种声音均参与了对历史的言说，小说呈现为"话语的杂多"的对话性特征。由于叙事声音不同，虽然同是讲述维多利亚时期的故事，新维多利亚小说与传统的维多利亚小说在许多方面都是大异其趣。在这一点上，《简·爱》和《藻海无边》为我们提供了很好的例证。这两部作品叙述同一个故事，但因为叙事声音和意识形态不同，总体风格上迥然相异，读者

---

① ［俄］巴赫金：《陀思妥耶夫斯基诗学问题》，白春仁、顾亚铃译，生活·读书·新知三联书店1988年版，第76页。
② 同上书，第77页。
③ 同上书，第267页。

在阅读的过程中绝不会把它们混淆开来。

在《简·爱》中,夏洛蒂将叙述话语权完全授予了简·爱,她的叙事声音贯穿全书,"几乎是不容分说地、强烈地突出了一种立场"[1]。弗雷德里克·哈里森(Frederic Harrison)感慨道:"这个相貌平平、身体弱小的家庭女教师凌驾于全书之上,她的身影出现在小说的每一页,书里出现的每一件事物和每一个人都不是我们在现实生活中能看到和知道的,但他们都是这个几乎从未出过远门的乡村姑娘锐利眼光中的成相。"[2]然而这本小说虽然为白人少女简赢取了绝对话语权、"在为女性个人叙事声音争取权威方面无先例可鉴"[3],却也不可避免地压制了其他的叙事声音,剥夺了"他者"的叙述话语权。

在《藻海无边》中,简·里斯把话语权交给了疯女人伯莎,从安托瓦内特·伯莎的角度讲述她何以变疯的故事。里斯没有使用《简·爱》中"单一"的权威性叙事声音,而是采用了多声部、多视角的叙事方式,使得安托瓦内特与罗契斯特的叙述话语并存,在形式层面上体现了两者的平等和冲突关系,而不是《简·爱》中单向的主体与客体、言说与被言说的不平等关系。这种双重乃至多重声音交替叙述的策略,打破了《简·爱》中勃朗特设定的单一声音,避免了某一方声音绝对地压倒另一方声音的做法,从而使得《藻海无边》成为巴赫金意义上的对话型小说。此外,这种多元的、非线性的叙事建构,对源文本线性结构的独白权威也构成了干扰和颠覆,使得先前被压抑的众多隐性文本涌现出来,进而淹没象征着"父法"的显性文本,从而有力地反抗了勃朗特有意无意建构的文本政治。

---

[1] [美]苏珊·兰瑟:《虚构的权威:女性作家与叙事声音》,黄必康译,北京大学出版社2002年版,第202页。

[2] Fredric Harrison, "Charlotte Bontë's Place in Literature", in Kenneth Graham, ed. *English Criticism of the Novel* 1865 – 1900, Oxford: Clarendon Press, 1964, p. 129.

[3] [美]苏珊·兰瑟:《虚构的权威:女性作家与叙事声音》,黄必康译,北京大学出版社2002年版,第202页。

第四章 叙事声音：众声喧哗的对话性历史

《藻海无边》中，简·里斯虽然没有以作者侵入的方式直接发出自己的声音，可是安托瓦内特完全是她意识观念的载体。换句话说，简·里斯是站在后现代语境下，以后殖民的理论视角在为殖民地被父权和帝国霸权"逼疯"的伯莎"代言"（ventriloquism）。新维多利亚小说这种特殊的书写过去的方式，也被称之为"幽灵书写"（hauntology）、"闹鬼的小说"（ghostwriting）。新维多利亚作家不仅互换了维多利亚经典文本中来自边缘和中心的叙事声音，而且还试图通过"代言"的方式，将后现代的意识形态话语植入19世纪的历史文本中，在维多利亚时期和后现代两大时空之间进行共时性对话。

由于突破了传统的独白性历史叙事，释放出了在历史上久被压制的声音和话语，新维多利亚小说最终成了一个充斥着不同声音和各种意识的对话场。艾米·伊莱亚斯（Amy J. Elias）在分析第二次世界大战以后的新历史主义小说创作时曾提出"对话性历史"的概念。她指出："1960年以后的历史小说中存在着一种明显的趋势：它们对历史的再现，往往表现为借助元历史罗曼司的叙事形式以重复和延滞的方式无限接近历史的崇高。"[1]她还说，"如果殖民主义的历史和帝国思想构建了以个人的自我实现为范式的线性历史，元历史罗曼司则对历史的再现表现为'一种奇特的重复冲动'，一种自我的迷失，一种无限重复的由中心到边缘的行程"[2]。在伊莱亚斯看来，这一过程并非对历史的确定性予以简单的拒斥，而是为了找寻"历史的崇高"进行的一次次令人沮丧的尝试。"尽管对历史的崇高的诉求永远无法达到，但是人们为了了解自己的起源，了解过去存在的意义，一

---

[1] Amy J. Elias, "Metahistorical Romance, the Historical Sublime, and Dialogic History", *Rethinking History*, Vol. 9, 2005, pp. 159–172.
[2] Ibid..

直不懈地向着欲望前进。"① 伊莱亚斯指出,在这种朝向"历史的崇高"的过程中,历史和现实之间的对话极其重要,因为只有对话,才能打破一方对另一方的话语主导,才有可能最大限度地接近历史的真相。

历史人物已逝,如何才可能与正在发生的现在展开对话?伊莱亚斯提出了一个理论:"我们不应该把过去看成一样东西或者一个由文字组合而成的僵死的集合,而是应视其为在时间上先我们而存在的活着的人发出的声音。"② 笔者认为这种观点与我们提出的新维多利亚小说的"幽灵书写"表达了类似的精神内涵。由于"幽灵书写"打破了传统的时空概念,逝者的声音在文本中徘徊、游荡,透过这些幽灵的声音,作家和读者可以触摸过去,将过去与飞逝而过的现在联系起来。那么问题是,过去的声音不可能以在场的方式真正参与到对话之中,它必须经过当代作家的意识形态还原,那么这么一种对话又有什么意义?伊莱亚斯认为"挖掘过去的声音,并与其进行活生生的对话的欲望,是为了重新建构我们自身以及新的现实"③。她指出,"虽然这种对话不会给出任何承诺,但它为我们提供了一种暗示、一个希望以及通过与他者交流获得自我认知的一种可能性"④——"我们一次次地转向过去,寻求的并非结局而是创造性的开放性"⑤,在对话中去理解历史的本质以及过去与现在的关联。在下面的论述中,笔者围绕《法国中尉的女人》《占有》《天使与昆虫》《水之乡》,采用形式结构分析与意识形态解读相结合的方法,探讨新维多利亚小说中不同层次的叙事声音,以及这些声音之间如何实现相互的对话和交流。

---

① Amy J. Elias, *Sublime Desire: History and Post-1960 Fiction*, Baltimore: The Johns Hopkins University Press, 2001, p. xviii.
② Amy J. Elias, "Metahistorical Romance, the Historical Sublime, and Dialogic History", *Rethinking History*, Vol. 9, 2005, pp. 159–172.
③ Ibid..
④ Ibid..
⑤ Ibid..

第二节　自由与权威：作者与人物的对话

德里达的"幽灵学"以"幽灵"超越二元逻辑的特点对话马克思主义，并采用解构的策略将其无限"延异"。新维多利亚小说的"幽灵书写"也具有同样的叙事动机——它是后现代作家解构传统历史书写中的话语霸权的重要叙事策略。如果说德里达《马克思的幽灵》"发动了一场以幽灵的'游荡学'对抗传统形而上学本体论的革命"[1]，那么，新维多利亚小说之于传统的线性历史书写的意识形态冲击，也具有类似的革命性效果。

我们知道，传统的现实主义小说，一般拥有一个"权威"的叙事声音。在这些小说中，事件往往按照因果逻辑排列，在叙述结构上也以时间的连续为发展线索，追求时间维度上的纵向延伸和有头有尾的历时形态。巴赫金将这类小说称之为"独白小说"，认为它们反映了一个由作者单一意识支配的、统一的、完整的单线闭合式结构。列维-斯特劳斯也指出，"任何历史的'整体一致性'都是'故事的一致性'，而这必须通过修改、剔除一些事实以使其他事实适合于故事形式来实现"[2]。琳达·哈琴更是一针见血地批评道，"历史和叙事的连续性均是出自人为的等级建构，属于异性恋的西方白人中产阶级男性"[3]。因此，要从根本上解构主流历史叙事中权利和意识形态对边缘历史的压制，首先就要废除对历史"连续性"的错误认识，恢复其"间断性"之本质，通过"历史空间化""时空压缩"

---

[1] 贺翠香：《意识形态的"幽灵性"》，《中国哲学年鉴2007》。
[2] Claude Levi-Strauss, "Overture to le Cru et cuit", trans. Joseph H., *Yale French Studies*, 1996, p.57.
[3] ［加拿大］琳达·哈琴：《后现代主义诗学：历史·理论·小说》，李杨、李锋译，南京大学出版社2009年版，第49页。

等叙事策略，使来自历史与当下、主流和边缘的各种不同的声音和话语均参加进来，建构"话语杂多"的对话性历史文本。

在《叙事话语：传统与现代之别》一文中，有论者区分了《简·爱》和《法国中尉的女人》中的叙事声音，并指出由于《法国中尉的女人》大量运用"叙事拼贴"，导致了"叙事空间的显著扩张"，强化了"叙事话语与生活现实间既发人感悟又彼此间离的关系"。[1] 她还论述了各种形式的叙事拼贴（如章首题词、联想议论等）与小说文本形成的互文关系，最终形成一种"读者置身其间，势必经受其立体综合作用的以文化心理为特征的阅读效应场"[2]。在这个"阅读效应场"中回荡着各种不同的声音：第三人称全知叙述者、现代叙述者、元叙述者，主要人物查尔斯、欧内斯蒂娜、格罗根医生，甚至可恶的波尔坦尼太太，都在发出自己的声音。福尔斯援引了大量维多利亚时期的历史资料——马克思、达尔文、各种委员会的调查报告，也在以自己的方式进行言说。这整体上使得《法国中尉的女人》成了各种意识形态和理论话语的对话场，充分展示了巴赫金复调小说的对话性、开放性和未完成性特征。下面笔者以作者和人物之间的对话为例，论证《法国中尉的女人》中的不同叙事声音之间的平等对话关系。

在《陀思妥耶夫斯基诗学问题》中，巴赫金指出，陀思妥耶夫斯基的小说，创造了文学史上作者与主角的全新关系："他创造出来的不是无声的奴隶，而是自由的人；这自由的人能够同自己的创造者并肩而立，能够不同意创造者的意见，甚至能反抗他的意见。"[3] 换句话说，在巴赫金看来，复调小说中的主角具有独立的主体意识，能够以自由的主体身份，与

---

[1] 张敏：《叙事话语：传统与现代之别》，张敏《冰点的热度：比较文学和世界文学论集》，山西人民出版社2002年版，第177页。

[2] 同上。

[3] ［俄］巴赫金：《陀思妥耶夫斯基诗学问题》，白春仁、顾亚铃译，生活·读书·新知三联书店1988年版，第28—29页。

第四章 叙事声音：众声喧哗的对话性历史

作者进行平等地对话。由于作者与主角具有平等的地位，两者的声音谁也不压倒谁，相互交响重叠，在争论、质询中，构成了叙述话语的复调或多声部（heteroglossia）。有鉴于此，巴赫金将"有着众多的各自独立而不相融合的声音和意识""充分价值的不同声音组成的多声部"① 界定为复调小说的主要特征。

在《法国中尉的女人》的前言页中，福尔斯即宣称小说是写"在一个毫无自由的社会里，一个地位卑贱的女子如何获得自由"②。可以说"自由"是贯穿《法国中尉的女人》的一个主要主题，但笔者认为这部小说并没有局限于主角萨拉和查尔斯对自由的追寻，而是在元小说的层面上将自由的主题延伸至小说创作中作者和人物的关系，并在某种程度上暗合巴赫金的理论。福尔斯在小说的第十三章借元叙述者之口对作者的地位和人物的自由等问题进行了专门的论述，他认为在传统的小说中，"小说家的地位仅次于上帝。他并非知道一切，但他试图装成无所不知"（第67—68页），于是人物成了他手中的牵线木偶，"小说家只要拉对了线，他的傀儡就能表现得活灵活现"，因此"第一章所预见的未来，到了第十三章不可避免地必定成为现实"（第67页）。但这并不符合创作的实际，或者说按照这种方法写出的小说必定是僵死的，毫无真实性可言。接下来他发表了一番有关现代小说中作者地位问题的著名论断：

> 小说家仍然是一种神，因为他还在创作（即使是最捉摸不定的先锋派现代小说也未能完全排除作者在其中的影子）。已经改变的是，我们不再是维多利亚时代之神的形象：无所不知、发号施令，而是新

---

① ［俄］巴赫金：《陀思妥耶夫斯基诗学问题》，白春仁、顾亚铃译，生活·读书·新知三联书店1988年版，第29页。
② ［英］约翰·福尔斯：《法国中尉的女人》，刘宪之、蔺延梓译，百花文艺出版社1986年版，"中译本前言"。

的神学时代之神的形象：我们的第一原则是自由，而不是权威。（第68页）

这段话包含两层意思。首先小说家应以自由为第一原则。如何实现所谓的"自由"呢？福尔斯认为小说家若想获得自由，必须让其人物自由：查尔斯、蒂娜、萨拉，甚至讨厌的波尔坦尼太太，都应自由。他举了一个例子，当查尔斯离开悬崖边上的萨拉时，他曾命令他直接返回莱姆里季斯，但查尔斯没有那样做，而是毫无理由地转过身，到奶牛场去了，因为"这主意来自查尔斯，而不是我自己的。他已经开始获得了一种自主权，我必须尊重他，放弃我为他制定的一切半神圣的计划"（第68页）。福尔斯认为，唯其如此，小说才能反映一种更高的真实，因为真实的世界应该是独立于其创造者之外的："只有当我们的人物和事件开始不听从我们指挥的时候，他们才开始有了生命。"（第68页）福尔斯这段有关自由的论断与上述所引巴赫金的言论，即复调小说中"主角不是沉默无语的奴隶，而是自由者，他们能够与他们的创造者并驾齐驱，并能够不赞成甚至反叛他们的创造者"，无疑是异曲同工。

在作者与人物的关系上，福尔斯认为给人物以自由只是第一步，接下来就是作者与人物的平等对话。在小说的第五十五章，福尔斯安排了一个作者与查尔斯共处一节头等车厢的场景：他就坐在查尔斯的对面，审视着昏睡的查尔斯，试图对其有所了解，并思考着如何利用、处置这个人物。他曾经想把查尔斯的故事结束在去伦敦的路上，但考虑查尔斯和萨拉的要求，似乎违背了给人物以自由的原则。因此他放弃了这个武断的想法，决定让冲突继续进行下去，自己只充当记录的角色。在这里，福尔斯的观点也暗合巴赫金在《诗学与访谈》中谈到的作者意识和他人意识的关系问题。巴赫金指出：

第四章 叙事声音：众声喧哗的对话性历史

（复调小说中）作者的意识不把他人意识（即主人公们的意识）变为客体，并且不在他们背后给他们作出最后的定论。作者的意识，感到在自己的旁边存在着平等的他人意识，这些他人意识同作者意识一样，是没有终结，也不可能完成的。①

在上面那段戏剧化的场景中，福尔斯的作者意识感受到查尔斯和萨拉平等的主角意识的存在和抵抗，因此他决定放弃原来的计划，遵循自由的原则，为小说提供一个开放的、不确定的结尾。小说中这段有关作者和主角正面交流和冲突的描写尤为精彩：

我发现查尔斯已经睁开了眼睛，正望着我。此时他眼睛里流露出来的不仅仅是讨厌，他认为我如不是赌棍就是精神错乱。我回敬了他厌恶的目光，把银币放回了我的钱包里。（第293页）

作者和查尔斯的相互对视标志着作者的视野与主角的视野发生了对话式的交流和冲突。查尔斯不满意作者通过掷银币为他设计另一种结局的轻率之举，或许他不会满足于任何一种结局，因为结局总意味着封闭和完成，而按照巴赫金的说法，"主角意识是没有终结，也不可能完成的"，一个具有敏锐而强烈的自觉意识的主角，只有充分了解和认识他的生命与存在的未完成性，才能达到自由的境界。但是作为作者的福尔斯，不可能听任他笔下的主角随心所欲，所以回敬了对方以厌恶的目光，因为说到底主角仍然是作者的创造，作者仍有责任为读者提供一种结局。这是一种悖论，也是一场作者与主角的博弈。福尔斯在小说中对此做了如实的描绘，这种态度本身即表明了他是巴赫金意义上的复调性作者，因为复调性作者，按照巴赫金的说法，其"职能就像一位高明的乐队指挥，他并不粗暴

---

① ［俄］巴赫金：《诗学与访谈》，白春仁、顾亚铃译，河北教育出版社1998年版，第90页。

地用自己的声音淹没所有乐声，而是按照一个整体的设计，把各种不同的乐声和谐地组成一首动人的乐曲"①。

　　由以上分析可知，福尔斯在《法国中尉的女人》中认识到传统历史叙事"客观性"背后隐含的意识形态力量。他采用元小说叙事的手法，不仅从话语层面去除了它的权威性和神圣性，而且充分揭露了赋予它虚假可靠性的方法论和叙事惯例的实质。《法国中尉的女人》完全打破了传统历史叙事的线性封闭结构——由各种"叙事拼贴"构成的庞大的互文关系网络，实现了各种叙事话语之间的对话和交流。福尔斯以自由为最高创作理念，拒绝将人物变成他手中的"牵线木偶"，赋予了小说中的人物与作者之间平等对话的权利，使小说文本充分体现了复调小说对话性、未完成性的特征。

第三节　代言：生者与亡者的对话

　　《法国中尉的女人》虽然是一部多元开放、众声喧哗的对话性历史叙事文本，然而较之《占有》（1990）以后的新维多利亚小说，"幽灵书写"的特征并不明显。这是因为现代叙述者在叙事的过程中随意出入文本，不需任何媒介即可与维多利亚时期的人物和历史传统直接对话，而且面对过去和亡者，叙述者的认同感并不强烈（他明显采用了反讽和戏仿的口吻），所以他对过去的重访，更多地类似于一种高高在上的"旁观"，一直在"指手画脚"，却没有和亡者形成一种更深层次的心灵交流。拜厄特《占有》《天使和昆虫》代表了新维多利亚小说的另一倾向——它们试图唤起

---

①　刘康：《对话的喧声》，中国人民大学出版社1995年版，第135页。

死者,以虚构的叙事文本为媒介,实现生者和死者之间的平等对话。而且,在这些小说中,一些超自然现象(比如幽灵、鬼魂、吸血鬼等)或者直接出现,或者在隐喻的意义上被理解和阐释。以下以《占有》《婚姻天使》为例,分析拜厄特新维多利亚小说中维多利亚时代的亡灵和当代读者之间的对话关系。

布鲁姆(Harold Bloom)在《影响的焦虑》中告诫当代作家,"我们并不是与死亡角逐的新人。我们更像向亡灵问卦的巫师,竖起耳朵想听听死者的声音"[1]。米歇尔·利文森(Michael Levenson)也指出,"创作历史小说的行为本身就是唤起死者,就是使已埋葬的过去复活"[2]。《占有》的扉页摘引了勃朗宁(Robert Browning)的诗歌《泥污先生:灵媒》("Mr. Sludge: the Medium"),在这首长诗中,诗人自称是神灵附体的泥污先生,滔滔不绝地为自己的问亡术辩护,声称经由自己的法术,生人可以与亡魂对话。有意思的是,这位灵媒先生将自己的虚幻法术与叙事的虚构性相提并论,并暗示两者之间同质的欺骗性:"到底需要多少谎言才能编造出你在此呈现给我们的郑重的真实?"(《占有》扉页)既在质问灵媒泥污先生,同时也是艺术家的自我反问。拜厄特摘引这首诗作为卷首引语成功地将对问亡术真伪的辩护扩展到文学创作中真实与虚构问题的永恒之争。在问亡术中,人们可以通过灵媒的心理暗示与死者进行对话,同样,读者也可以经由小说家这一媒介进入虚构的文本与历史对话。在这部作品中,拜厄特实则自比灵媒,希望通过自己的虚构艺术,当下的读者与维多利亚时期的前辈亡灵可以进行对话和交流。

《占有》不仅引用了勃朗宁的这首诗歌,而且还在几处次要情节提到

---

[1] Harold Bloom, *The anxiety of Influence*, Oxford: Oxford University Press, 1973, p. 57.
[2] Michael Levenson, "Angels and Insects: Theory, Analogy, Metamorphosis", in Alexa Alfer and Michael J. Noble, eds. *Essays on the Fiction of A. S. Byatt: Imagining the Real*, Westport, Connecticut and London: Greenwood Press, 2001, p. 172.

了神降会和问亡术。例如，有一次神降会，拉摩特和艾什都参加了——拉摩特希望与布兰奇的亡魂对话，艾什则想要问明与拉摩特所生孩子的生死下落。然而在《占有》中，唯灵论并没有构成作品的重要主题。它只是作为一种隐喻而存在，暗示拜厄特创作《占有》是要在虚拟的文本世界里实施一场今人与古人的想象性对话。而实现这一对话的重要途径就是作者的"代言"（ventriloquism 或译"腹语术"）。

"代言"是一个很难界定的概念，词源的意义上是指一种特殊的戏剧表演形式——腹语术，腹语者"巧妙地运用声音，使它听起来像从身体其他部位发出来的"①；在文学、文化批评理论中，通常指涉一种非直接的、隐蔽的话语和意识形态传达方式——如同腹语者不使用正常的发音器官可以传达语言、发出声音一样，当代新维多利亚小说家模仿维多利亚风格，"依据维多利亚时代词与词之间的关系"，构建了一个拟真的维多利亚历史时空，经由这一媒介，生者和亡者都可以发出自己的声音，并进行对话和交流。在《占有》中，拜厄特仿作了大量的维多利亚时期的日记、回忆录、来往信函，以及童话和诗歌等（仅诗歌就有1600多行），使得《占有》融合了不同的风格、样式和声音，整部小说无异于一个充满各种声音和意识的大型话语场。拜厄特曾说，"作为作家，我非常明白一个文本就是其中全部的词，不仅仅是那些词，还有以前的其他的词，驻留徘徊，在其中回响……"②，而"依据维多利亚时代词与词之间的关系，按照维多利亚的秩序，在维多利亚的语境下写作维多利亚的文字，是我所能想到的表明我们能聆听到维多利亚故人的唯一方法"③换句话说，拜厄特不仅意识到历史与现实是通过文本、通过词语联系起来的，还认识到采用维多利亚

---

① 参看百度百科"腹语术"，http：//baike.baidu.com/view/295862.htm，2012年3月11日。
② A. S. Byatt, *On Histories and Stories: Selected Essays*, London: Chatto and Windus, 2000, p. 46.
③ Ibid., pp. 46–47.

第四章 叙事声音：众声喧哗的对话性历史

风格写成的"代言"文本，是连接过去和现实的重要通道。

莱文森（Michael Levenson）曾指出，"拜厄特创作的新维多利亚小说，其力量就在于它们有力地表明：尽管我们的时代不是他们的时代，但他们的问题依然是我们的问题"[①]。拜厄特反对将当代社会现实与维多利亚的历史和传统完全割裂的行为，她主张回到维多利亚时代，在一个被科学和宗教之间的冲突所震动的世界里重新思考灵魂与肉体、精神与物质、生命与死亡等一系列问题。在《占有》中，拜厄特采用"代言"的形式仿作了大量的诗歌、书信和日记，试图以第一人称"见证"的形式，从历史的内部"浮现"维多利亚时代已故前辈诗人的声音。这些"代言"文本是徘徊于历史与现实之间的幽灵发出的声音，他们来自于过去，却无可奈何地从当代作者口中说出，受制于当代语境下作者对维多利亚诗人和社会现实的理解与阐释。

拜厄特对后现代思潮中将历史等同于文本，彻底放逐历史的观念表示了深刻的质疑，在《占有》中，她频频召唤勃朗宁、罗塞蒂等维多利亚时代的不朽诗魂，努力倾听亡故诗人的声音，重现历史上的他人话语，寻找历史与现实的关联。但同时受怀特、福柯等后现代历史观念的影响，她也意识到实在论意义上的历史真实往往不可趋及，因此她在对历史的重构中努力捕捉的只是来自过去文本中的一些"微弱的声音"。例如，她描述当代学者罗兰阅读艾什著作时的感受：

> 他看见了树、果实、水流、女人、草地和蛇，形式单一又五花八门。他听到了艾什的声音，肯定是他的声音，他那准确无误的声音，他听到语言在周围流动，不受任何人、任何作者或读者之限，组合成

[①] Michael Levenson, "Angels and Insects: Theory, Analogy, Metamorphosis", in Alexa Alfer and Michael J. Noble, eds. *Essays on the Fiction of A. S. Byatt: Imagining the Real*, Westport, Connecticut and London: Greenwood Press, 2001, p. 164.

自己的范式。他听到维柯在说初民们都是诗人，最初的词语就是物的名字……（第511页）

虚构人物罗兰的这种感受，可以视为作家拜厄特真实心境的写照。罗兰在阅读中听到语言在周围流动、听到前辈艾什的声音、听到历史上维柯的声音，这种感受与神降会上生者通过灵媒与自动书写等形式与死者交流的方式相似——由词语构建的文本成功地保存了历史上的声音，后世的读者可以通过文本的媒介，在阅读的过程中与亡者交谈。

和《占有》一样，《天使与昆虫》也是一部代言文本。在这两部中篇小说（《大闪蝶尤金尼亚》和《婚姻天使》）中，拜厄特放弃了双重时空的对话性结构模式，全部采用了维多利亚第三人称叙事的形式，故事发生的时间也被限定在维多利亚时期。在这两部小说中，拜厄特模仿维多利亚时期的语言，叙述的也是维多利亚时期的故事，但具有不同于传统维多利亚小说的艺术特征。笔者认为主要有以下三个原因：首先，作家、批评家拜厄特在小说中采用"作者式侵入"的形式，偶尔会发出"幽灵般"的后现代声音；其次，作为隐含作者，拜厄特的目光穿透一切，在小说中似乎无处不在，读者在阅读过程中"时时能感到隐含作者那赋予洞见的审视和反思的目光"[1]；最后，拜厄特以拼贴的形式插入了大量内文本，如丁尼生的诗歌，改写的昆虫故事，来自《圣经》、斯威登堡、济慈等文本的意象、主题等，形成了一个相互阐释又相互消解的互文网络。此外，拜厄特还借人物之口表达自己对维多利亚文学、文化现象的认识，使得小说同时糅合了传统和后现代两种风格。如钱冰指出的，拜厄特的作品表现出一种强烈的悖论——"高度的传统和醒目的后现代"[2]。这种双重性也是拜厄特以

---

[1] Kathleen Coyne Kelly, *A. S. Byatt*, New York: Twayne Publishers, 1996, p. 99.
[2] 钱冰：《〈占有〉的悖论：高度的传统与醒目的后现代》，《外国文学》2005年第5期。

第四章　叙事声音：众声喧哗的对话性历史

"代言"形式，进行"幽灵书写"的外在表现和必然结果。以下以《婚姻天使》为例，详细论证拜厄特的"代言"文本在历史和现实之间的对话。

在《论历史与故事》中，拜厄特谈起小说的创作缘起，"《婚姻天使》直接源于我曾做的关于亚瑟·哈勒姆以及丁尼生《悼念集》的讲座……如果写成学术论文的形式，可以概括为诸如'亚瑟·哈勒姆，阿尔弗雷德·丁尼生，艾米丽·丁尼生与艾米丽·丁尼生：男性友谊与维多利亚妇女'或者'维多利亚人想象中的死后生命'之类的主题"[①]。在这个意义上，有学者将这部小说称为批评小说，因为它整体上建立在拜厄特大量阅读维多利亚时期的文学、文化著作及其对维多利亚"时代精神"的把握之上。《婚姻天使》是拜厄特以修正主义和女性主义为视角，在维多利亚传统传记书写和她的后现代历史、文学、文化先在观念之间展开的一场对话。而对话的场域是她创作的"代言"文本——《婚姻天使》这部小说本身。

首先，《婚姻天使》在结构上呈现为明显的对话性特征。拜厄特选择通过神降会上"集体故事讲述"的形式，对不同人物的意识世界进行了灵活聚焦。读者追随叙述者先后进入帕佩格夫人、索菲、艾米丽和丁尼生的意识世界，了解了不同人物不同的内心活动。在这一过程中，对同一事件的不同讲述，使《婚姻天使》具有明显的复调小说的特征——这些不同的叙事声音相互对话，有效地避免了单一视角对历史真相的可能遮蔽。"哈勒姆之死"是《婚姻天使》中参与通灵活动的各个人物的意识聚焦点。在艾米丽和丁尼生对他的回忆中常常出现重叠的场景，但相同的场景，往往唤起不同的情感和反映。这样，他们分别从各自的立场对同一事件进行言说，形成了第一层对话关系。此外，灵媒索菲还通过自己的灵视能力召唤哈勒姆的亡灵，哈勒姆通过天使传递信息以及在索菲卧室直接显灵等形

---

① A. S. Byatt, *On Histories and Stories: Selected Essays*, London: Chatto and Windus, 2000, p. 92.

式，向生者描述死后的世界，形成了第二层的对话关系。最后，作者拜厄特是站在当代立场上进行写作，她对丁尼生、艾米丽和哈勒姆进行叙事重构的行为本身，也是当下意识形态与维多利亚价值观念的对话，形成了第三层的对话。

首先，艾米丽和丁尼生的意识世界的对话。在艾米丽和丁尼生的回忆中，不可避免地会涉及丁尼生与哈勒姆之间可能存在的同性恋关系。在艾米莉的回忆中，在丁尼生家屋外的草坪上，"在微微下陷的柳条椅的扶手中间，他们的两只手几乎触到地上的草皮，一只伸向另一只，一只是土棕色，另一只白皙并且保养良好"。（第262页）叙述者还提到，每当艾米丽想起萨默斯比的花园，那两只"无声地指向对方"（第262页）的手指便会出现在她的脑海之中。同一画面也出现在丁尼生的回忆中："他记得，有一次，他和亚瑟在萨默斯比的草坪上，一整天都在讨论事物的性质、创造、爱、艺术、感觉和灵魂。在雏菊盛开的暖洋洋的草坪上，亚瑟的手离他自己的手只有几寸的距离。"（第297页）然而，丁尼生一直试图用诗性的语言既揭开又掩盖他和哈勒姆关系中情欲的一面。这样，从不同主体立场对同一事件的重复言说方式，构成了《婚姻天使》中"多声部"的复调结构。在这一意义上，《婚姻天使》属于巴赫金意义上的复调小说。丁尼生和艾米丽的叙事声音既相互印证又互为消解，而且在这一过程中，还糅合了灵媒帕佩格夫人和索菲的叙事声音，充分展示了不同意识世界之间的平等对话。

其次，生者和死者之间的对话。神降会的所有参与者都希望通过灵媒的中介作用（包括灵视、自动书写、对自动书写的阐释等）召唤逝去的亡灵，与他们进行对话。在《思想的激情》中，拜厄特指出信仰危机催生了大批怀疑主义者，"人们需要在这个世界上听到和看到祖先和死去亲人的

第四章 叙事声音:众声喧哗的对话性历史

亡灵"①,而"唯灵论恰恰提供了亡故者灵魂存在的证明——他们(幽灵)的确可以被触摸并且为我们的感官所知觉"②。艾米丽在为未婚夫哈勒姆守丧九年之后嫁给了杰斯船长,她一直希望借助通灵术和哈勒姆的亡灵沟通以求得他的谅解。在索菲的灵视作用下,哈勒姆的亡灵在《婚姻天使》中出现了。

"显灵"的哈勒姆不是那个备受颂扬的英俊而生机勃勃的年轻人,在索菲看来,他"血管发紫,瞪着一双蓝色的眼睛,抿着干裂的嘴唇,下巴颤抖不止。倏然间袭来一股气味,不是玫瑰、不是紫罗兰,而是腐烂的土腥味"(第288页)。哈勒姆向索菲描述了他栖居的死后世界,并不是如丁尼生的《悼念集》中表现的那般美好,"我行走。在中间。在外面。我无法判断。我是虚空的一部分。疲软无力,迷茫困惑"(第290页)。他还告诉索菲,亲人持久的悲悼对于他只是一种负担,使他感到痛苦,他更需要的是身体的拥抱和抚慰。他一再对索菲说,"我很冷。这儿很黑。抱住我"(第290页),以至于索菲感到他的手指紧紧嵌入她的身体,死亡气息进入她的每一根神经中。可以说,拜厄特在这里对哈勒姆"显灵"场面的描写和丁尼生《悼念集》,构成了一种深层的对话关系。

《悼念集》第130首中,丁尼生这样描述哈勒姆的死后永生,"你的声音在滚滚空气里,/在流水里我也听到你,/你在升起的太阳中屹立,/落日里有你美好的姿容"③。在《悼念集》中,丁尼生对上帝的信仰最终战胜了怀疑和恐惧,诗人坚信哈勒姆已经超越了肉身的羁绊,融入自然和上帝永恒的怀抱。然而,在拜厄特的重构中,哈勒姆的亡灵徘徊在一个死后的

---

① A. S. Byatt, *Passions of the Mind*, London: Chatto and Windus, 1991, pp. 61–62.
② Gillian Beer, foreword, in Nicola Bowen, Carolyn Burdett and Pamela Thurschwell, eds. *The Victorian Supernatual*, Cambridge: Cambridge University Press, 2004, p. xv.
③ [英]阿尔弗雷德·丁尼生:《丁尼生诗选》,黄杲炘译,上海译文出版社1995年版,第216页。

"腐朽"世界——没有天使、没有光,冰冷、黑暗、无所归依。拜厄特对哈勒姆死后世界的重构,是对丁尼生式的维多利亚价值观念的颠覆。我们知道,维多利亚时期的诗人、小说家,喜欢描述自己灵魂与肉体的冲突,以及对宗教信仰的怀疑和迷茫,可悖论的是,如同《悼念集》,所有叙事的结尾,都是对上帝的信仰战胜一切等,诸如此类的俗套——似乎所有的叙述,都是在为最后的"光明"进行铺垫。拜厄特的颠覆,表达了她对宏大叙事遮盖的一个更为复杂的维多利亚世界的还原——在拜厄特看来,维多利亚时代的人一直在达尔文主义和唯灵论之间苦苦挣扎,信仰危机贯穿他们生命的始终,无从解脱。

总之,拜厄特借助对丁尼生和艾米丽的重构,表达了自己站在后现代立场上对维多利亚时代的认识和理解。维多利亚人一直徘徊在"建立在牺牲、死亡与复活等宗教神话之上的精神世界"和"后基督时代赤裸裸的物质世界"之间,[1] 他们对灵魂和肉体、物质和精神、科学和宗教等问题进行了深刻的反思,既表达了信仰丧失之后的危机感,又表现了时代特有的物质性焦虑。然而,面对过去的亡灵以及与此相关的历史和传统,拜厄特并不主张生者沉浸在持久的"悲悼"(mourning)中,她认为更重要的是"此在"。于是小说的结尾,莉莉斯迎来了失踪已久的丈夫——"真正复归的不是哈勒姆冰冷的亡灵,而是阿图罗温暖、结实的怀抱"[2]。

最后,从整体结构来看,《婚姻天使》是拜厄特站在后现代立场上进行的当下意识形态与维多利亚价值观念的对话,而神降会在这里只是一种形式上的隐喻。拜厄特曾表示她对灵媒的话题非常感兴趣,"这种兴趣转

---

[1] Michael Levenson, "Angels and Insects: Theory, Analogy, Metamorphosis", in Alexa Alfer and Michael J. Noble, eds. *Essays on the Fiction of A. S. Byatt: Imagining the Real*, Westport, Connecticut and London: Greenwood Press, 2001, p. 173.

[2] 金冰:《维多利亚时代与后现代历史想象》,北京大学出版社2010年版,第192页。

第四章　叙事声音：众声喧哗的对话性历史

换成一部小说的隐喻，一场神降会就是一部小说"①。她还指出，"在我的经验中，当我找到我认为能够统领全书的主导性隐喻时，我就知道某部小说该采取什么形式了"②。拜厄特善于"代言"，自比灵媒。有学者指出，"拜厄特犹如施用魔法般地重现了一个令她如此着迷的时代，她本人在某种意义上也成了一个灵媒——引领我们通往一个失落的世界"③。在《占有》《天使与昆虫》中，拜厄特以"代言"的形式表达了自己对过去的理解，并在此基础上阐释我们光怪陆离的后现代社会现实。拜厄特指出，我们对过去的理解建立在对现在的认识之上，"过去和现在之间存在统一性和延续性"，因此"只有通过与现在的类比，了解过去才成为可能"④。那么相对于维多利亚时期，我们的后现代社会又呈现为什么样的形态呢？《占有》描述了一个意义被肢解、物欲膨胀、精神凋敝的后现代历史时空。拜厄特欲借维多利亚先辈面对信仰危机而体验到的物质性焦虑，反衬我们这个苍白而又平庸的时代——没有了危机和焦灼感，我们对肉身的安顿远远大于精神的救赎，生活在一种精神和意义被放逐的虚空之中。

"代言"艺术以幽灵书写的形式深刻了过去对现在的"占有"，反映了作家在当代语境下重构维多利亚历史时的矛盾性叙事立场。以拜厄特为例，拜厄特不赞成以德里达（Jacques Derrida）为代表的解构主义学者"文本之外，别无他物"的观点。她虽然意识到历史书写不可避免的主观性和意识形态性，但仍然坚持对"词语指涉事物"的执着，坚持维多利亚传统现实主义的叙事方法：

我很喜欢那些维多利亚小说。读这些小说到结尾时，你会知晓每

---

① A. S. Byatt, *Passions of the Mind*, London: Chatto and Windus, 1991, p. 10.
② Ibid., pp. 9–10.
③ Katherine Coyne Kelly, *A. S. Byatt*, New York: Twayne Publishers, 1996, p. 107.
④ A. S. Byatt, On Histories and Stories: Selected Essays, London: Chatto and Windus, 2000, p. 11.

个角色的整个一生,从故事的结束到他们生命的终点。我喜爱这种写法,它让我愉快。我不明白我们为什么不该这么做:它并不像60年代所说的那么糟糕,它恰恰是令人愉快的。大家都知道它是虚构,但随之大家知道整件事都是虚构。①

也是在这个意义上,拜厄特一直坚持以维多利亚风格写作,表述维多利亚思想的"代言"文本。而这些"依据维多利亚时代词与词之间的关系,按照维多利亚的秩序,在维多利亚的语境下写作维多利亚的文字",为读者提供了可以栖居于其中的文本的物质世界,是重构维多利亚复杂多变的精神世界的基础。

霍华德·凯吉尔(Howard Caygill)在评价本雅明(Walter Benjamin)时指出:

不管能否结束,本雅明的研究目标究竟何在?归根结底,其目标是以"最大限度的正确性"把拱廊时代的过去遗迹——它的建筑、技术和人工制成品——看作现代性的先锋,换句话说,看作现在的过去见证。这不仅是"工业考古学",而且还是以寓言方式推动这些已经死亡的见证重新说出它们之于我们这个时代的"秘密的亲缘性"。②

本雅明将建筑学中通过对过去风格的物质性模仿来重现过去的行为界定为"唯物主义的腹语术"。"腹语术"(ventriloquism 代言)在这里涉及两方面内容:一方面,把过去的遗迹(包括史料、诗歌等)看作"现在的过去见证"——保存到现在的过去的"踪迹";另一方面,采用"寓言方式"推

---

① Eleanor Wachtel, "Interview with A. S. Byatt", in *Writers and Company*, Knopt Canada, 1993, p. 88.
② [英]霍华德·凯吉尔:《视读本雅明》,吴勇立、张亮译,安徽文艺出版社2009年版,第149页。

动这些已经死亡的见证,"重新说出"它们和我们这个时代的联系。笔者认为,拜厄特在《占有》和《天使与昆虫》中采用"代言"的形式,成功地做到了"寓过去于现在"的叙事目的,并实现了过去和现在在文本中的交流和对话。或如利文森(Michael Levenson)所言,"拜厄特采用一种不只是聪明的类比,把《圣经》的和19世纪小说的'后世'(afterlife)联结了起来。我们生活在两者的阴影中。但我们的任务,正如拜厄特领会的,不是逃离阴影走进当代的白昼之光,而是尊重和热爱我们老传统的需要,忠于信仰"①。这可以称为拜厄特新维多利亚小说在"幽灵书写"中,重构维多利亚时期的动机和意义所在。

第四节 另一类维多利亚时代的人:边缘和中心的对话

前面已经提到,新维多利亚小说与传统维多利亚小说相比,最重要的区别在于它们描述了"另一类维多利亚时代的人"("other Victorians")。斯蒂芬·马尔库斯(Steven Marcus)曾将"娼妓、嫖客、拉皮条的、精神病医师和他的歇斯底里病人"归为"另一类维多利亚时代的人"②,因为在有关维多利亚时期的宏大叙事中,他们大都被排除在外,然而是社会现实中不容回避的重要存在。笔者认为除了前面提到的五种人之外,同性恋者和灵媒也应加进来。这些被维多利亚权威话语拼命压制、在经典中表现为"边缘存在"(或严重缺失)的"另一类人",经由后现代作家的想象和重构,被注入新的活力,获得了新生。在本节中,笔者围绕"另一类维多利

---

① Alexa Alfer and Michael J. Noble, eds. *Essays on the Fiction of A. S. Byatt: Imagining the Real*, Westport, Connecticut and London: Greenwood Press, 2001, p. 5.
② [法]米歇尔·福柯:《性经验史》,佘碧平译,上海人民出版社2002年版,第4页。

亚时代的人"的叙事声音，探讨新维多利亚小说中边缘和中心的对话。

不容忽视的一个事实是，新维多利亚小说对维多利亚时代的重构更加强调了"他者"（另一类维多利亚人）的话语，主张在中心和边缘、自我和他者、事实和虚构的对话中复现维多利亚时期复杂、多面的历史"真实"。在前面分析《法国中尉的女人》《占有》《天使与昆虫》中对这一点已经有所涉及——"疯女人"莎拉、"同性恋者"丁尼生、拉摩特以及"灵媒"索菲、莉莉斯等人，都是另一类维多利亚人的代表，他们以其独特的叙事声音与维多利亚主流话语展开对话，颠覆了经典叙事中中心/边缘的等级设定，并推翻了那个"中产阶级价值观和宗教观大行其道，保守、压抑、勤勉、节制、严肃而又狭隘的"① 维多利亚时期大英帝国的神话。中心和边缘的对话性特征，在斯威夫特《水之乡》中表现得尤为突出，以下以这部小说为例进一步论证。

在《水之乡》中，历史老师汤姆一直在探究历史的作用、意义等问题。有一次，学生普莱斯打断法国大革命的课堂，提出了关于"历史就是童话故事"的尖刻论断，并扬言"关于历史的唯一重要的事情……是它差不多已经到了尽头"（第7页）。于是汤姆放弃了有关法国大革命的讲述，转向了家族的、个人的历史——通常意义上的"故事"。但是汤姆的讲述并非遵循传统的线性结构——重构的文本中存在着多种叙事声音，呈现为中心和边缘的多层次对话关系。首先，"大历史"（比如英法条约的签订、法国大革命的兴起等）与"小历史"（家族史、个人史）之间的对话。其次，家族史中汤姆母系的阿特金森家族（"历史的创造者"）和父系的克里克家族（"历史的讲述者"）之间的对话。最后，男性叙事声音与女性叙事声音之间的对话。

---

① 金冰：《维多利亚时代的后现代重构》，《当代外国文学》2007年第3期。

第四章 叙事声音：众声喧哗的对话性历史

首先，我们知道，在传统的历史叙事中，"大历史"中的事件、"历史的创造者"、男性的"主人叙述"（Master Narrative）一直受到高度重视，处于"中心"的位置；而与此相对的稗官野史——家族史、个人史、女性的叙述以及民间传说——往往被置于边缘的位置。《水之乡》中，斯威夫特成功地颠覆了边缘/中心的等级划分，通过不同叙事声音之间的交流和对话，质疑了"历史终结论"，对历史的本质问题进行了深刻反思。以下面一段话为例：

> 而1940年7月，希特勒正在和戈林商议，而泪流满面的难民挤入芬斯村镇，成为当地孩子们嘲笑的对象，此刻汤姆·克里克（未来的历史老师）、弗雷迪·帕尔、彼得·贝恩、特瑞·科（他们全是汤姆·克里克的朋友）和迪克·克里克，穿着花色毛料游泳裤……这些人和玛丽·梅特卡夫以及雪莉·阿尔弗德……相聚在霍克威尔渠岸上，从事着他们的活动，而这些活动几乎没有受到远处世事那沉闷之声的纷扰（也几乎没有纷扰它）。（第163页）

这段话出现在第二十四章，斯威夫特先是讲述了1940年7月"大历史"中发生的重要事件：第二次世界大战爆发，德国军队占领法国，希特勒本来打算进攻英国，结果推迟了计划，转而进攻俄国。这一事件扭转了第二次世界大战的战局，也最终改变了整个世界的格局。然而接下来与之并置的是汤姆、玛丽、迪克、弗雷泽等人在芬斯村镇里进行的孩童的游戏。斯威夫特认为这些有关革命、战争的所谓的"大历史"，就其对汤姆人生的影响而言，还不如"孩童的游戏"。斯威夫特将两者并置起来，暗含着一种类比和对话的关系：他认为不管战争、革命还是汤姆和玩伴进行的性游戏都是出于人类本能和好奇心的驱使——革命和战争本身并不承载"伟大的里程碑"式的重大意义，所谓的意义只不过是人为的建构。斯威夫特在《水之乡》中通过给予家族史和个人史充分的言说机会和对话平台，使边缘的声音远远盖过了原来大历史中心的声音，由此解构了帝国中心论的神话。

其次，斯威夫特还在汤姆母系的阿特金森家族和父系的克里克家族之间展开了对话。确切地说，斯威夫特对洼地的"自然历史"的建构主要是通过对两大家族的历史叙事来完成的。因此在故事的开始，他有意设置了两大家族截然不同的性格、行为和命运特征："土系"的阿特金森家族治水有方，积极改造地貌、振兴经济、图谋政治、颠倒风化，以19世纪的"进化理念"为指导，主动"创造历史"；而"水系"的克里克家族一直被排除在该地区的主流之外，充当那个"多痰"的"历史观察者"。

斯威夫特通过两大家族的对立和融合以及他们之间的对话，试图阐释他的自然历史观——历史的行进如芬斯洼地般既向前又向后，充满了循环往复，而不是如正史那般充满了意识形态话语的填充。我们知道，在传统的历史叙事中，只有创造历史的人才有真正的发言权，是他们的意识形态和价值观念决定了历史叙事的合法性。在《水之乡》中，斯威夫特引入了正史之外的"历史的观察者"克里克家族，赋予了他们讲述历史的话语权，使得长期以来被压制的民间传奇话语得以进入对洼地历史的言说，这样就成功地消解了边缘/中心。斯威夫特将两种截然不同的性格、气质赋予芬斯洼地的两大家族，使其互为镜像、相互对话，并由此述说了历史的另外一种真相：历史如同芬斯洼地，人们可以像阿特金森家族那样短时间将水排干，改变地貌，使其变化发展；然而总会有一种潜在的向下的力量（以克里克家族为代表），他们受沼泽地泥泞的羁绊，无法前进，缓慢地在将历史拉回原点。总之，通过两大家族中心和边缘、自我与他者的相互关照，斯威夫特对洼地的历史进行了全然不同的解释。

最后，男性叙事声音与女性叙事声音之间的对话。在第一章中，我们已经论述了莎拉的疯癫及其在阿特金森家族的进步理念下遭受的被禁闭的悲惨命运。莎拉因为被丈夫托马斯怀疑不忠而挨打,从此丧失智力,在她的余生,一直坐在阁楼里,面向窗外,观察发生在小镇里的故事。后来,在全镇人的眼里,她成了"守护天使和圣母",人们甚至不再相信是托马斯的"进步理想"让整个家族飞黄腾达,而是莎拉"施与了她的智慧与神奇的力量"。不仅如此,莎拉的故事远没有因为她的去世而消逝。镇上流传着一个美丽的传说:下葬前夜,莎拉从阁楼里逃出来,跳进乌斯河,变成了美人鱼。甚至很多年以后,酿酒厂失火,还有传言说她曾经出现,站在窗口,看火舌吞噬着即将消失的烟囱,面露笑容,说着那句生前一直重复的话:"火!烟!烧!"

厄内斯特的女儿海伦在《水之乡》中被暗示为莎拉的投胎转世。她和父亲一起生活在凯斯林这个阴郁的隐居地,很少露面,只有在父亲的陪伴下才出门。在镇上的年轻人看来,她仿佛一个"身处幽闭的城堡、遥不可及的少女"(第196页)。然后就有传言,"海伦绝非出于孝心,而是被迫和她父亲生活在一起,是被他强行监禁在凯斯林那座可怕的城堡里"(第197页)。后来发生的事情证实厄内斯特仰慕海伦的美,爱上了自己的女儿,并坚信"只有从这样的美中才能诞生出一位救世主"(第201页)。海伦迫于无奈,与父亲乱伦,生下了智障儿迪克。在这里,斯威夫特插入了海伦的叙事声音,对这一事件进行不同的言说。海伦承认自己一直同情父亲,因为自孩提时,她就只有父亲一个亲近的伴侣,在某种意义上她一直被禁闭在他的身边。她说服父亲修建了收治战争病患者的医院,成了一名护士,接触到了外面的世界。然而穿梭于乱伦的父亲和发疯的士兵之间,她依然无缘于正常的理性世界。她忍不住哀叹,"我已被困住了。我的生命也已停止。因为,当父亲爱上女儿,而女儿也爱父亲,就像把通往未来的路打了个死结,就像一条想逆流而行的小溪"(第200页)。亨利的出现打开了她生命的死结,她不惜以答应父亲孕育"救世主"为条件换取了弥足珍贵的自由以及与亨利的爱情和未来。厄内斯特幻想的救世主、乱伦而生的迪克,最后被证明是一个无法救世的智障儿,而且还成了杀人凶手,引发了一系列悲剧——《水之乡》中这出荒诞剧的结尾,无疑是对阿特金森家族进步历史的极大讽刺。

总之,通过置边缘人物于叙事中心,使他们参与对历史和现实的述说,并引入其他人物的叙事声音,斯威夫特成功地构建了众声喧哗的对话性历史。女性的声音虽然不多,但其强度振聋发聩,足以冲破所有的阻碍。以莎拉为例,她一生中只重复地说着三个字:"火!烟!烧!"但其力量足以穿透时空,在酿酒厂失火的那天晚上还在回响。海伦的身上也一直附着她幽灵般的声音。此外,汤姆的妻子玛丽也是小说中一个不容忽视的"边缘声音"。她因为少年时期受好奇心和性冲动的驱使,未婚先孕,犯下了不可弥补的错误。和汤姆结婚后,玛丽在一家养老院工作,但是不孕的事实使她无法走出过去的阴影,既无力面对将来,同时又无法回到惨痛的过去。精神错乱间,她从超市抱走了一个婴儿,以为是上帝给她的,当汤姆强行送回孩子的时候,玛丽彻底崩溃。最后,她被送到了精神病院,仍然痴痴地看着操场上戏耍的孩子们。玛丽的境遇,使读者忍不住想起莎拉和海伦,她们的结局都非常悲惨——或者被禁闭在精神病院,或者被囚于乱伦之爱的牢笼,丧失了自由,徒劳地苦苦挣扎。在这部小说中,斯威夫特试图从多个层面、多重对话中复原她们的故事,使我们看到了官方历史记载背后的秘密和心声。

值得注意的是,在《水之乡》中,虽然汤姆的叙事声音贯穿始终,然而仔细辨别起来,斯威夫特并没有让他进行独白式的言说,对历史的边缘/中心进行一次性颠覆,然后,如他所言,历史翻个个儿继续前进。多种声音都介入了对洼地历史的言说,有些声音浮在表面,有些则需要我们竖起

第四章 叙事声音：众声喧哗的对话性历史

耳朵倾听。下面以玛丽的人生遭遇为例，分析斯威夫特通过汤姆叙事过程中人称的转换，在暗中进行的叙事声音和话语权利的转移，以及由此引发的"主人叙述"对自身责任的推卸和历史真相的遮蔽。

在《水之乡》中，汤姆既是创伤事件的叙述者，同时也亲身经历了与玛丽相关的所有事件。他对玛丽故事的讲述在第一人称和第三人称之间不停摇摆：强调自己和玛丽共同的创伤时，他采用第一人称叙事；当试图掩盖自己在创伤事件中的责任时，他经常转向第三人称的有限视角。细读文本会发现，当汤姆使用第三人称（尤其是以"你们历史老师"自称）开始讲述时，他的叙事声音极其做作，是明显地戴着舞台面具的虚假声音。如第三十五章，汤姆刚开始以第一人称叙述自己某天下班回家后的经历："我转动插进锁孔里的钥匙。我听到一阵类似婴儿哭闹时的声音。"（第244页）然而看到怀抱偷来的婴儿的玛丽时，汤姆放弃了采用第一人称"我"来叙述，转而使用"你们的历史老师"，以第三人称"他"的视角复现了当时的情景，"你们的历史老师站在了门口，面对这出奇异的'基督诞生记'，那模样就像一个对这一幕肃然起敬的牧羊人""丈夫——不再扮演震惊的牧羊人，而是冷酷的希律王——""丈夫拉扯着……他不禁感觉到，他正在拉扯的是他妻子身体中的一部分。他正在扯走她的生命"（第247页）。

第三人称叙事，往往追求对某一场景的"客观性"再现，如拉凯布拉（Dominick LaCapra）指出的，它在讲述创伤历史时存在着不可避免的缺陷——由于过于强调客观再现，它往往会忽略这一事件中"创伤的受害者与创伤的施暴者之间的区别"，使得创伤叙述"对待希特勒和犹太人等纳粹集中营的受害人时没有什么区别"[①]。从上面的引用中也可以看出，无论

[①] Dominick LaCapra, *Representing the Holocaust: History Theory, Trauma*, Ithaca: Cornell University Press, 1994, p.26.

"你们的历史老师"还是"丈夫",他们的叙事视角都遮盖了玛丽饱受创伤的内心世界——她深刻的无助和绝望,以及她本来可以发出的凄厉的呼喊。事实上,在《水之乡》一书中,汤姆的叙事声音一直试图掩盖自己在玛丽创伤中的责任——汤姆与玛丽早年偷食禁果,玛丽不得不偷偷找村妇做流产手术,导致终身不孕。汤姆以极为简练的语言描述了整件事情:

> 从前,未来的克里克太太……她在像你们这样还上学的时候,发生了某些事情,使她决定退出这个世界,全身心投入遗世、禁欲和赎罪的生活(这清高也只是不得已而为之)。她甚至从来没有说过上帝到底涉入这孤独的苦守有多深。但是三年半后,她从这自我禁闭的修道院里走了出来,嫁给了一位未来的历史老师(一个曾经有过亲密关系的旧识),汤姆·克里克。她收起了她的忏悔服和圣洁,取而代之的是,她展露出一种如今这个前历史老师……当时可以称之为面对现实的能力。(第36页)

这段以"从前……"开始的童话故事的讲述模式,汤姆的第三人称叙事声音将自己在这次事件中的责任推卸殆尽,玛丽的创伤也被简化为"发生了某些事情,使她决定退出了这个世界"。尽管在后面的叙述中,斯威夫特采用重复叙事的形式对这一事件进行了补叙,但是玛丽的内心世界一直保持着对读者的禁闭状态。我们时刻追随汤姆的视线观察她的行为,听他喋喋不休地倾诉一次次的过失给自己生活(而不是玛丽)带来的灾难性影响。汤姆从玛丽怀中将婴儿夺走之后,玛丽的精神彻底崩溃。斯威夫特追随汤姆的视线描述了疯癫之后的玛丽:

> 她盯着前方,病房的高窗外……她警觉而洞察一切地盯着(病人常见的花招:是他们疯了,不是我)那些在操场上玩耍的脆弱的孩子

们。她的眼睛明亮有神。眼睛眨动着。她的怀中空空如也……（第312—313页）。

白描式的精练语言浓缩了玛丽疯癫之后的所有人生，她从真实世界走失，终于走出了循环往复的历史和时间。然而在这短短几句话中，斯威夫特仍不忘记插入了另一种叙事声音（"病人常见的花招：是他们疯了，不是我"），这个声音漂浮在文本中，来自汤姆还是斯威夫特？读者很难判断，这种不确定性增加了文本的叙事张力。

总之，在《水之乡》中，由于斯威夫特采用了男性叙事视角，在女性人物形象的塑造方面尚有局限。主要人物莎拉、海伦、玛丽，她们或者被送进了疯人院，或者被禁闭在父亲乱伦的欲望中，无一不是男性权利和话语的牺牲品。就连次要人物贫苦的农妇玛莎也被塑造成了"女巫"的形象。斯威夫特虽然让她们从边缘发出了声音，有力地反抗了进步的男性话语，然而由于男性视角的遮蔽，读者终究无法窥见她们真实的内心世界。莎拉、海伦、玛莎、玛丽，都像文本中游荡的一个个幽灵，斯威夫特给了她们声音，却没有提供窥见她们心灵的视角。换句话说，她们都是作者斯威夫特意识形态话语的传声筒，而不是作者形象塑造的重点所在。

以上论证了斯威夫特在《水之乡》中借助"大历史"与"小历史"、阿特金森家族和克里克家族、男性话语与女性话语之间的三重对话关系，对传统历史叙事边缘/中心观念的颠覆，以及在此基础上构建众声喧哗的对话性历史的努力。由于解构了原来的"中心"，释放了历史上被压抑的声音和话语，来自边缘和中心的声音均参与了对同一事件的不同言说，构成了《水之乡》中历史叙事的对话性和多声部特征。来自不同角度的重复性讲述，对同一事件进行了不同的解释，但斯威夫特没有给出任何确定的答案，在这个意义上，《水之乡》充分体现了巴赫金复调小说的开放性和未完成性。对话总是意味着平等的协商，它拒斥某一方做出单一的肯定或否定性的完成性的结论，使读者可以参与其中，在众声喧哗的对话中通过自己的思考，对历史的真相做出自己的独特判断。《水之乡》即为我们提供了这么一种对话性历史。读过之后，我们会发现维多利亚时期的许多历史事件的真相仍然无法知晓：比如莎拉，她是真正发了疯，还是被禁闭了起来，成为所谓的"守护天使"？她究竟何时去世？这些问题在故事的结尾仍然是一个谜团。但是，斯威夫特将历史的叙述置于对话之中，会引发我们对历史真相的思考，引导我们朝着以追寻真相为目标的"崇高历史"（sublime history）前进。这也是斯威夫特等新维多利亚作家重构历史的意义之所在。

综上所述，新维多利亚小说普遍表现出对"后现代语境下如何书写历史"这一问题的自觉反思。巴赫金的"多声部"和"对话性"等有关复调小说的理论话语受到前所未有的关注。当代作家在重构维多利亚时期的历史时更注重在作家、人物和历史事实之间进行平等协商（《法国中尉的女人》），他们打破维多利亚经典小说中独白式的单一叙事声音，或者采用"代言"和"幽灵书写"的形式召唤维多利亚时期的前辈"幽灵"，让他们对已逝的过往进行言说（《占有》《天使与昆虫》）；或者发掘维多利亚经典历史叙事中被意识形态遮蔽和湮没的边缘叙事声音，让他们从边缘走向叙述的中心，从沉默的"他者"变成言说的主体，从而展示历史的多面性（《水之乡》）。然而，如阿隆所言，在现在和过去的对话中，"现在采取并保持着主动"。事实上，在新维多利亚小说的历史书写中，维多利亚时期和当代两大意识形态之间并不能构成完全对等的对话关系。不论作家如何努力挖掘维多利亚时期的声音，让不同的声音参与对历史的言说，站在此岸（此时此在）的作家必然地（或者说不可避免地）成为对话中处于主动地位的一方；而处于彼岸的维多利亚历史时期，并不可能通过作家的想象被"如实地"还原。真相永远在路上，但作家对历史叙事本质问题的思考，在新维多利亚小说所建构的众声喧哗的对话性历史中被凸显。

余论　过去是遥远的异国他乡？

过去是遥远的异国他乡。

——大卫·洛温塔尔[1]

要知道，这些所谓的"怀旧电影"，从来不曾提倡过什么古老的反映传统、重现历史内涵的论调。相反，它在捕捉历史"过去"时才是透过重整风格所蕴含的种种文化意义；它在传达一种"过去的特性"时，把焦点放在重整出一堆色泽鲜明的、具昔日时尚之风的形象，希望透过掌握30年代、50年代的衣饰潮流、"时代风格"来捕捉30~50年代的"时代精神"。

——弗雷德里克·詹明信[2]

---

[1] David Lowenthal, *Past Is a Foreign Country*, Cambridge: Cambridge University Press, 1985, p. xvii. "过去是异国他乡"原出自哈特莱（L. P. Hartley）小说《中间人》(*The Go-Between*, 1953)。该小说开篇第一句话即是"过去是遥远的异国他乡，在那里人们以完全不同的方式行事"。大卫·洛温塔尔借用"过去是遥远的异国他乡"（The Past is a Foreign Country）作为自己学术专著的标题，批评了当代人出于各种现实目的对历史材料的滥用行为。

[2] [美]詹明信：《晚期资本主义的文化逻辑：詹明信批评理论文选》，陈清侨译，生活·读书·新知三联书店1997年版，第458—459页。

结语

怀旧有着一张乌托邦的面孔，这张面孔转向未来的过去，这个过去只在意识形态意义上是现实的。

——克莱恩·霍普[①]

琳达·哈琴认为，"历史编纂元小说"很好地体现了后现代主义的诗学和政治学，是20世纪60年代"现代主义审美的自主性和自我指涉性在遭遇根植于历史、社会和政治世界的一股反冲力时"产生的一种矛盾性、悖论性和杂糅性的文学样式。[②] 新维多利亚小说作为"历史编纂元小说"的一个次文类，既体现了后现代主义的美学特征和艺术精神，又表述了第二次世界大战后英国在帝国霸权身份丧失后，整个民族的复杂社会文化心理。因此，对新维多利亚小说的研究，既是文学的研究，也是文化的研究。本书以历史叙事为聚焦点，在形式和内容两个层面分别探讨了新维多利小说对维多利亚历史时期的叙事重构。

就形式结构的层面而言，新维多利亚小说糅合了传统的现实主义手法、罗曼司的叙事因素以及元小说的"自我指涉"，成功地建构了一种元历史罗曼司的叙事模式。这一叙事模式，打破了传统历史叙事的线性结构，使新维多利亚小说的叙事文本呈现出空间化的结构特征，各种异质的文本碎片以"拼盘杂烩"的形式汇集在一起，对历史进行了不同的言说。就内容层面而言，新维多利亚小说对维多利亚时期的"再现"，表现出了一种明显的"修正主义"姿态，力求在对历史的重述中打破以往权力话语的独裁，在历史与现实的对话中重新认识维多利亚时期的历史和传统，并进而重塑我们光怪陆离的后现代现实世界。

[①] Clenn Hooper and Tim Youngs, eds. *Perspectives of Travel Writing*, London: Ashage Publishing Limited, 2004, p.140.

[②] ［加拿大］琳达·哈琴：《后现代主义诗学：历史·理论·小说》，李杨、李锋译，南京大学出版社2009年版，序第1页。

余论 过去是遥远的异国他乡?

对新维多利亚小说在历史再现问题上的批判性反思,应从形式和内容两个方面综合认识。在形式结构的层面,新维多利亚小说成功地糅合了现实主义/现代主义、高雅文化/通俗文化的各种不同的体裁、类型和风格,形成了一种以兼容并蓄、拼盘杂烩为特征的多元繁杂的文学样式——元历史罗曼司叙事。琳达·哈琴在评价这一类型的小说时指出,通过"把传统(虽然遭到了嘲讽)与新生事物、外向型的历史与内向型的自我指涉、通俗与典雅结合在一起",它们表达了后现代主义"既/又,而不是非此/即彼"[①]的矛盾性、不确定性和妥协性的精神内涵。新维多利亚小说既注重历史和传统,又不忘实验和创新。他们一方面反对现代主义将维多利亚的历史和传统"弃之如敝屣"的鲁莽行为,主张以反讽的姿态"重访"历史和传统,寻找历史与现实之间的内在关联;另一方面,经历了现代主义艺术理念的洗礼,他们已经深谙语言在指涉外部现实方面的局限性,因此无法真正地、不加怀疑地回归到那个前现代主义时期,建立起对语言指涉外部现实的确定无疑的信仰。这是新维多利亚小说在形式技巧方面的矛盾和张力所在,如哈琴指出的,它们"既使用又误用了写实主义和现代主义的常规叙事模式",将两者放置于同一对话的平台,在相互的质疑和协商中对历史和现实进行反思。

在这个意义上,新维多利亚小说中的元历史罗曼司叙事,开创了后现代语境下一种新的历史书写范式,使小说摆脱了形式试验的困境,重新赢得了众多的读者。我们知道,现代主义对艺术形式的过分关注,使小说变成高度自闭的文本,切断了与外部世界的联系。以《法国中尉的女人》的发表为标志,20世纪60年代以后,英国文坛经历了一场新的变革,历史和传统被重新发现和认识。用波多盖希的话说,"在罹患强迫性遗忘症达

---

① [加拿大] 琳达·哈琴:《后现代主义诗学:历史·理论·小说》,李杨、李锋译,南京大学出版社2009年版,中文本序第2页。

半个世纪以后，记忆的恢复体现在多个方面：风俗、服装……公众普遍对历史及其产物感兴趣，而且人们越来越需要思考、体验、接触大自然，这似乎与机器文明背道而驰"①。新维多利亚小说毋庸置疑是这一"记忆恢复"运动的重要组成部分。新维多利亚作家转向了历史和传统，但对语言指涉外部现实持有深深的怀疑，同时也考虑小说的可读性因素，试图将通俗小说中的罗曼司叙事因素糅合进来。从某种意义上可以说，元历史罗曼司是当代作家应对"小说之死"和"文学枯竭论"、对小说文体自身进行形式革新的产物。在以消费文化为主导的后工业社会，当代作家出于集体性的"叙事焦虑"，希望通过回归历史与传统，寻求小说在现代主义文学"影响的焦虑"下获得突围的方式和途径。从福尔斯《有关一部未完成小说的笔记》（*Notes on an Unfinished Novel*）的记述，可以看出他在创作《法国中尉的女人》时深受"小说之死"的困扰，他说："自从开始写作《法国中尉的女人》，我就一直读到有关小说的讣告。"② 福尔斯不赞同小说死亡的悲观论调，《法国中尉的女人》的创作可以视为他用具体实践对此做出的回应。③ 福尔斯认为，要摆脱现代小说的"危机"，需由"形式"向"内容"回归，在访谈中他一再重申"不喜欢对形式，即'事物外表'的完全迷恋，渴望一种更加维多利亚时代的态度"④。换句话说，小说的地位和处境，以及如何调和"形式实验"与维多利亚"现实主义"伟大传统之间的张力等问题，构成了福尔斯创作《法国中尉的女人》的重要历史和文

---

① 转引自［加拿大］琳达·哈琴《后现代主义诗学：历史·理论·小说》，李杨、李锋译，南京大学出版社2009年版，第55页。

② John Fowles, "Notes on an unfinished novel", in *Wormholes*, London: Jonathan Cape, 1998, p. 25.

③ 事实也证明《法国中尉的女人》对"小说之死"造成了强大的回击。无论在"可读性"还是在"可写性"方面，它都是第二次世界大战后英国小说的一部力作：既在《纽约时报》的畅销书榜上高居不下，又备受评论界青睐。

④ John Fowles and Dianne Vipond, "An Unholy Inquisition," *Twentieth Century Literature*, vol. 38, Spring 1996, p. 18.

余论 过去是遥远的异国他乡?

化语境。

《法国中尉的女人》刚一问世时,"许多读者和评论家曾大声欢呼现实主义的复归,但他们很快发现事情没那么简单,因为《法国中尉的女人》在仿效现实主义的传统时,也在对其提出质疑——随处可见的元小说痕迹,时刻提醒人们,它既非对现实世界的简单再现,也非自我指涉的语言迷宫"①。确切地说,《法国中尉的女人》通过"既沿袭又妄用小说语言和叙述的传统,对现代主义的形式主义观念和现实主义再现论提出疑问"②。《法国中尉的女人》在学界和普通读者那里赢得的双重成功,表明新维多利亚小说自诞生之初,即具有迥异于现代主义文学的美学特征。元历史罗曼司的杂糅风格,使它抗拒了以精英主义标榜的现代主义文学,由于罗曼司叙事因素的大量介入,小说在可读性方面大大提升;同时,小说新颖的叙事形式,以及这一文类在形式、内容方面的复杂运作,也使它在批评界备受垂青。这可以说是新维多利亚小说在形式结构方面积极意义的最主要表现。

从另一方面来讲,元历史罗曼司糅合了历史编纂、现实主义小说、罗曼司、元小说(议论文体以及与其相关的文学批评理论话语)等不同文体,打破了不同文类之间的既有界限,各种异质的"前文本"碎片以互文的方式被纳入空间化的小说文本之中,这使得新维多利亚小说呈现为一个由异质文化碎片构成的大型"拼盘杂烩"(pastiche),这不可避免地导致了历史的平面化倾向。詹姆逊认为,拼贴作为后现代文化最常见的美学风格,是线性时间概念被打破后,"精神分裂式的"时间感受在艺术中的直接表现:

---

① 陈后亮:《历史书写元小说的再现政治与历史问题》,《当代外国文学》2010年第3期。
② [加拿大]琳达·哈琴:《加拿大后现代主义——加拿大现代英语小说研究》,赵伐、郭昌瑜译,重庆出版社1994年版,第24页。

一方面，由于自身完全被资本主义商业体制吸纳和消解，他们失去了对社会现实应有的批判距离，无法组织起对当下真正有效的时间感受。另一方面，由于历史也变得遥不可及，只有在那些支离破碎、东拼西凑的历史仿像中才能找到些许影子，这就造成了后现代主义者普遍的怀旧病。[1]

在詹姆逊看来，时间观念的改变，使后现代艺术无法形成现代主义艺术那样强烈的个性化风格。由于关注当下的意识，现代主义强调捕捉对转瞬即逝的事物的瞬间感受，因而是一种"时间性的艺术"——"它看似凌乱的艺术手法（比如意识流、蒙太奇等）事实上是在表达艺术家试图去赋予混沌变化的世界以不变形式的强烈愿望"[2]。与其相反，后现代艺术是一种"空间性的艺术"。进入后历史的时间失重状态之后，后现代艺术家不能组织起有效的时间意义，"无法在时间的演进、伸延和停留的过程中把过去和未来结合成为统一的有机经验"[3]。时间的连续性被打破之后，精神分裂式的后现代主体只好纵情于当下的感受——"历史和传统除了作为支离破碎的仿像出现于后现代'七拼八凑的文化大杂烩'中以外，再无其他踪迹可循"[4]。换句话说，后现代艺术是"空间化的时间"体验中由碎片组合而成的"拼贴"的艺术。

《当代文学理论索引》在解释"拼贴"这个概念时指出："它看起来与典型的（后）现代主义做法有关联：它在庆祝多样性和异质性的新结构中融合'发现的'东西。"[5]值得注意的是，"发现的"这个词语被加上了

---

[1] 陈后亮：《后现代主义的历史情结：怀旧还是反思》，《世界文学评论》2010年第2期。
[2] 陈后亮：《后现代主义与怀旧病》，《西安外国语大学学报》2010年第4期。
[3] [美]詹明信：《晚期资本主义的文化逻辑：詹明信批评理论文选》，陈清侨译，生活·读书·新知三联书店1997年版，第469页。
[4] 陈后亮：《后现代主义的历史情结：怀旧还是反思》，《世界文学评论》2010年第2期。
[5] Jeremy Hawthorn, *A Glossary of Contemporary Literary Theory*, London: Arnold, 2000, p. 63.

引号，强调了它的"非独创性发明"的隐含意思。以《占有》为例，这部小说中拼贴（尤其是它对各种文学样式融合）的特征非常明显。拜厄特本人在《历史与故事》中指出：

> 《占有》是对过去的多种可能的叙述形式进行的严肃的游戏——侦探小说、传记、中世纪韵文传奇、现代浪漫小说、中间穿插了霍桑奇异的历史罗曼司、校园小说、维多利亚第三人称叙述、书信体小说、伪造的手稿小说以及有关三个女人的原始神话，并从弗洛伊德在其论文《三个匣子的主题》中的主题描述中渗透穿过。①

在《占有》中，"多种可能的叙述形式"均被引入小说叙事之中，在"严肃的游戏"中对历史进行了不同的述说。由于模糊了文类之间的界限，大量的"拼贴"，造成了小说多元化和狂欢化的艺术效果。

笔者认为，"拼贴"在拓宽了新维多利亚小说历史叙事空间的同时，也以其杂糅性和无限整合性、包容性彰显了后现代主义的思想本质。在这个意义上，克里斯琴（Christian Gutleben）认为新维多利亚小说充分反映了我们的时代精神：

> 新维多利亚小说这一现象昭示了一种新的文化、美学景观：艺术对象不再由与之相反的前一个传统所界定，而是对过去的所有美学传统的杂糅性重组过程。由于混合了来自迥然不同的思想流派的传统，新维多利亚小说既是拟古的也是创新的，既是怀旧的也是颠覆的。它不能算得上是一个新的文类，是有关所有文类的小说，最能表述它的时代的杂糅性小说，充分彰显了小说这一文体整合性、包容性、吸纳

---

① A. S. Byatt, *On Histories and Stories: Selected Essays*, London: Chatto and Windus, 2000, p. 48.

性和无限拓展性的本质特征。①

克里斯琴强调新维多利亚小说的杂糅性美学特征之于当代小说的文体革新和后现代时代精神的表述这两个方面的重要意义。新维多利亚小说采用这种"无所不包"(all-encompassing)的文体样式,既质疑了现实主义对再现"真实"的确定无疑的信仰,又拷问了现代主义逃离历史和传统的精英主义立场。因此,元历史罗曼司对新维多利亚小说而言,既是叙事形式,同时也有力地表达了一种叙事立场:它要在这种杂糅性、包容性的文体样式中,重新评估现实主义和现代主义的叙事成规,释放长期以来被压抑的边缘性叙事声音,在历史与现实、中心与边缘、作家与人物等多重对话关系中,消解传统的线性历史观念以及与其相关的主导阶级的意识形态独白话语,使各种不同的声音和话语均参与对同一史实的不同言说中,在平等的对话中努力还原历史的真相。新维多利亚小说中的历史叙事,由此呈现出"众声喧哗"的对话性特征。

问题是,从被排除者的角度糅合罗曼司因素和元小说的"自我指涉",是否能够建构一个更为"真实"的维多利亚历史版本呢?后现代作家可以声称,讲述真实并自己叙述目的之所在,然而从读者的角度而言,我们无法不考虑小说究竟为我们再现了一个什么样的维多利亚时期这一重要问题。对这一问题的思考会发现新维多利亚小说是通过将我们熟知的过去陌生化、放逐为"遥远的异国他乡"(foreign country)来完成对传统历史叙事"真实性"的颠覆以及历史本质问题的反思的。新维多利亚小说共时性地糅合了维多利亚和后现代两个时代的特征,维多利亚时代经由后现代意识形态和理论话语的过滤,被再现为一个后视镜中陌生的他者形象。它既

---

① Christian Gutleben, *Nostalgic Postmodernism: The Victorian Tradition and the Contemporary Novel*, Amsterdam and New York: Rodopi, 2001, p. 223.

不是我们所熟知的过去，也不是"真实"的过去，而是在各种话语的碰撞中、在在场与缺席之间的游戏中、在怀旧和颠覆的矛盾情感中，被无限延异的历史"真相"。新维多利亚作家以一种"陌生化"的叙事策略，试图唤醒读者对宏大历史话语真实性和合法性的质疑，在这一过程中，维多利亚时期的过去成了"遥远的异国他乡——比我们希望知道的还要陌生"[1]。然而，笔者认为新维多利亚小说对历史的"陌生化"再现与大众文化领域出于政治、审美、商业等现实目的刻意"美化"或"丑化"历史，玩弄历史"真相"的行为存在本质的差异。

英国历史学家大卫·洛温塔尔（David Lowenthal）在其理论著作《过去是异国他乡》[2]中指出，在20世纪80年代的英国，大众文化对历史表现出浓重的怀旧情绪，文学作品、摄影艺术和影视创作也大都以历史作为题材，然而在集体性的怀旧中，真实的历史似乎离人们越来越远，成了记忆中"遥远的异国他乡"。他进一步论述道："历史经历了大众化的结果：它越被关注，就越变得不真实或不相关。过去已经不再是被畏惧或害怕的了，它已经被一直扩张的现在所吞噬。"[3]

在接下来的论述中，笔者拟借用洛温塔尔的这句断言"过去是遥远的异国他乡"来分析新维多利亚小说中的历史再现问题。克里斯琴·古特来本（Christen Gutleben）对此颇为认同，她将新维多利亚小说归为"怀旧的后现代主义"，认为小说在对待19世纪文学的态度上，显示出一种在颠覆与怀旧之间摇摆的模糊立场。克里斯琴的这种观点，在学界颇具代表性。受詹姆逊有关后现代主义文化"怀旧说"的影响，学者们认为在后现代社会，随着技术的不断革新，大量的符号和仿像（stimulacra）冲击人们的现

---

[1] 苏忱：《再现创伤的历史》，苏州大学出版社2009年版，第221页。
[2] David Lowenthal, *Past Is a Foreign Country*, Cambridge: Cambridge University Press, 1985, p. xvii.
[3] Ibid..

实生活，导致了由符号构成的虚拟世界，超越了历史的真实，成了某种更具真实感的"超真实"。由于人们更习惯于接受模拟的真实，整个社会进入了一个后历史的存在状态：一方面他们离历史的真实越来越远，过去成了遥远的异国他乡；另一方面受困于各种符号和仿像，他们越发怀念那个主体被撕裂之前的前现代主义时期，怀旧情绪不可避免地滋生出来。詹姆逊以好莱坞的"怀旧电影"为例，论述了后现代主义的"怀旧病"：

> 要知道，这些所谓的"怀旧电影"，从来不曾提倡过什么古老的反映传统、重现历史内涵的论调。相反，它在捕捉历史"过去"时，才是透过重整风格蕴含的种种文化意义；它在传达一种"过去的特性"时，把焦点放在重整出一堆色泽鲜明的、具昔日时尚之风的形象，希望透过掌握30年代、50年代的衣饰潮流、"时代风格"来捕捉30~50年代的"时代精神"。①

好莱坞的怀旧电影采用"拼贴"的办法，将支离破碎的历史材料重新组合，然后将其投射到集体的、社会的层面，并最终迎合了现代人渴望寻回那失去的过去的社会心理。在詹姆逊看来，它们"仅是以诱人的美感风格取代了真实历史的厚重，使得我们只能通过历史的仿像感应历史，而那真实的历史早已遥不可及"②。

新维多利亚小说中打破了线性的时间结构，建构了一个由各种历史碎片"拼贴""杂交"而成的空间化文本，因此具有詹姆逊所谓的"历史深度感的消失"和"怀旧"等特征。然而笔者认为，我们不能据此将其与好莱坞的商业电影等后现代样式等同起来，以"怀旧的后现代主义"称之，

---

① [美]詹明信：《晚期资本主义的文化逻辑：詹明信批评理论文选》，陈清侨译，生活·读书·新知三联书店1997年版，第458—459页。
② 陈后亮：《后现代主义的历史情结：怀旧还是反思？》，《世界文学评论》2010年第2期。

因为新维多利亚小说中的"拼贴"并非中性的，往往带有强烈的反讽色彩，其中不乏批评和反思的锋芒。新维多利亚小说中的"拼贴"更接近哈琴提出的反讽式戏仿：虽然历史被重构为遥远的"异国他乡"，这类小说并非单纯的怀旧性文本，作家在追随大众文化的怀旧时并没有放弃人文科学中一贯的批判与反思的立场。新维多利亚作家在玩弄历史碎片，"消遣历史"的同时，"把历史知识的可能性问题化"[①]。

新维多利亚小说作家首先意识到要回归历史和传统，因此采用现实主义的手法，并辅以罗曼司的装点，构建了有关过去的理想乌托邦，然而元小说的"自我意识"又使它们对现实主义的给定性、直接性和明晰性以及语言对现实的再现能力提出质疑。因此，"小说中的叙事者总是清醒地意识到过去远没有想象中的那么完好，过去只是人们出于对现在的不满而构筑出来的神话"[②]，他们运用元小说的自我指涉将这些神话和传奇一一戳破，并不断引导我们反思话语和权力在构造我们的日常现实时发挥的重要作用。

以《从此以后》为例，比尔不堪忍受现实的伤痛，他试图通过采用罗曼司的手法虚构先祖马丁幸福的爱情、婚姻生活，来规避现实生活中的创伤。然而，在这一过程中，他明确地告诉读者，他不是在"编纂历史"，而是在"创造"（第90页）。比尔采用内心独白的形式，不停地问自己："我记得对吗？"（第227页），"过去是异国他乡，或许是我虚构了这一切"（第229页）。小说中比尔的同事波特（Potter）是维多利亚史的研究专家，他对维多利亚时代具有深深的怀旧，但是在研究中他发现，维多利亚时代的作品里隐含着对中世纪的怀旧，而中世纪的人们又怀着对神秘的

[①] [加拿大] 琳达·哈琴：《后现代主义诗学：历史·理论·小说》，李杨、李锋译，南京大学出版社2009年版，第142页。

[②] 陈后亮：《后现代主义的历史情结：怀旧还是反思？》，《世界文学评论》2010年第2期。

骑士时代的怀旧。斯威夫特借人物之口表明自己对怀旧的认识：如果每一个时代的历史叙事都建构在怀旧的基础上，那么"真实的历史"只会越来越遥不可及，成为陌生的"异国他乡"。

换句话说，以《从此以后》为代表的新维多利亚小说，既表达了对维多利亚历史的怀旧，同时又对怀旧的消极作用进行了批判，因此与詹姆逊意义上的把过去包装成商品的"怀旧"具有完全不同的内涵。前者表达了"以反讽的动作向过去致敬"[①]，展示了后现代主义"同谋与批判"共存的矛盾性、不确定性的美学、意识形态立场；而后者只是将过去作为迎合大众消费的审美对象，历史背景仅仅充当了一套符号，其目的是把人们的注意力从伤痛的现实中转移开来，沉浸在对过去的美好回忆之中。笔者认为，目前学者对后现代主义小说的评判，大都借用詹姆逊的怀旧理论一概论之，未免有失偏颇。小说和商业化的电影在再现历史方面具有很大的不同。后现代主义小说——至少就新维多利亚小说而言——并没有丧失批判意识以及相应的道德、人文关怀。虽然展现了后现代境遇下主体性的碎裂、"精神分裂式"的时间体验以及由符号和仿像包围的"超真实"的生存空间，而且也运用了大量的"拼贴"手法和"怀旧"的模式，创造了一个令人陶醉的有关维多利亚时期的"拟像世界"或"奇观异景"；然而在新维多利亚小说中，这所有的一切都是在反讽和戏仿的意义上进行的。如《法国中尉的女人》中的现代叙述者，他从不放弃任何机会嘲弄维多利亚时期的陈规陋习以及那个虚伪的"理性王国"；拜厄特虽然采用"代言"的形式表达了对维多利亚时期的"致敬"，然而《占有》《天使与昆虫》中始终贯穿着批评和质疑的声音，透过维多利亚时期的女性艾伦、艾米丽等人的叙事声音，拜厄特在修正式的重构背后表达了她对维多利亚时期

---

① 转引自 [加拿大] 琳达·哈琴《后现代主义诗学：历史·理论·小说》，李杨、李锋译，南京大学出版社 2009 年版，第 43 页。

余论　过去是遥远的异国他乡？

"黄金时代"的深刻反思。在这个意义上，沙特尔沃斯（Sally Shuttleworth）指出，"詹明信对后现代文化用映像取代真实历史，用共时性取代历时性的职责并不适用于当代英国的历史叙述，因为它们在传达一种关于历史书写的自觉意识的同时，也执着于细节化地再现一个时代的'纹理'，描述其特定的社会、经济及审美语境"①。

新维多利亚小说既制造了历史乌托邦的幻象，又以清醒的自我意识拷问制造这种幻象的叙事成规和意识形态话语。在这一过程中，"历史并没有被抛弃，只是作为人为构建之物被重新思考"②。在这个意义上讲，新维多利亚小说并不是要贬低历史的作用，为今天的读者制造一个逃避现实的乌托邦；也不是要"愚蠢透顶地"否认历史曾经存在。它们所要强调的是，如哈琴指出的，"文本性现在对我们与历史的接触具有重要的影响，因为我们只能通过文本来了解历史"③，而且"不在场的过去只有通过间接的证据被推断出来"④。

以《水之乡》为例，汤姆在对家族历史的重构中插入了许多相关的历史碎片。然而，所有的拼贴都最终服务于汤姆质疑维多利亚时期由进步理念所支撑的帝国神话这一叙事目的。莎拉等边缘女性的故事、有关阿特金森家族的各种民间传说、教科书上有关革命和战争的宏大叙事等，均被拼贴进汤姆对洼地历史的叙述之中。然而，这种拼贴并非中性的，而是蕴含着反讽和批判的锋芒。如《水之乡》的扉页昭示的，这部小说最重要的目的是反思有关历史叙事的一些本质性问题：历史究竟是什么？是过去的事

---

① Sally Shuttleworth, "Writing Natural History: 'Morpho Eugenia'", in Alexa Alfer and Michael J. Noble, eds. *Essays on the Fiction of A. S. Byatt: Imagining the Real*, Westport, Connecticut and London: Greenwood Press, 2001, p. 149.
② [加拿大] 琳达·哈琴：《后现代主义诗学：历史·理论·小说》，李杨、李锋译，南京大学出版社2009年版，第21页。
③ 同上。
④ Linda Hutcheon, *The Politics of Postmodernism*, New York: Routledge, 1989, p. 73.

实还是对事实的话语建构？是谁出于什么目的而讲述的谁的历史？换句话说，新维多利亚小说代表了这样一股反思历史的力量，是一种关于历史观念的问题学。面对历史与传统，新维多利亚作家怀旧与反讽并存，历史的"救赎"意识与"批判"精神同在。他们既强调文本的自我指涉功能，又悖论地指向历史人物、事件，同时亦不忘向通俗化、大众化靠拢。而这一复杂的叙事立场背后，又反映了他们"同谋与批判"共存的、自相矛盾的价值观念和意识形态。

新维多利亚小说这种自相矛盾、犹豫不决的书写方式，是后现代主义精神的具体表达：历史无法经由叙事来还原，人们不可能通过传统的历史编纂把握过去，也不存在绝对的、完整的真理；历史叙事不应执着于内容，形式比内容更加重要。因为形式本身承载着"鲜明意识形态甚至特殊政治意蕴的本体论和认识论选择"①，只有通过"将历史修辞化、把想象化入历史、让历史在艺术中再生"②，才可以把历史学从独裁的意识形态的桎梏和虚假的现实主义方法论中解救出来。

在这个意义上，可以说新维多利亚小说表现出深切的人文关怀。在传统历史话语的独裁或"人人都是历史学家"式的自由主义论调可能带来的"历史之死"的危机中，他们希望力挽历史于狂澜，重新思考历史的本质以及文学的道德使命等问题。新维多利亚小说对维多利亚历史的"陌生化"再现，只是一种叙事策略上的考虑，并非作家的真正叙事立场。因此，"往昔虽然已经成为遥远的异国他乡"，新维多利亚小说并没有否认历史和传统，而是试图以此告诫我们：任何一种叙事都不可能通达确定无疑

---

① ［美］海登·怀特：《形式的内容》，董立河译，文津出版社2005年版，第1页。
② 任翔：《海登·怀特：〈后现代历史叙事学〉》，陈恒、耿相新《新史学》（第五辑），大象出版社2006年版，第296页。

的"真理",但"以充满敬意的方式谈论对真理的探求仍然是可能的"①。他们将历史"陌生化",是在尝试以游戏性和严肃性并存的姿态书写"真正的历史"(或者尽自己的最大努力去书写真正的历史),将传统的和现代主义的历史观念统统加以重估,将大写的"真理"和"历史"放逐在"永远历史化"的路上,延异在永远不能到达目的地的途中。与此同时,他们冀求在由碎片拼贴而成的空间化的历史中、在众声喧哗的对话中,消除现代主义出于"影响的焦虑"刻意制造出来的两个时代之间的"代沟",努力找出我们与维多利亚历史和传统之间的关联。这可以说是新维多利亚小说重构维多利亚历史的重要目的和意义之所在:大写的历史会死去,事实、理性、实在,以及其他所有我们过去当成天经地义的真理也会覆灭,但是剥去意识形态的迷雾,20世纪的现实与维多利亚的过去仍然一脉相连。

---

① [美]格特鲁德·希梅尔法布:《如其所好地述说历史:不顾事实的后现代主义历史学》,张志平译,陈恒、耿相新《新史学》(第五辑),大象出版社2006年版,第14页。

参考文献

中文参考文献（以姓氏首字母排序）

［英］A. S. 拜厄特：《隐之书》，于冬梅、宋瑛堂译，南海出版公司2008年版。

［英］阿萨·勃里格斯：《英国社会史》，陈叔平、刘成等译，中国人民大学出版社1991年版。

［英］爱德华·霍列特·卡尔：《历史是什么》，陈恒译，商务印书馆2007年版。

［美］爱德华·W. 苏贾：《后现代地理学——重申社会理论中的空间》，王文斌译，商务印书馆2004年版。

［英］爱德华·W. 苏贾：《第三空间——去往洛杉矶和其他真实和想象地方的旅程》，陆扬、刘佳林等译，上海教育出版社2005年版。

［美］艾莱恩·肖瓦尔特：《妇女·疯狂·英国文化》，陈晓兰、杨剑锋译，兰州大学出版社1998年版。

［俄］巴赫金：《陀思妥耶夫斯基诗学问题》，白春仁、顾亚铃译，生活·读书·新知三联书店1988年版。

参考文献

［俄］巴赫金：《诗学与访谈》，白春仁、顾亚铃译，河北教育出版社 1998 年版。

［法］保尔·利科：《虚构叙事中时间的塑形：时间与叙事》，王文融译，生活·读书·新知三联书店 2003 年版。

［英］伯第纳·各斯曼等：《格雷厄姆·斯威夫特访谈录》，郭国良译，《当代外国文学》1999 年第 4 期。

包亚明编：《权力的眼睛——福柯访谈录》，严锋译，上海人民出版社 1997 年版。

包亚明编：《后现代性与地理学的政治》，上海教育出版社 2001 年版。

陈后亮：《后现代主义的历史情结：怀旧还是反思》，《世界文学评论》2010 年第 2 期。

陈后亮：《历史书写元小说的再现政治与历史问题》，《当代外国文学》2010 年第 3 期。

陈后亮：《历史书写元小说：再现事实的政治学、历史观念的问题学》，《国外文学》2010 年第 4 期。

程倩：《历史的叙述与叙述的历史》，人民文学出版社 2007 年版。

傅修延编：《叙事丛刊》（第一辑），中国社会科学出版社 2008 年版。

［英］D. M. 托马斯：《夏洛特：简·爱的最后旅程》，吴洪译，上海译文出版社 2002 年版。

［美］戴卫·赫尔曼编：《新叙事学》，马海良译，北京大学出版社 2002 年版。

［英］戴维·罗伯兹：《英国史：1688 年至今》，鲁光桓译，中山大学出版社 1990 年版。

［英］戴维·洛奇：《好工作》，蒲隆译，上海译文出版社 2007 年版。

［英］戴维·洛奇：《小说的艺术》，卢丽安译，上海译文出版社

2010年版。

方向红：《Unheimlichkeit：幽灵与真理的契合点——德里达"幽灵"概念的谱系学研究》，《现代哲学》2006年第4期。

［英］F. R. 利维斯：《伟大的传统》，袁伟译，生活·读书·新知三联书店2002年版。

［美］弗雷德里克·詹姆逊：《语言的牢笼》，钱佼汝译，百花洲文艺出版社1995年版。

［美］弗雷德里克·詹明信：《晚期资本主义的文化逻辑》，陈清侨译，生活·读书·新知三联书店1997年版。

［美］弗雷德里克·詹姆逊：《单一的现代性》，王逢振、王丽亚译，中国人民大学出版社2009年版。

［英］格雷厄姆·斯威夫特：《水之乡》，郭国良译，译林出版社2009年版。

［美］格特鲁德·希美尔法布：《如其所好地述说历史：不顾事实的后现代主义历史学》，张志平译，陈恒、耿相新编《新史学》（第五辑），大象出版社2007年版。

管宁：《消费文化与文学叙事》，鹭江出版社2007年版。

［美］海登·怀特：《后现代历史叙事学》，陈永国、张万娟译，中国社会科学出版社2003年版。

［美］海登·怀特：《元史学：十九世纪欧洲的历史想象》，陈新译，译林出版社2004年版。

［美］海登·怀特：《形式的内容》，董立河译，文津出版社2005年版。

湖北省委党校编：《马克思主义经典著作选读》（上），武汉理工大学出版社2001年版。

[美]华莱士·马丁:《当代叙事学》,伍晓明译,北京大学出版社1990年版。

黄进兴:《后现代主义与史学研究》,生活·读书·新知三联书店2008年版。

[英]简·里斯:《藻海无边》,陈良廷、刘文澜译,上海译文出版社1995年版。

金冰:《维多利亚时代的后现代重构》,《当代外国文学》2007年第3期。

金冰:《诗人之手:A. S. 拜厄特重新解读丁尼生》,《外国文学评论》2009年第4期。

金冰:《维多利亚时代与后现代历史想象》,北京大学出版社2010年版。

金佳:《格雷厄姆·斯威夫特小说〈洼地〉的动态互文研究》,《当代外国文学》2004年第2期。

[英]凯瑟琳·伯纳德:《斯威夫特访谈录》,丁晓红译,《当代外国文学》2003年第4期。

[法]克里斯蒂娃:《妇女的时间》,程正民、曹卫东等编《20世纪外国文论经典》,北京师范大学出版社2004年版。

[日]高桥哲哉:《德里达:解构》,王欣译,河北教育出版社2001年版。

[美]雷·韦勒克、奥·沃伦:《文学理论》,刘象愚等译,生活·读书·新知三联书店1984年版。

李丹:《从"历史编纂元小说"的角度看〈法国中尉的女人〉》,《外国文学研究》2010年第2期。

李凤亮:《复调:音乐术语与小说观念》,《外国文学研究》2003年第 1 期。

李凤亮:《诗·思·史:冲突与融合——米兰·昆德拉小说诗学引论》,商务印书馆 2006 年版。

梁晓辉:《"时间是一个房间"——〈法国中尉的女人〉中时间概念隐喻的认知解读》,《外国语文》2011 年第 1 期。

梁晓辉:《英国元小说中的概念空间冲突:以两部新维多利亚小说为例》,《外国语文》2015 年第 4 期。

[加拿大] 琳达·哈切恩:《加拿大后现代主义——加拿大现代英语小说研究》,赵伐、郭昌瑜译,重庆出版社 1994 年版。

[加拿大] 琳达·哈琴:《后现代主义诗学:历史·理论·小说》,李扬、李锋译,南京大学出版社 2009 年版。

刘康:《对话的喧声》,中国人民大学出版社 1995 年版。

龙迪勇:《历史叙事的空间基础》,傅修延主编《叙事丛刊》(第三辑),中国社会科学出版社 2010 年版。

陆建德编:《现代主义之后:写实与实验》,中国社会科学出版社 1997 年版。

陆薇:《华裔美国文学的幽灵叙事》,《当代外国文论》2009 年第 2 期。

[美] 罗伯特·布劳恩:《纳粹屠犹和历史再现问题》,卢彦名译,陈恒、耿相新编《新史学》(第八辑),大象出版社 2007 年版。

[美] 罗伯特·伯克霍福:《超越伟大故事:作为文本和话语的历史》,邢立军译,北京师范大学出版社 2008 年版。

[英] 罗吉·福勒编:《现代西方文学批评术语词典》,袁德成译,四川人民出版社 1987 年版。

[美] 马克·柯里:《后现代叙事理论》,宁一中译,北京大学出版社

2002 年版。

[英] 玛丽·沃斯通克拉夫特、约翰·斯图尔特·穆尔:《女权辩护、妇女的屈从地位》,王蓁、汪溪译,商务印书馆 1996 年版。

[法] 米兰·昆德拉:《小说的艺术》,孟湄译,生活·读书·新知三联书店 1992 年版。

[法] 米歇尔·福柯:《规训与惩罚》,杨远婴译,北京大学出版社 2000 年版。

[法] 米歇尔·福柯:《性经验史》,佘碧平译,上海人民出版社 2002 年版。

[加] 诺斯罗普·弗莱:《世俗的经典:传奇故事结构研究》,孟祥春译,上海人民出版社 2010 年版。

钱冰:《〈占有〉的悖论:高度的传统与醒目的后现代》,《外国文学》2005 年第 5 期。

任平:《当代视野中的马克思》,江苏人民出版社 2003 年版。

申丹:《叙事学与小说文体学研究》,北京大学出版社 2001 年版。

盛宁:《人文困惑与反思》,生活·读书·新知三联书店 1997 年版。

[法] 萨特:《存在与虚无》,陈宣良等译,生活·读书·新知三联书店 1997 年版。

宋艳芳:《当代英国学院派小说研究》,苏州大学出版社 2006 年版。

宋艳芳:《论拜厄特学院派小说的自我指涉特征》,《当代外国文学》2010 年第 1 期。

[美] 苏珊·兰瑟:《虚构的权威:女性作家与叙事声音》,黄必康译,北京大学出版社 2002 年版。

苏忱:《再现创伤的历史:格雷厄姆·斯威夫特小说研究》,苏州大学出版社 2009 年版。

［美］索尔·贝娄：《未来小说漫话》，王宁、顾明栋编《诺贝尔文学奖获奖作家谈创作》，北京大学出版社2002年版。

汤黎：《后现代女性书写下的历史重构：当代女作家新维多利亚小说探析》，《当代文坛》2014年第6期。

王丽亚：《"元小说"与"元叙事"之差异及其对阐释的影响》，《外国文学评论》2008年第2期。

王宁：《后理论时代的文学与文化研究》，北京大学出版社2009年版。

王卫新：《福尔斯小说的艺术自由主题》，复旦大学出版社2009年版。

吴琼：《走向一种辩证批评：詹姆逊文化政治诗学研究》，生活·读书·新知三联书店2007年版。

谢纳：《空间生产与文化表征》，中国人民大学出版社2010年版。

［法］雅克·德里达：《马克思的幽灵》，中国人民大学出版社1999年版。

［法］雅克·德里达：《多义的记忆——为保罗·德曼而作》，中央编译出版社1999年版。

殷企平、高奋、童燕萍：《英国小说批评史》，上海外语教育出版社2000年版。

殷企平：《推敲"进步"话语：新型小说在19世纪的英国》，商务印书馆2009年版。

阮炜：《社会语境中的文本：二战后英国小说研究》，社会科学文献出版社1998年版。

［英］约翰·福尔斯：《法国中尉的女人》，刘宪之、蔺延梓译，百花文艺出版社1986年版。

［英］约翰·福尔斯：《法国中尉的女人》，陈安全译，云南教育出版社2007年版。

岳梁：《幽灵学方法批判》，人民出版社 2008 年版。

[美] 詹姆斯·费伦：《作为修辞的叙事》，陈永国译，北京大学出版社 2002 年版。

张和龙：《后现代语境中的自我：约翰·福尔斯小说研究》，上海外语教育出版社 2007 年版。

张进：《新历史主义与语言论转向和历史转向》，《甘肃社会科学》2002 年第 2 期。

张京媛编：《新历史主义与文学批评》，北京大学出版社 1993 年版。

张隆溪：《记忆、历史、文学》，《外国文学》2008 年第 1 期。

张琼：《幽灵批评之洞察：重读爱伦·坡》，《四川外语学院学报》2006 年第 6 期。

张一兵：《文本的深度犁耕：后马克思思潮哲学文本解读》，中国人民大学出版社 2008 年版。

朱虹编：《英国小说的黄金时代》，中国社会科学出版社 1997 年版。

[英] 朱利安·沃尔夫雷斯编：《21 世纪批评述介》，张琼、张冲译，南京大学出版社 2009 年版。

英文参考文献（以姓氏首字母排序）

Abrams, Weyer H. *A Glossary of Literary Terms*. Beijing: Foreign Language Teaching and Research Press, 2004.

Alexander, Jeffery C. ed. *Cultural Trama and Collective Identity*. Berkley: University of California Press, 2004.

Alfer, Alexa & Noble, Micheal J. eds. *Essays on the Fiction of A. S. Byatt: Imagining the Real*. London: Greenwood Press, 2001.

Anger, Suzy. ed. *Knowing the Past: Victorian Literature and Culture*. New

York: Cornell University Press, 2001.

Arias, Rosario & Pulham, Patricia. ed. *Haunting and Spectrality in Neo – Victorian Fiction: Possessing the Past*. New York: Palgrave Macmillan, 2010.

Barker, Patricia A. The Art of the Contemporary Historical Novel. Ph. D. dissertation. University of Texas at Dallas, 2005.

Barth, John. "The Literature of Exhaustion", *The Friday Book: Essays and Other Non – Fiction*, London: The John Hopkins University Press, 1984.

Binns, Ronald. "John Fowles: Radical Romancer". *Critical Quarterly*, 15 (Winter 1973).

Bloom, Harold. *The anxiety of Influence*. Oxford: Oxford University Press, 1973.

Bonser, D. Romance Genres and Realistic Techniques in the Major Fiction of John Fowles. Ph. D. dissertation, Indiana University of Pennsylvania, 1987.

Boccardi, Mariadele. *The Contemporary British Historical Novel: Representation, Nation, Empire*. Palgrave Macmillan, 2009.

Bradford, Richard. *The Novel Now*. Blackwell Publishing, 2007.

Brannigan, John. *New Historicism and Cultural Materialism*. New York: St. Martin's Press, 1998.

Brantilinger, Patrick & Thesing, William B. eds. *A Companion to the Victorian Novel*. Blackwell Publishing, 2002.

Brax, Klaus. The Poetics of Mystery: Genre, Representation, and Narrative Ethics in John Fowles's Historical Fiction. Ph. D. dissertation, Helsinki: Helsinki University, 2003.

Brown, Nicola. Burdett, Carolyn & Thurschwell, Pamela. eds. *The Victorian Supernatural*. New York: Cambridge University Press, 2004.

Burgass, Catherine. *A. S. Byatt's Possession: A Reader's Guide*. New York:

Continuum International Publishing, 2002.

Byatt, A. S. *Passions of the Mind: Selected Writings*. London: Chatto & Windus, 1991.

Byatt, A. S. *Angels & Insects*. London: Vintage, 1995.

Byatt, A. S. *The Biographer's Tale*. New York: Vintage, 2001.

Byatt, A. S. *On Histories and Stories: Selected Essays*. Harved University Press, 2001.

Byatt, A. S. *Possession*. Beijing: Foreign Language Teaching and Research Press, 2005.

Campbell, Jane. *A. S. Byatt and the Heliotropic Imagination*. Ontario: Waterloo, 2004.

Carter, Angela. *The Bloody Chamber And Other Stories*. Penguin Books. 1993.

Carter, Angela. *Nights at the Circus*. Vintage Classics, 2006.

Chase, Richard. *The American Novel and Its Tradition*. Johns Kopkins University Press, 1980.

Childs, Peter. *Contemporary Novelists: British Fiction since* 1970. New York: Palgrave Macmillan, 2005.

Connor, Kimberlerly. Caught in the Hall of Mirrors: The Progressive Narrative Techniques of A. S. Byatt. Ph. D. dissertation, University of Alaska Anchorage, 1994.

Conradi, Peter. *John Fowles*. London & New York: Methuem, 1982.

Cowart, David. *History and the Contemporary Novel*. Carbondale: Southern Illinois University Press, 1989.

Craps, Step. *Trauma and Ethics in the Novels of Graham Swift*. Brighton: Sussex Academic Press, 2005.

Currie, Mark. ed. *Metafiction*. New York: Longman Group, 1995.

Currie, Mark. *Postmodern Narrative Theory*. New York: St. Martin's Press, 1998.

Davies, Helen, *Gender and Ventriloquism in Victorian and Neo – Victorian Fiction: Passionate Puppets*, Basingstoke: Palgrave Macmillan, 2013.

Davis, Fred. *Yearning for Yesterday: A Sociology of Nostalgia*. New York: The Free Press, 1979.

Davis, Philip. eds. *The Victorians*. Beijing: Foreign Language Teaching and Research Press, 2007.

Day, Gary. ed. *Varieties of Victorianism: The Uses of a Past*. New York: St. Martin's Press, 1998.

Doblas, Rosario Arias. "Talking with the dead: revisiting the Victorian past and the occult in Margaret Atwood's Alias Grace and Sarah Waters' Affinity". *Estudios Ingleses de la Universidad Complutense* 13(2005).

Elam, Diane. *Romancing the Postmodern*. London & New York: Routledge, 1992.

Fletcher, Lisa. "Historical Romance, Gender, and Heterosexuality: John Fowles' *The French Lieutenant's Woman* and A. S. Byatt's *Possession*". *Journal of Interdisciplinary Gender Studies* 7.1(2003).

Fletcher, Lisa. *Historical Romance Fiction: Heterosexuality and Performativity*. Hampshire: Ashgate Publishing Limited, 2007.

Elias, Amy J. *Sublime Desire: History and Post – 1960s Fiction*. London: The Johns Hopkins University press, 2001.

Elias, Amy J. "Metahistorical Romance, the Historical Sublime, and Dialogic History". *Rethinking History* 9(2005).

Faukner, Harald W. *The Timescapes of John Fowles*. London: Associated University Presses, 1984.

Forster, Margaret. *Lady's Maid*. Harmondsworth: Penguin, 1991.

Foucault, Michel. *Discipline and Punish: The Birth of the Prison*. New York: Vintage Books, 1995.

Fowles, John. *The Ebony Tower*. Panther Books, 1984.

Fowles, John. *Wormholes: Essays and Occasional Writings*. London: Jonathan Cape, 1998.

Fowles, John. *The French Lieutenant's Woman*. Xi'an: World Publishing House, 2000.

Fowles, John & Vipond, Dianne. "An Unholy Inquisition". *Twentieth Century Literature* 38(Spring 1996).

Franken, Christien. *A. S. Byatt: Art, Authorship, Creativity*. NewYork: Palgrave, 2001.

Frye, Northrop. *The Secular Scripture: A Study of the Structure of Romance*. Harvard University Press, 1976.

Gauthier, Tim S. *Narrative Desire and Historical Reparations: A. S. Byatt, Ian McEwan, Salmon Rushdie*. New York: Routledge, 2006.

Gutleben, Christian. *Nostalgic Postmodernism: The Victorian Tradition and the Contemporary British Novel*. Amsterdam – New York: Rodopi, 2001.

Hadley, Louisa. *The Fiction of A. S. Byatt*. New York: Palgrave Macmillan, 2008.

Hadley, Louisa. *Neo – Victorian Fiction and Historical Narrative*. Hampshire: Palgrave Macmillan, 2010.

Hassan, Ihab. *The Postmodern Turn: Essays in Postmodern Theory and Culture*. Columbus: Ohio State University Press, 1987.

Hiekm, Alan Forrest. "Wedded to the World": Natural and Artificial History in the Novels of Graham Swift. Ph. D. dissertation, University of Arkansas, 1990.

Holmes, Frederick. "The Historical Imagination and the Victorian Past: A. S. Byatt's *Possession*". *English Studies in Canada* 20. 3(1994).

Holmes, Frederick. "The Representation of History as Plastic: The Search for the Real Thing in Graham Swift's *Ever After*". *ARIEL* 27. 3(1996).

Hulbert, Ann. "The Great Ventriloquist: A. S. Byatt's *Possession: A Romance*." Robert E. Hosmer Jr. ed. *Contemporary British Women Writers*. New York: St. Martin's Press, 1993.

Hutcheon, Linda. *Narcissistic Narrative: The Metafictional Paradox*. London: Routledge, 1980.

Hutcheon, Linda. *A Poetics of Postmodernism: History, Theory, Fiction*. New York: Routledge, 1988.

Hutcheon, Linda. *The Politics of Postmodernism*. New York: Routledge, 1989.

Jameson, Fredric. *The Political Unconscious: Narrative as a Socially Symbolic Act*. Ithaca: Cornell University Press, 1981.

Hutcheon, Linda. *Postmodernism and Consumer Society*. New York: Routledge, 2000.

Jenkins, Alice & John, Juliet. eds. *Rereading Victorian Fiction*. Basingstoke: Macmillan, 2000.

José M. Yebra. "Neo – Victorian Biofiction and Trauma Poetics in Colm Tóibín's The Master". *Neo – Victorian Studies*, vol. 6, No. 1, 2013.

Joyce, Simon. "The Victorians in the Rearview Mirror", in Christine L. Krueger, ed. *Functions of Victorian Culture at the Present Time*, Athens and Ohio: Ohio University Press, 2002.

Kaplan, Cora. *Victoriana: Histories, Fictions, Criticism.* Edinburgh: Edinburgh University Press, 2007.

Keen, Suzanne. *Romances of the Archive in Contemporary British Fiction.* London: University of Toronto Press, 2003.

Kelly, Katherine Coyne. *A. S. Byatt.* New York: Twayne Publishers, 1996.

Kestner, Joseph A. *The Spatiality of the Novel.* Detroit: Wayne State University Press, 1978.

King, Jeannette. *The Victorian Women Question in Contemporary Feminist Fiction.* New York: Palgrave Macmillan, 2005.

Kirchknoff, Andrea. "Reworking of 19th – Century Fiction". *Neo – Victorian Studies* 1: 1(Autumn 2008): 53 – 80.

Kohlke, Marie – Luise and Gutleben, Christian. eds. *Neo – Victorian Tropes of Trauma: The Politics of Bearing After – Witness to Nineteenth – Century Suffering*, Amsterdam – New York: Rodopi, 2010.

Kohlke, Marie – Luise and Gutleben, Christian. eds. *Neo – Victorian Gothic: Horror, Violence and Degeneration in the Re – Imagined Nineteenth Century*, Amsterdam and New York: Rodopi, 2012.

Krueger, Christine L. ed. *Functions of Victorian Culture at the Present Time.* Athens, Ohio: Ohio University Press, 2002.

Kucich, John & Sadoff, Dianne F. eds. *Victorian Afterlife: Postmodern Culture Rewrites the Nineteenth Century.* Minneapolis: University of Minnesota press, 2000.

LaCapra, Dominick. *Representing the Holocaust: History Theory, Trauma.* Ithaca: Cornell University Press, 1994.

Landa, Garcia J. A., "Narrating Narrating: Twisting the Twice – Told Tale." J. Pier & J. A. Garcia Landa. eds. *Theorizing Narrativity.* Berlin: Walter de

Gruyter, 2008.

Landow, George P. "History, His Story, and Stories in Graham Swift's Waterland". *Studies in the Literary Imagination* 23. 2(1990) : 197 – 211.

Lea, Daniel. *Graham Swift*. Manchester: Manchester University Press, 2005.

Lee, Alison. *Realism and Power: Postmodern British Fiction*. New York: Routledge, 1990.

Loveday, Simon. *The Romances of John Fowles*. Hampshire: Macmillan Press, 1985.

Lodge, David. *The Novelist at the Crossroads and Other Essays on Fiction and Criticism*, Cornell University Press, 1971.

Lowenthal, David. *The Past Is a Foreign Country*. Cambridge: Cambridge University Press, 1985.

Maitzen, Rohan Amanda. *Gender, Genre, and Victorian Historical Writing*. London: Garland Publishing, Inc. , 1998.

Marsden, John Lloyd. After Modernism: Representations of the Past in the Novels of Graham Swift. Ph. D. dissertation, University of Ohio, 1996.

Matthew, Sweet. *Inventing the Victorians*. London: Faber and Faber, 2001.

Miller, Andrew H. *Novels behind Glass: Commodity, Culture, and Victorian Narrative*. New York: Cambridge University Press, 1995.

Morgan, Simon. *A Victorian Woman's Place: Public Culture in the Nineteenth Century*. London: Tauris Academic Studies, 2007.

Olshen, Barry N. *John Fowles*. New York: Frederick Ungar, 1978.

Onega, Susana & Gutleben, Christian. eds. *Refracting the Canon in Contemporary British Literature and Film*. Amsterdam & New York: Rodopi, 2004.

Palmer, William J. "John Fowles and the Crickets". *Modern Fiction Studies. 31(Spring 1985).

Polvinen, Merja. "Habitual Worlds and Literary Voices: A. S. Byatt's *Possession* as Self – conscious Realism". *The Electronic Journal of the Department of English at the University of Helsinki* 3(2004).

Robert, Douglas – Fairhurst. *Victorian Afterlives: The Shaping of Influence in Nineteenth – century Literature*. Oxford: Oxford University Press, 2002.

Rohland – Le, Andrea Louise. The Spaces Between: A. S. Byatt and Postmodern Realism. Ph. D. dissertation, Universite De Montreal, 2000.

Salami, Mahmoud. *John Fowles's Fiction and the Poetics of Postmodernism*. London & Toronto: Associated University Press, 1987.

Saunders, Corinne. *A Companion to Romance: From Classical to Contemporary*. Blackwell Publishing, 2004.

Shakespeare, William. *Hamlet*. Penguin Books, 2006.

Shiller, Dana. Neo – Victorian Fiction: Reinventing the Victorians. Ph. D. dissertation, University of Washington, 1995.

Shiller, Dana. "The Redemptive Past in the Neo – Victorian Novel". *Studies in the Novel* 29. 4(1997).

Showalter, Elaine. *A Literature of Their Own: British Woman Novelists from Bronte to Lessing*. Princeton: Princeton University Press, 1999.

Shuttleworth, Sally. "Natural History: The Retro – Victorian Novel". ed. Elinor S. Shaffer. *The Third Culture: Literature and Science*. Berlin & New York: Walter de Gruyter, 1998.

Shuttleworth, Sally. "Writing Natural History: ' Morpho Eugenia' ". Alexa Alfer & Michael J. Noble. eds. *Essays on The Fiction of A. S. Byatt: Imagining the Real*. Westport, Connecticut & London: Greenwood Press, 2001.

Smith, Amanda. "Graham Swift: The British Novelist Grapples with the Ambiguities of Knowledge and Secrets of the Past". Interview with Graham Swift. *Publishers Weekly* 17 February(1992).

Sweet, Matthew. *Inventing the Victorians*. London: Faber and Faber, 2001.

Swift, Graham. *Everafter*. Vintage, 1993.

Swift, Graham. *Waterland*. Vintage Canada, 1998.

Tennant, Emma. *Tess*. London: Flamingo, 1994.

Tarbox, Katherine. *The Art of John Fowles*. Athens: University of Georgia Press, 1988.

Tarbox, Katherine. "*The French Lieutenant's Woman* and the Evolution of Narrative," *Twentieth Century Literature* 42.1(1996).

Waugh, Patricia. *Metafiction: The Theory and Practice of Self-conscious Fiction*. London & New York: Methuen, 1984.

Winnberg, Jakob. *An Aesthetics of Vulnerability: The Sentimentum and the Novels of Graham Swift*. Goteborg: Goteborg University Press, 2003.

后 记

　　六年前在山东大学读书，现在回想起来，让我印象最为深刻的，除了春天盛开的海棠、秋天满地堆积的黄叶之外，就是校园里随处可见的、见证着这所百年老校历史的一个个雕像。杨向奎、童书业、黄云眉、赵俪生等八大教授的群雕，人物形象鲜活生动，诉说着母校"八马同槽"时期文史研究的盛况。每次午后在校园散步，与闻一多、臧克家、成仿吾以及冯沅君、陆侃如等先生的雕像不期而遇时，总有时光穿越之感。

　　在弥漫着历史、书香和海棠花香的校园里，寻一处安静的角落，思考有关历史、时间和艺术的问题，当真是再自然不过了。"生命短暂，艺术长存"，以诗歌、戏剧、小说、绘画、雕塑的形式捕捉、再现历史中的短暂瞬间，是艺术家的重要使命之一。莱辛曾以雕像《拉奥孔》为例论述了诗、画作为两种艺术形式的区别。在他看来，绘画、雕刻以色彩、线条为媒介，诉诸人的视觉，擅长刻画并列于空间中的全部或部分物体及其属性，其效果在于描绘人物性格及其特征；诗则以语言、声音为媒介，诉诸听觉，擅长描写持续于时间中的全部或部分事物的运动，其效果是展示性格的变化与矛盾以及动作的过程。莱辛区分了作为空间艺术的绘画、雕刻和作为时间艺术的诗,首次提出了美学上的时间和空间概念,影响深远。

然而细想起来,莱辛的理论颇值得商榷。随着现代科学的发展,尤其是爱因斯坦相对论的提出,刷新了自启蒙时代以来,人们有关时间与空间的二分法。时间与空间不仅是不可分割的统一体,而且两者之间可以相互转化。时间就是空间,空间就是时间。在这个意义上,被莱辛统称为"诗"的叙事艺术不仅是时间艺术,而且是空间艺术。在思考这些问题的过程中,我对当代英国小说的叙事时空产生了浓厚的兴趣。维多利亚作家服膺以历史、进步、真理为基础的认识论,在小说叙事中,时间被赋予了绝对优先地位。然而由于过分凸显事件间的连续性、完整性和逻辑性,维多利亚小说的线性叙事造成了时间对空间的"禁闭",致使历史中事件的存在状态被简化和遮蔽。20世纪初,以乔伊斯、伍尔夫为代表的现代主义作家,采用空间化和碎片化叙事,实现了对现实主义叙事传统的反叛和超越。然而现代主义作家过于专注形式技巧的创新和对人物心理真实的捕捉,放逐了文学与外部世界相关联的历史和现实之维。以新维多利亚小说为代表的后现代主义小说,继承了现代主义的空间叙事传统,但它们向历史与现实敞开,寻求以历史叙事的形式"触摸"维多利亚前辈"幽灵",并在与亡灵的积极交谈和磋商中实现对历史、现实和叙事三者之间关系的反思。因此,新维多利亚小说虽然讲述的也是维多利亚时期的故事,但是由于叙事模式、叙事时空和叙事声音三方面的差异,整体风格上呈现出迥异于维多利亚现实主义小说的特征。

2010年春天,当我怀揣着这些纷乱的想法,惴惴不安地与我的导师仵从巨教授交谈时,出乎意料地得到了他的支持和肯定,因为当时在国内新维多利亚小说的研究,除了金冰教授之外,鲜有人问津,这个选题多少有些冒险。时光荏苒,现在回忆起在山东大学读书时的经历,心中充满对老师的感激之情。在我阅读大量的新维多利亚小说文本,在其中艰难跋涉,思维很难展开时，仵老师一再鼓励我，并在关键时刻为我指点迷津，使我受益匪浅。此外，我还要感谢南开大学的王志耕教授。我与王老师素昧平生，他评阅了我的论文之后不吝赞美，这对于半脚刚踏进学术之门的后学来讲，真是莫大的鼓励。

追忆似水流年，契阔谈宴，心念旧恩。十五年前，我怀揣着对《简·爱》的一腔热爱，选择了英国文学专业，并有幸跟随袁洪庚教授学习。在硕士学习阶段，袁老师一步步引领我走进文学的殿堂，学会思考和写作。感谢袁老师，也一并感谢在我漫长求学道路上为我传道、授业、解惑的每一位老师，以及在学业上和生活上曾给我诸多帮助的朋友们。感谢他们引领我、陪伴我在人生最美好的时光埋头读书，努力把思考诉诸笔端。

最后还要特别感谢我先生彭战果。十年来，他不仅在生活上关心我，在心灵上呵护我，还一直鼓励我坚守理想和信仰，并在我烦恼、孤独时，给我最有力的拥抱。感谢小儿沛然，他一团天真，憨态可掬，为我单调的教学、读书写作生活增色许多。

年岁渐长，对历史和时间越发迷恋。有时想，过去逝者已逝，念之何益？前几天偶然看到保罗·克利《新天使》以及瓦尔特·本雅明对画作的题词，心中豁然开朗。本雅明写道："历史就像背对未来的天使，使人们称为进步的飓风鼓动它的翅膀，把它吹向未来，但它始终面向它无力修补的过去。"人类一直认为自己是背对历史、面向未来，一路高歌猛进。然而停下来细想，未来不过是真空的想象、虚幻的影子，能够决定当下、影响现实人生的多是一件件过去的事情，它们制约着我们对未来的想象和规划。换句话说，构成我们自身的是历史而非未来，我们都在面对历史踽踽独行。

对五年前的论文修改润色，并不是一件很愉快的经历。不仅需要一次次地在回忆中重温这些文字，而且对过去匆忙写作时所造成的观点偏颇与论述的不当之处,修改起来也是万般无奈、费时费力。在此特别感谢中国社会科学出版社的郭晓鸿编辑。书稿一拖再拖,感谢她的理解和耐心等待,也感谢她为本书出版花费的大量时间和精力。

杜丽丽
2017年4月20日于兰州大学明道楼214室